Jette Stern
Mosellas Rache

Hinter dem Pseudonym **Jette Stern** verbirgt sich das Autorinnenpaar Carolin Gilbaya und Ulrike Platten-Wirtz. Beide leben in Cochem an der Mosel.

Carolin Gilbaya, geboren 1978, hat deutsche und englische Literatur- und Sprachwissenschaften studiert und anschließend promoviert. Sie arbeitet als Dozentin. Zahlreiche ihrer Kurzgeschichten wurden in Anthologien veröffentlicht. 2015 war sie für den Deutschen Kurzkrimipreis nominiert.

Ulrike Platten-Wirtz, Jahrgang 1965, ist im Hunsrück aufgewachsen. Sie arbeitet als Journalistin für eine unabhängige Tageszeitung. Seit 2011 schreibt sie Kriminalgeschichten und hat seitdem einige Romane veröffentlicht.

Die Verbundenheit zur Region hat das Duo zu einem neuen Projekt inspiriert. *Mosellas Rache* ist ihr erstes gemeinsames Werk.

Jette Stern

Mosellas Rache

Kriminalroman

Originalausgabe
© 2023 KBV Verlags- und Mediengesellschaft mbH, Hillesheim
www.kbv-verlag.de
E-Mail: info@kbv-verlag.de
Telefon: 0 65 93 - 998 96-0
Umschlaggestaltung: Ralf Kramp unter Verwendung von
© mh90photo und © neliakott - stock.adobe.com
Lektorat: Nicola Härms, Rheinbach
Druck: CPI books, Ebner & Spiegel GmbH, Ulm
Printed in Germany
ISBN 978-3-95441-665-3

1. Kapitel

Wir sollten über Marlene reden.

Marlene Lenz hatte nur noch wenige Tage zu leben. Doch das wusste sie zu diesem Zeitpunkt noch nicht. Auch nicht, dass ihr niemand nachtrauern würde. Was ihr letzten Endes aber auch völlig egal gewesen wäre. Denn Marlene interessierte sich nur für eine einzige Person: sich selbst. Sie stand vor dem Spiegelschrank in ihrem sterilen Hochglanzbadezimmer und betrachtete sich. Sie war zufrieden mit dem, was sie sah, und lächelte.

Nur vielleicht die Lippen noch ein wenig betonen, dachte sie.

Marlene öffnete die Tür des Spiegelschranks und griff nach ihrem chanelroten Lippenstift. Als sie ihn gerade ansetzen wollte, hörte sie es wieder, das verhasste Geräusch, das ihr Blut zum Kochen brachte. Binnen Sekunden schäumte sie vor Wut. Der Lippenstift verirrte sich auf ihre makellosen Vorderzähne und hinterließ dort eine blutrote Spur. Das brachte Marlene erst richtig in Rage. Wie ein geölter Blitz schoss sie durch das angrenzende Schlafzimmer und riss das Fenster ihres von Grund auf sanierten historischen Fachwerkhauses auf.

Unter ihr auf dem Schrombekaulplatz, einer der vielen Sehenswürdigkeiten von Cochem, der idyllischen Kleinstadt an der Mosel, in der sie lebte, war wieder einmal überdeutlich ein lang gezogenes »Oooh« zu hören.

»Die Einheimischen sagen nicht ›Hallo‹ oder ›Guten Tag‹ zueinander, sondern begrüßen sich mit ›Oooh‹, was von: ›Na, wie geht's?‹, bis: ›Lass mir meine Ruhe‹, alles heißen kann«, scherzte die Gästeführerin, die gerade unter Marlenes offenem Fenster stand und die Gäste dazu aufforderte, den außergewöhnlichen Gruß einmal auszuprobieren.

»Man spricht es nicht als geschlossenes O wie bei dem Wort ›Ofen‹«, dabei spitzte sie demonstrativ ihre Lippen, »sondern mit einem O wie bei dem Wort ›offen‹.«

Im Chor ahmte die Touristenschar die typische Cochemer Begrüßung nach. Da waren von einem schrillen Sopran bis zu einem sonoren Bass alle Facetten der menschlichen Stimme vertreten. Der Chor der unterschiedlichen »Oooohs« hallte über den ganzen Platz.

Doch sofort danach hatte es sich ausgeoooht.

»Welchen Teil meiner Aufforderung, sich nicht mehr hier unter mein Fenster hinzustellen, haben Sie eigentlich nicht verstanden? Sind Sie so dämlich oder tun Sie nur so? Muss ich etwa meine Beschwerde bei der Stadt wiederholen? Sie wissen wohl nicht, wen Sie hier vor sich haben?« Wie Giftpfeile schleuderte Marlene der Stadtführerin unter ihrem Fenster ihre Worte entgegen. »Und Sie, Sie können Ihre Münder wieder zumachen. Stehen da und glotzen wie eine Horde blökender Schafe«, wandte sie sich scharfzüngig an die Touristengruppe.

Mit Spuckefäden zwischen den in der Kontur verunfallten roten Lippen drehte sie sich um und schloss lautstark das Fenster.

»Die jäckisch Tuut«, sagte Steffi Schmitz leise zu sich selbst und schüttelte den Kopf. Die erfahrene Gästeführerin hatte ja schon so einiges erlebt. Aber Marlene Lenz brachte es immer wieder fertig, das moselländische Urgestein auf die Palme zu bringen.

Sichtlich um Fassung bemüht, wandte sie sich wieder ihrer Gruppe zu: »Sie müssen entschuldigen. Eigentlich sind wir Moselaner ein lustiges, gastfreundliches Völkchen. Aber es gibt auch bei uns die sogenannten Kneidela, die immer etwas zu meckern haben.«

Ohne ein weiteres Wort über den Zwischenfall zu verlieren, machte Steffi dann mit ihrer Stadtführung weiter. Schließlich standen sie vor einer der originellsten Sehenswürdigkeiten der Stadt, einem Ensemble aus drei Bronzefiguren. Zwei davon waren einst real existierende Personen: dä Kohhirte Hannes, der letzte Kuhhirte von Cochem, und die Lebenskünstlerin Anna Rosina Reichert, genannt Et Seijnche. Zwischen den beiden stehenden Figuren, die eine Bank aus heimischem Basalt flankierten, saß eine weitere Bronzefigur, die das Trio komplettierte.

»Bei diesem adretten Herrn hier handelt sich um eine Symbolfigur, den Cochemer Schmandelekker. Er steht für das Geschick der Cochemer, sich stets überall den Rahm abzuschöpfen«, fuhr Steffi heiter in ihrem Vortrag fort.

In Frack und Zylinder saß die bronzene Figur an einem Ende der Bank, im Arm einen Topf mit Schmand, in den er zuvor seinen Zeigefinger getaucht hatte, den er nun gierig abschleckte. Die andere Seite der Bank war frei geblieben und diente sowohl Gästen als auch Einheimischen als willkommene Möglichkeit zum Ausruhen und Verweilen. Vom Stadtoberhaupt bis zum Schulkind, vom weinseligen Liebespaar bis zum Zecher, dessen letztes Glas eins zu viel gewesen war, wurde die Bank gern als Ruhepol und Zufluchtsort genutzt.

Steffi Schmitz entging während ihres Vortrags nicht, dass die stadtbekannte Querulantin, Marlene Lenz, das Haus verließ. Vermutlich, um zur Arbeit zu gehen. Steffi sah aus dem Augenwinkel Marlenes roten Chiffonschal leuchten, den sie sommers wie winters trug und der nun durch ihren forschen Schritt wie eine Fahne hinter ihr her wehte.

Die Kirchturmuhr von St. Martin schlug soeben zum achten Mal. Die Stadtführerin war an diesem Morgen besonders früh unterwegs. Das war nicht weiter ungewöhnlich. Wie so oft hatte die *Riverbeauty*, ein Hotelschiff, im gegenüberliegenden Stadtteil Cond im Hafen angelegt. Die Gäste, meist Senioren, wünschten sich noch vor dem Frühstück eine Führung durch die Innenstadt. Aus gutem Grund, denn in der Regel war die Innenstadt am Vormittag noch relativ unbelebt, und man hatte ausreichend Gelegenheit, sich alles Sehenswerte in Ruhe und ohne von anderen Gästegruppen gestört zu werden, anzuschauen.

Steffis Tour führte über das Pumpengässchen vorbei an den ehemaligen Winzerhäusern. Gerade erklärte sie ihren Gästen, dass bei den Häusern in der Obergasse, in denen früher die Winzer wohnten, der Eingang zum Weinkeller direkt neben dem Hauseingang zu finden war, als sie sah, wie sich eine weitere Gruppe von Gästen näherte. Angeführt von ihrer jungen Lieblingskollegin Eva Engel. Im Vorbeigehen flüsterte Steffi der Jüngeren zu: »Die Luft ist rein. Hab sie gerade aus dem Haus gehen sehen.« Eva nahm die Information mit einem Kopfnicken zur Kenntnis und steuerte sichtlich erleichtert auf die drei Originale am Schrombekaulplatz zu. Eine Frau im hellen Sommerkleid, die sich gerade von ihrem Mann neben dem Schmandelekker sitzend hatte fotografieren lassen, sprang hektisch von ihrem Platz auf, als sie die Touristengruppe auf sich zukommen sah. Sie flüchtete mit ihrem Mann ins gegenüberliegende Altstadtcafé, wohl, um ungestört frühstücken zu können.

2. Kapitel

Kurze Zeit später im rosa Rathaus
auf dem Marktplatz.

»Das kann doch nicht wahr sein. Wir müssen unbedingt etwas dagegen tun. Am Ende bewirft sie unsere Gäste noch mit faulen Eiern und Tomaten.«

Carla Sonnenschein schlug mit der flachen Hand auf den historischen Nussbaumschreibtisch aus dem 17. Jahrhundert, der das Büro der Stadtbürgermeisterin schmückte. Ihr gegenüber, auf einem ebenfalls antiken gepolsterten Armlehnstuhl, saß Alma Ritter, die Leiterin des städtischen Fremdenverkehrsamts.

»Die Beschwerden über die Dame häufen sich in letzter Zeit. Wir haben schon überlegt, ob wir die Touristen gar nicht mehr über den Schrombekaulplatz führen sollen. Aber dann …«

»… dann entgehen unseren Gästen die schönen Geschichten über unsere drei Originale«, fiel Sonnenschein der Touristikerin ins Wort. Beide Frauen seufzten und nickten dann bestätigend mit dem Kopf.

Carla Sonnenschein war vor zwei Jahren zur Bürgermeisterin gewählt worden. In der über eintausendjährigen Geschichte von Cochem führte sie nun als allererste Frau die Geschicke der Stadt. Darauf konnte sie zu

Recht stolz sein. Und das war sie auch. Natürlich wollte sie ihre Sache besonders gut machen. Keinesfalls sollten ihre Neider ihr nachsagen, dass sie als Frau dieser Aufgabe nicht gewachsen wäre. Da konnte es einfach nicht angehen, dass ihre Arbeit ausgerechnet von solch einer streitsüchtigen Person zunichte gemacht wurde. Man musste etwas unternehmen. Bloß was?

Carla dachte scharf nach. Dabei legte sie Zeige- und Mittelfinger ihrer rechten Hand an ihre Stirn und begann leise das Lied vom *Ächte Cochemer Jung* vor sich hin zu singen. Alma Ritter wollte die Bürgermeisterin keinesfalls beim Nachdenken stören, und als Carla bei der Strophe angekommen war, in der es heißt: *On däm Wein- un Heimatfest, of däm aale Moart, Vill jetronk jeft von dä Gäst, un de Schniß jeschwoart*, stand sie leise auf und stellte sich ans Fenster. Es ging auf die Mittagspause zu, und auf dem Marktplatz, der bei ihrer Ankunft im Rathaus noch menschenleer gewesen war, herrschte bereits reges Treiben. Jetzt, wo das Weinfest kurz bevorstand, war die Zeit im Jahr, wo die meisten Touristen die Moselregion besuchten. Alma beobachtete, wie die Gäste nach einem Sitzplatz im Außenbereich eines der beliebten Cafés Ausschau hielten. Freie Stühle waren heiß umkämpft. Kaum wurde ein Tisch frei, war er auch schon wieder besetzt. In Cochem wurde so schnell kein Stuhl kalt. Hin und wieder konnte man sogar kleine Rangeleien beobachten, wie man sie sonst nur von Pennälern auf dem Schulhof kannte. Alma grinste amüsiert, während die Bürgermeisterin noch weitersang, und ließ ihren Blick umherschweifen.

Die meisten Cafés, die den Marktplatz säumten, waren in jüngerer Zeit in den typischen moselländischen

Fachwerkhäusern eingerichtet worden. Früher wohnte in diesen sogenannten Bürgerhäusern die bessere Gesellschaft. Der Marktbrunnen aus Basalt mit dem Standbild des heiligen Martin, der seinen Mantel mit einem Bettler teilt, bildete das Zentrum des Platzes.

Jedes Kind kannte die Geschichte des Cochemer Schutzpatrons, die ihren Höhepunkt am 11. November, dem Namenstag des Heiligen, hatte. Es gehörte zur Tradition, dass ein als St. Martin gewandeter Reiter zu Pferd durch die Straßen der Innenstadt zog. Gefolgt von mit Fackeln und selbst gebastelten Laternen ausstaffierten kleinen und großen Kindern, die sich später an einem Feuer am Moselufer versammelten, um einen mit klebrigem Zucker umhüllten Martinsbrezel zu ergattern. Tatsächlich war die Brezel an der Mosel männlich. Daran sowie an weitere sprachliche Eigenheiten der Einheimischen hatte sich Alma, als sie aus dem Schwarzwald nach Cochem gezogen war, erst einmal gewöhnen müssen.

Auch in ihrem Heimatort gab es die Tradition des Martinsumzugs. Alma erinnerte sich gerne daran, wie sie als Kind den Zug durchs Dorf begleitet hatte. Mit einer selbst gebastelten Laterne in der Hand und das Lied vom heiligen Wohltäter und späteren Bischof lauthals mitsingend. Alma unterbrach ihre Gedanken und lauschte auf die Geräusche im Büro. Die Bürgermeisterin schien noch immer in Gedanken, inzwischen summte sie die Melodie von *O Mosella*. Na, das konnte ja heiter werden. Wenn die Bürgermeisterin sich jetzt alle traditionellen Cochemer Trinklieder zur Brust nahm, bevor sie sich wieder zu Wort meldete, musste Alma sich auf einen langen Tag einstellen. Dabei hatte ihr Magen bereits angefangen zu knurren. Gegen zwölf Uhr machte sie für gewöhnlich Mittagspause, und sie hatte sich daran gewöhnt, um diese Zeit etwas zu essen zu bekommen. Wenn ihr Hunger zu groß werden sollte, würde sie Carlas Sekretärin wohl um ein Schmandbrot bitten müssen.

Vom Marktplatz her war jetzt das Glockenspiel zu hören, das der ortsansässige Optiker auf eigene Kosten hatte anbringen lassen, um Gäste, Einheimische und letztlich natürlich auch sich selbst zu erfreuen. Viermal am Tag ertönten die Glocken in bekannten volkstümlichen Weisen. Wenn Alma sich nicht täuschte, spielte gerade: *Wenn die bunten Fahnen wehen, geht die Fahrt wohl übers Meer …*

Die Gäste blieben erstaunt stehen und suchten nach dem Ort, von dem die Musik kam. Sobald sie die Glocken am Giebel des Fachwerkhauses entdeckten, lächelten sie zufrieden und setzten ihren Weg durch die historische Altstadt fort. Alma hatte ihre Ausbildung zur Tourismuskauffrau in ihrer Heimat absolviert und hatte sich zum Berufseinstieg gewünscht, in einer sowohl landschaftlich reizvollen wie touristisch attraktiven Region zu arbeiten. Das Angebot von der Mosel kam ihr da mehr als gelegen. Alma liebte die Landschaft mit ihren besonderen Reizen, die die Region um Hunsrück, Eifel und Mosel zu bieten hatte. Denn auch die Weite der Moselhöhen, rechts- und linksseitig des Flusses, mochte sie sehr. In ihrer Freizeit erwanderte sie gerne die neu angelegten Klettersteige und Traumpfädchen. Im Büro der Tourist-Information herrschte ein angenehmes Arbeitsklima, und auch mit der Stadtbürgermeisterin verstand sie sich gut. Dass sie hier mit Kilian auch noch ihrer großen Liebe begegnet war, machte die Sache nun geradezu perfekt. Seit einiger Zeit waren Alma und der Jungwinzer nun schon ein Paar. Kilian betrieb im Nachbarort neben dem Weinbau auch noch eine kleine Vinothek, in der Alma, sofern es ihre Zeit zuließ, gern aushalf und die Gäste bewirtete. Eigentlich gab es für sie derzeit überhaupt keinen Grund, unzufrieden zu sein. Und dennoch hatte sie gelegentlich das unangenehme Gefühl, dass ihr Lieblingsstädtchen in der Hochsaison aus allen Nähten zu platzen drohte.

Im Grunde genommen wäre auch das ein durchaus lösbares Problem gewesen, wären da nicht die fehlenden Fachkräfte. Alle Welt jammerte über den Personalmangel in der Gastronomie, und genau das bekamen auch Alma und ihre Kollegen zu spüren. Eigentlich hatte Alma sich zum Ziel gesetzt, die bislang von Ostern bis Silvester dauernde Saison an der Mosel auf das ganze Kalenderjahr auszudehnen. Doch wie sollte das gelingen, wenn keiner den Job machen wollte? Einige Betriebe hatten schon laut darüber nachgedacht, auf Selbstbedienung umzustellen. Doch Alma hielt das für keine gute Idee. Vor allem für alteingesessene Restaurants und Cafés war das ein Unding. Die Gäste legten allergrößten Wert auf freundliche und zuvorkommende Bedienung. Diesen Service konnte auch kein Roboter übernehmen, wie der ein oder andere Kollege bei der letzten Sitzung der Gastronomen vorgeschlagen hatte.

Wenn sich jetzt allerdings herumsprach, wie Marlene Lenz hier die Touristen empfing, brauchte sie sich darüber bald nicht mehr den Kopf zu zerbrechen. Es durfte nicht so weit kommen, dass eine wie Marlene Lenz ihr die Gäste vergraulte. Dagegen musste man angehen. Koste es, was es wolle. Es dauerte noch eine ganze Weile, bis Carla Sonnenschein ihre musikalische Meditation beendete.

»Also, welche Möglichkeit haben wir noch, dieser … dieser … sagen wir, missgünstigen Frau … ihre Bosheit auszutreiben?«

Alma Ritter hatte auf diese Frage leider auch keine Antwort und zog ratlos die Schultern hoch. »Ehrlich gesagt habe ich gedacht, dass der freundliche Brief, den Sie ihr mit der guten Flasche Riesling Hochgewächs vom Valwiger Herrenberg haben zukommen lassen, seinen Zweck erfüllen würde. Aber offenbar habe ich mich getäuscht.«

»Ja, leider«, seufzte die Stadtbürgermeisterin. »Vermutlich verschmäht die Dame am Ende unseren guten Moselriesling«, und sie konstatierte trocken: »Was erklären würde, warum sie so boshaft ist.«

Die beiden Frauen tauschten ratlose Blicke. Dass eine einzige Person eine ganze Stadt in ein solch schlechtes Licht rückte! Mehr noch, man konnte sagen, sie brachte die idyllische Kleinstadt sogar in Verruf. Und das war doch mehr als unfair. Man war schließlich daran interessiert, auch weiterhin die Liste der beliebtesten Ferienorte Deutschlands anzuführen. Erst kürzlich war Cochem bundesweit zur gastfreundlichsten Kleinstadt gekürt worden. »Wenn das so weitergeht, können wir uns solche Auszeichnungen in Zukunft abschminken«, befürchtete Ritter.

Sonnenschein nickte. Sie zögerte kurz, bevor sie endlich mit dem herausrückte, über das sie zuvor so lange
nachgedacht hatte. Sie sprach Alma Ritter damit geradezu aus der Seele, als sie sagte: »Da gibt's nur eins,
Alma. Marlene Lenz muss weg.«

3. Kapitel

Marlene mochte ihren Schreibtisch. Er war ihr eine willkommene Barriere zu dem Pöbel, mit dem sie es zu tun hatte – wie sie ihre »Kundschaft« so gerne mit der ihr eigenen unnachahmlichen Liebenswürdigkeit betitelte. Gerade war wieder so eine davon dagewesen. Silvia Meier. Wollte ihr doch tatsächlich weismachen, dass es für ihre Behörde viel günstiger sei, wenn ihre mittlerweile fünfundzwanzigjährige Tochter Tanja zusammen mit dem Rest der sechsköpfigen Familie *eine* größere gemeinsame Wohnung bezöge anstelle von zwei kleineren. Ja, wo kämen wir denn da hin, wenn ihr diese Bittstellerinnen und Bittsteller nun auf einmal mit gesundem Menschenverstand kamen! Es gab schließlich Regeln! Davon lebte doch jede Behörde. Von Struktur und Ordnung. Von Recht und Gesetz.

Zwei unterschiedliche Bedarfsgemeinschaften sind eben nun mal zwei unterschiedliche Bedarfsgemeinschaften! Marlene hatte ihre Vorschriften. Und da hielt sie sich auch eisern dran. Schluss! Aus! Basta! Hier kann doch nicht jeder Depp einfach machen, was er will! Das hatte sie auch der ach so klugen Frau Meier – in Wahrheit wusste die Dame noch nicht einmal, was eine Bedarfsgemeinschaft überhaupt war – mehr als deutlich klargemacht.

Hach, es müsste einfach mehr intelligente und universitätsgeprägte Menschen wie sie selbst geben, dachte Marlene. Aber diese Spezies war rar gesät. Stattdessen hatte sie es den ganzen Tag mit unsachlichem Volk zu tun. Sowohl aufseiten ihrer Kunden als auch unter den vom Helfersyndrom befallenen lieben Kollegen. Wie gut, dass sie, Marlene, das letzte Bollwerk der Prinzipien darstellte. Eine Lichtgestalt auf weiter Flur beziehungsweise in den weiten Fluren ihres Jobcenters.

Dieses Bild brachte Marlene kurz dazu, sich selbst in Gedanken ein gütiges Lächeln zu schenken, bevor sie wieder über den Termin von eben sinnierte. Diese Frau Meier, also wirklich, was wollte die denn überhaupt? Hatte die gute Frau ihr jetzt doch dreißig Minuten wertvolle Arbeitszeit gestohlen, nur um ihr etwas von Familienzusammenhalt vorzufaseln. Von Gefühlsduseleien dieser Art stand aber nichts in Marlenes Statuten. Und für das Familienidyll anderer Leute war sie ja nun wirklich nicht zuständig. Das wäre ja noch schöner. Schließlich kümmerte sich auch keiner um ihr Idyll. Ganz im Gegenteil. Trampelten doch täglich Horden von einfältigen Touristen nebst noch einfältigeren Gästeführern unter ihren Fenstern vorbei. Und der Mann, der sie anbetete, war zu feige, seine Angetraute zu verlassen.

»Ich bin ja auch wirklich überall nur von Kretins umzingelt. Einmal mit Profis arbeiten!«, rief sie laut aus, sodass es quer durch ihr großes Büro oben unter dem Spitzdach des Gebäudes hallte.

Durch die sechs großen Dachfenster über sich konnte sie den Himmel sehen. Das gefiel ihr. Es hatte so etwas Erhabenes. Das fand sie angemessen. Zusammen mit den acht Gaubenfenstern, die sie in dem großen, lichtdurchfluteten Raum umgaben, wirkte er fast wie eine Kathedrale. Mitten hinein in diese Herrlichkeit sprach sie trotzig: »Na wartet, ihr Stümper alle! Euch zeig ich's! Ihr werdet schon noch sehen, was ihr davon habt, euch mit einer Marlene Lenz anzulegen!«

Diese Selbstmotivierung und die damit verbundenen Aussichten stimmten sie doch gleich wieder viel fröhlicher, genau wie die Tatsache, dass mit Silvia Meiers Unterlagen die Seite der Ablage auf ihrem Schreibtisch, die die abgelehnten Anträge enthielt, wieder um einen gewachsen war. Und die der angenommenen nun bei Weitem überragte. Da konnte die Delinquentin noch so sehr jammern und heulen.

Marlene ließ ihren Blick aus den Gaubenfenstern über die Dächer der Stadt schweifen. Hinter der Rückfassade des modernen Sparkassengebäudes blieb er zunächst an dem stattlichen Turm der katholischen Pfarrkirche St. Martin hängen. Seine drei barocken, kugelförmigen Ausbuchtungen glänzten in der Sonne. An den Stammtischen in den heimischen Wirtschaften stritten sich die sogenannten Fachleute gerne mal darüber, ob es »Knubbele« oder »Zwiwelle« waren oder doch, wie sie selbst mit ihren profunden historischen Kenntnissen vermutete, eine Welsche Haube.

Marlenes bernsteinfarbene Augen wanderten weiter bis hinauf zur Reichsburg. Gerade brachen sich die Strahlen der Sonne durch die Wolken Bahn. Pünktlich zum Feierabend. Das Mosaik des heiligen Christopherus auf dem Turm der Burg reflektierte das helle Licht. Die Reichsburg Cochem hatte eine bewegte Geschichte hinter sich. Um das Jahr 1000 erbaut, von den Franzosen bis auf die Grundmauern zerstört und von dem Berliner Industriellen Louis Ravené liebevoll wiederaufgebaut, gehörte die Burg seit 1978 den Cochemer Bürgerinnen und Bürgern. Quasi jedem ein kleines Stück. Und Marlene fand, sie selbst hätte ein besonders großes verdient. Hach, es ist ja auch kein Wunder, dass Fotos unserer schönen Burg mittlerweile häufiger auf Instagram und Co. hochgeladen werden als welche vom Brandenburger Tor, dachte Marlene voll Stolz. Es war aber auch einfach so schön hier. Wenn … ja, wenn doch bloß nicht alle diese lästigen Menschen um sie herum wären. Sie musste sich selbst zum Ausgleich dafür etwas Gutes tun, ein bisschen ungestörte, achtsame Me Time.

Und Marlene wusste auch schon ganz genau, womit sie gleich gebührend ihren Feierabend einläuten wollte. Mit einem Stück ihres Lieblingskuchens, der Roter-Weinbergspfirsich-Torte, das sie sich mit nach Hause nehmen würde. Die heimische Frucht des roten Weinbergspfirsichs hatte es Marlene in allen möglichen Variationen angetan, ob süß als Kompott, Marmelade oder eben als eingelegte Früchte oben auf der köstlichen Torte. Gerne auch herzhaft als Chutney oder Essig. Die kleine, äußerlich vielleicht eher unscheinbare Frucht hatte es nämlich in sich! Außen zwar grau, aber innen tief dunkelrot leuchtend und ebenso hocharomatisch wie schön anzuschauen, war sie längst ein regionaler Meilenstein der moselländischen Kulinarik geworden. Auf zahlreichen, eigens für das besondere Früchtchen erdachten Festen, wurde der rote Weinbergspfirsich gefeiert. Und seine perfekten prall-festen Rundungen erinnerten Marlene letzten Endes nur wiederum allzu gerne an sich selbst und ihren makellosen Körper. Vielleicht würde sie sich sogar noch einen Weinbergspfirsichlikör gönnen. Oder einen Moselkir, die Antwort auf Kir Royal, nur eben mit Weinbergspfirsich statt Cassis.

Und dann, ja, dann würde sie zwei neue Beschwerdebriefe an ihre allerliebsten Hassobjekte schreiben. Oh ja! Der erste würde an Alma Ritter gehen. Dieses junge zugezogene Ding, was wollte die ihr denn hier in Cochem, Marlenes höchsteigener Geburtsstadt, für Vorschriften machen?

»Aber Frau Lenz«, hatte sie neulich zu ihr gesagt – das musste man sich mal vorstellen –, »aber Frau Lenz, wir können doch nicht wegen Ihnen alle Stadtführungen umleiten!«

Ja, und wieso denn nicht, wer war denn schließlich zuerst da gewesen? Marlene und ihr liebevoll und äußerst kostspielig renoviertes, denkmalgeschütztes Winzerhaus oder dieses Pack, das die Straßen vermüllte und verstopfte?

Der zweite Brief, und bei diesem ging sie erst recht bereits in Gedanken gleich in den Angriffsmodus über, war natürlich an den ihr größten Dorn im Auge adressiert. An die Stadtbürgermeisterin Carla Sonnenschein. Wirklich, Marlene schüttelte sich bei dem Gedanken. Wie konnte man nur so ein Menschenfreund sein wie diese Frau? Und wie konnte man so fröhlich sein? Ekelhaft! Und dann hatte sie auch noch immer ein Lied auf den Lippen! Immer, wirklich immer sang sie irgendwas. Pah, dachte Marlene verächtlich, so eine naive Närrin! Wenn ich so ein großes Herz und so ein offenes Ohr für andere Leute hätte, dann hätte ich ja überhaupt keine Zeit und Freundlichkeit mehr übrig für die wichtigste Person auf diesem Planeten: mich selbst!

Und um das Ganze noch zu toppen, war Carla Sonnenschein wahrscheinlich die einzige Person der Stadt, deren Büro noch schöner war als ihres. Und das wurmte Marlene gewaltig. In diesem Moment flötete es ein munteres »Hallo–ooh« auf dem Flur.

Ohne auf Marlenes Herein nach dem Anklopfen zu warten, steckte ihre Kollegin Jenny den Kopf durch die Tür. Na toll, noch so eine von der Gutmenschfraktion. Die hat mir jetzt gerade noch gefehlt! Trotzdem versuchte Marlene, entgegen ihrer sonstigen Art, ihren Unmut über das Auftauchen der jungen Kollegin etwas zu verbergen, denn Jenny war an sich schon ganz praktisch. Sie war Marlenes Schoßhündchen. Wenn Marlene ihr etwas auftrug, erledigte sie es brav, im übertragenen Sinne jedes Stöckchen apportierend, das Marlene ihr zuwarf. Natürlich konnte man sie sich nur mit einfachen Dingen befassen lassen. Aber immerhin, so hatte sich Marlene diesen lästigen Kleinkram gespart.

Und die einfältige kleine blonde Maus war auch noch dankbar dafür. Unter ihrem gerade geschnittenen Pony schien sie Marlene anzuhimmeln, was diese wiederum sehr gut verstehen konnte.

»Na, wie war dein Tag?« Die Kollegin sah sie aus ihren braven blauen Augen an, die scheu hinter einer dieser

Omabrillen mit übergroßem, dickem Hornrand hervor-
schauten, die heute bei den jungen Frauen anscheinend
wieder so modern waren.

»Wie immer. Sehr produktiv und effektiv«, antwortete
Marlene dann doch schärfer als geplant.

»Hm, ja, natürlich, natürlich, klar«, kam es gleich beschwichtigend von der jungen Kollegin zurück. »Ich
wollte dich fragen …«

»Dann frag doch direkt«, unterbrach Marlene sie be-
lehrend, »du bist ja schon wie unsere Kunden, die auch
immer erst sagen, sie hätten da mal eine Frage, bevor sie
dann umständlich mit der Sprache herausrücken. Das
ist doch Zeitverschwendung. Und es nervt.«

»Äh, ja, sicher, du hast recht, entschuldige.«

»Und was sage ich dir noch immer, Jenny-Maus? Du
darfst dich nicht immer für alles entschuldigen. Selbst
bei mir nicht. Das zeugt von Unsicherheit. Aber was
wolltest du denn jetzt fragen?« Marlene versuchte sich
an einem etwas weniger überheblichen Tonfall, was ihr
aber kaum gelang.

»Äh, ja, also, ich wollte nur fragen, ob du Lust hättest
auf ein Feierabend-Sektchen oder -Aperölchen. Ich lade
dich ein.«

In die etwas zu lange peinliche Stille, die nach Jennys
freundlichem Angebot entstand, sagte Marlene: »Also,
eigentlich passt mir das heute gar nicht. Ich muss noch
ein paar wichtige Sachen erledigen. Aber wenn du mich
so lieb bittest …« Man muss bei seinen Untergebenen ja
auch mal über seinen Schatten springen können, dachte
sie und gab sich gönnerhaft. »Na gut, aber nur für ein
halbes Stündchen.« Wohl wissend, dass bei mosellän-

discher Geselligkeit das berüchtigte halbe Stündchen leicht zu einem ganzen Abend werden konnte, meistens begleitet von gutem Wein. Das Moselaner Stündchen war schon bei so manch einem ziemlich ausgeartet und hatte nicht selten in einer Dummheit geendet. Das würde ihr aber keinesfalls passieren. Und heute schon gar nicht, da war sich Marlene sicher, zu verlockend war die Aussicht, ihrem Ärger über die Gästescharen erneut schriftlich Luft zu machen. So konnte sie schließlich die berühmten zwei Fliegen mit der einen Klappe schlagen, oder, wie die Engländer es sagten: »To kill two birds with one stone«, was ihr viel besser gefiel.

Durch das Schreiben der Briefe ließ sie auch den Frust über die nun schon fast sechs Monate andauernde Zauderhaftigkeit ihres Geliebten heraus, der sie jetzt ein Ende bereiten würde. Genauso wie der Plage unter ihrem Fenster. Aber wenn sie vor ihren heroischen Taten ihren Drink nicht selbst bezahlen musste, tant mieux. »Ja, dann komm, Jenny-Maus, was stehst du hier noch rum?«

Gekonnt und betont lässig warf sich Marlene ihren schimmernden roten Lieblingsschal um den Hals und marschierte schnurstracks in Richtung Tür.

4. Kapitel

Am Carlfritz-Nicolay-Platz traf Steffi Schmitz wieder
auf Eva Engel. Die Stadtführerin hatte ihre Gästegruppe bis zum Aufgang der Moselbrücke begleitet, damit die älteren Herrschaften aus der Schweiz, denen sie
zuvor die Stadt gezeigt hatte, auch ganz sicher an ihrem
Hotelschiff ankamen. Das Schiff, das auf der anderen
Flussseite vor Anker lag, würden sie hoffentlich alleine
finden. Zurzeit hielt sich der Andrang im Hafen ja noch
in Grenzen. Steffi bemerkte, dass erst zwei der acht Lie-
geplätze besetzt waren. Es sollte also kein Problem sein,
den richtigen Dampfer auszumachen, dachte sie und
ging dann freudig auf ihre Kollegin zu.

»Hast du noch Lust auf einen Kaffee im Germania?«,
fragte sie Eva.

»Auch auf zwei«, antwortete diese augenzwinkernd.

Steffi grinste. Sie wusste genau, was es bedeutete,
wenn Eva keine weiteren Termine, sprich, ausreichend
Zeit zum Kaffeetrinken hatte. Das Germania war ein be-
liebtes Café in der Nähe der Brücke, direkt an der Mosel-
promenade gelegen, und bot nicht nur ausgezeichnete
Kaffee- und Kuchenspezialitäten, sondern war auch an

ein Weingut gekoppelt, das einen sehr guten Jahrgangssekt herstellte. Davon hatten Steffi und Eva sich schon mehrfach selbst überzeugen können. Der Gedanke an das prickelnde Getränk beflügelte Steffi augenblicklich. Geärgert hatte sie sich an diesem Morgen ja wohl schon zur Genüge. Da kam ihr ein Gläschen Sekt doch gerade recht. Auch wenn sie um diese Uhrzeit normalerweise noch keinen Alkohol zu sich nahm.

Sie hakte sich bei der Freundin unter und steuerte mit ihr schnurstracks auf den Eingang zu, den man über eine überdachte Terrasse erreichte.

Im Außenbereich herrschte Hochbetrieb. Die Hotelgäste genossen das ausgiebige Frühstück des Hauses, das hier für Langschläfer sogar bis dreizehn Uhr serviert wurde. Steffi und Eva betraten gemeinsam den Innenraum. Steffi sah auf den ersten Blick, dass ihr Stammplatz in der Nähe des Thekenbereichs noch frei war, aber Eva zog sie weiter. Ein paar Treppenstufen höher gab es einen größeren Raum, dessen rückseitige Fenster auf die belebte Einkaufsstraße hinausgingen. Im vorderen Bereich konnte man durch einen offenen Raumteiler den Eingang im Blick behalten. Hier oben waren nur wenige Tische besetzt. Die meisten Gäste nutzten das gute Wetter, um draußen zu frühstücken.

Eva entschied sich für einen kleinen runden Tisch, an dem man zwar ruhig saß, aber dennoch einen Überblick darüber hatte, wer das Café betrat. Kaum hatten die beiden Platz genommen, wetterte sie auch schon los: »Lass dich von dem Schinnòotz aus der Oberstadt bloß nicht fertigmachen.« Eva hatte absichtlich einen Begriff aus dem Moselfränkischen gebraucht, obwohl sie es im Gegensatz zu Steffi nie sprach. Aber Schinnòotz, das Wort gefiel ihr. Es beschrieb einfach so schön treffend Marlenes ganzen Charakter. Sie war eben Luder, Biest und böses Weib in einer Person. Eva sah ihre Kollegin herausfordernd an. Steffi war ja nicht die Einzige, die derartige Beschimpfungen, wie sie sie am Vormittag wieder erlebt hatte, aushalten musste. Anderen Gästeführern ging es genauso. Auch Eva.

»Du hast recht. Eigentlich sollten wir uns das nicht gefallen lassen«, entgegnete Steffi. »Aber weißt du was, ich habe jetzt überhaupt keine Lust, mir davon den ganzen Tag verderben zu lassen. Lass uns zuerst was trinken.«

Im selben Moment kam Mandy an den Tisch, um die Bestellung aufzunehmen. »Zweimal brut wie immer oder vorher noch einen Kaffee?«, schmunzelte sie.

»Nö, auf den Kaffee verzichten wir heute«, bestimmte Eva.

»Alles klar. Dann bringe ich den Schampus sofort«, scherzte die Bedienung und verschwand hinter der Theke.

Keine zwei Minuten später war sie zurück und stellte die Gläser mit dem goldig perlenden Inhalt auf den Tisch.

»Na dann, prost«, sagte Steffi und stieß mit Eva an, bevor sie den ersten Schluck nahm. »Einfach köstlich, das Zeug. Könnt ich mich glatt dran gewöhnen.«

»Da sagst du was. Jedenfalls köstlicher als mein Vormittag«, entgegnete Eva.

»Was ist passiert?«, fragte Steffi neugierig. Ihr war bei der Auswahl des Tisches schon der Verdacht gekommen, dass Eva ihr etwas mitteilen wollte, das nicht für alle Ohren bestimmt war. Jetzt hakte sie nach: »Ich dachte, die Schrapnelle aus der Oberstadt, wie du immer so schön sagst, wäre längst auf der Arbeit gewesen, als du vor ihrem Haus ankamst.«

»Das schon. Aber ich hatte das Vergnügen mit einer spanischen Kollegin.«

»Ach, das andere Schiff, das drüben vor Anker liegt?«

Eva seufzte. »Es ist eine Frechheit, was die sich da rausnimmt«, echauffierte sie sich. »Stellt sich mit einem Megafon mitten auf den Marktplatz und brüllt so laut in das Gerät, als gäbe es außer ihrer Gruppe niemand sonst mehr auf der Welt. Die alte Frau Becker-Steden hat sogar ihren Kopf aus dem Fenster gestreckt, um zu schauen, was da los ist. Und die ist eigentlich so gut wie taub.«

Steffi musste lachen. Eva steigerte sich so sehr in die Geschichte hinein, dass sie immer schneller redete. Sie kam gerade richtig in Fahrt.

»Und was die den Leuten für einen Mist erzählt«, fuhr sie aufgeregt fort. »Sagt die doch glatt, das Haus des Optikers Müller sei das älteste Haus auf dem Marktplatz. Angeblich hätte man es nach der Zerstörung während des Pfälzischen Erbfolgekriegs im Jahr 1689 mit Steinen eines Hauses aus Traben-Trarbach wiederaufgebaut. Die Glocken hätte man aus der dortigen Kirche entwendet, und heute würden sich die Einheimischen an dem Klang des Diebesguts tagtäglich mehrmals erfreuen. Das stimmt doch gar nicht.« Eva war außer sich vor Empörung.

Natürlich war das alles komplett erfunden, und das genaue Gegenteil war der Fall. Das Haus Müller, das wusste Steffi mit einhundertprozentiger Sicherheit, war das jüngste Haus am Platz, da es erst 1980 erbaut worden war. Sie selbst konnte sich noch gut daran erinnern, dass zu ihrer Schulzeit dort noch eine Baulücke klaffte. Und das Glockenspiel hatte die Familie des Optikers ja nun auf eigene Kosten angeschafft. Auch das war sonnenklar und zudem stadtbekannt. An den Skandal, den der Einbau des Glockenspiels damals verursacht hatte, erinnerte Steffi sich zwar nicht persönlich, aber aus den Erzählungen ihrer Eltern war ihr das Ganze durchaus im Gedächtnis geblieben. Doch das war eine andere Geschichte. Wenn der alte Herr Müller zu hören bekäme, dass man den Gästen – wenn auch bislang nur den spanischen – erzählte, dass er mit angeblichem Diebesgut die Stadt beschallte, dann wäre aber der Teufel los!

Was Steffi allerdings noch viel mehr interessierte als diese Lügengeschichten, war die Frage, warum ihre Freundin das alles überhaupt verstanden hatte.

»Du sprichst Spanisch?«, fragte sie deshalb verwundert. Sie hatte zwar gewusst, dass ihre Kollegin sehr gut Englisch konnte, aber dass diese auch der iberischen Sprache mächtig war, fand sie durchaus bemerkenswert. Zumal sie selbst keine einzige Fremdsprache beherrschte. Außer auf Deutsch konnte Steffi sich nur noch perfekt auf Moselfränkisch unterhalten. Das war der Dialekt, der mit kleinen Abweichungen entlang der Mosel sowie in Teilen des Hunsrücks und der Eifel gesprochen wurde. Wenn Steffi ehrlich zu sich selbst war, war das ihre eigentliche Muttersprache. Denn es war die Sprache, in der sie dachte, zählte und träumte. Und fluchte. Sie war durchaus stolz darauf, zu den echten

Plattschwätzern zu gehören. Dennoch bedachte sie Eva mit einem bewundernden Blick.

»Ja, meine Tante hat doch eine Immobilienfirma auf den Kanaren«, erklärte Eva sich. »Ich bin schon als Kind häufig bei ihr in Ferien gewesen und habe so eben Spanisch gelernt. Ganz nebenbei sozusagen.« Fast klang es ein bisschen entschuldigend.

»Damit hat diese Reiseleiterin vermutlich nicht gerechnet, dass man sie hier versteht«, schmunzelte Steffi. Dann hob sie ihr Glas und prostete Eva noch einmal zu.

»Das vermute ich auch, sonst hätte sie sicher nicht so einen Quatsch erzählt«, fügte Eva, nun ruhiger geworden, an.

Steffi kicherte, was wohl auch daran lag, dass sie ihr Glas bereits geleert hatte, während Eva sich über die Konkurrenz ausließ. Sie lehnte sich entspannt zurück.

Die gepolsterten Armlehnstühle in Grau-, Mint- und Rosatönen waren nicht nur sehr bequem, sondern auch hübsch anzusehen. Erst kürzlich hatte das Café seine komplette Optik verändert und sich vom klassischen Oma-Café in ein skandinavisches Coffeehouse mit Hygge-Feeling verwandelt. Was nicht zuletzt der Besitzerin zu verdanken war, die einst als Hotelangestellte aus Schweden an die Mosel gekommen war, dort ihr Glück fand und blieb.

»Ach, was soll's, die können mir jetzt alle mal den Buckel runterrutschen. Die Spanier kommen ja zum Glück nur alle naselang in die Stadt. Aber das andere Problem, was wir haben, stellt sich leider täglich«, lenkte Eva Steffis Gedanken wieder weg vom Ambiente des Cafés hin zu ihrem eigentlichen Problem.

Steffi dachte prompt wieder an den Auftritt von Marlene Lenz am Vormittag.

»Was hältst du davon, wenn wir einen Stammtisch einberufen und das Thema mit den anderen Gästeführern erörtern?«, schlug Eva schließlich vor. »Es geht schließlich uns alle was an. Am besten informieren wir auch gleich die Bürgermeisterin und Frau Ritter von der Tourist-Info. Es kann nicht schaden, wenn man die Obrigkeit auf seiner Seite hat.«

»Und was, denkst du, kann man dagegen unternehmen, dass diese Frau ständig Frechheiten aus dem Fenster brüllt? Sie wohnt schließlich schon ewig in dem Haus. Man kann sie ja wohl schlecht einfach rauswerfen«, gab Steffi zu bedenken.

»Wohl kaum. Wie ich gehört habe, ist sie sogar die Besitzerin des Hauses. Also, in der Beziehung haben wir dann eher keine Chance.«

Eva überlegte einen Moment. »Aber man könnte ihr doch durchaus ein bisschen Angst einjagen.« In ihren Augen war plötzlich ein Funkeln zu sehen.

»Du meinst …« Steffi wusste eigentlich nicht so ganz genau, was Eva meinte, und sprach den Satz deshalb nicht zu Ende.

»Mmmmmh. Ich meine, es könnte nachts da hin und wieder seltsame Geräusche geben. Am Haus oder rund ums Haus. Soweit ich weiß, lebt diese Marlene doch allein.«

»Und du meinst …« Steffi war noch immer nicht ganz klar, um was es Eva ging.

»Ich meine …« Eva senkte ihre Stimme und fuhr im Flüsterton fort: »Ich meine, eine von uns oder meinetwegen auch wir beide besuchen die Dame mal, wenn's dunkel ist.«

»Und was genau ...?«

»Lass mich mal machen, ich habe das schon eine Idee ...«, deutete Eva geheimnisvoll an. Doch plötzlich hielt sie inne. Mandy war aufgetaucht, um die leeren Sektgläser einzusammeln.

»Noch mal das Gleiche bitte«, säuselte Eva. »Oder hast du heute noch was Wichtiges vor?«, fragte sie und schaute ihr Gegenüber dabei erwartungsvoll an. Steffi schüttelte den Kopf.

»Also, dann noch zwei«, wiederholte Eva und nickte Mandy zu. Als die Bedienung hinter der Theke verschwand, erhob Eva sich aus ihrem bequemen Sessel.

»Sorry. Ich muss schnell Platz für neue Flüssigkeit schaffen«, entschuldigte sie sich augenzwinkernd und verschwand in Richtung Toilette. Während Steffi an ihrem zweiten Sekt nippte, überlegte sie, was Eva da wohl ausgeheckt hatte. Aber ganz gleich, was es war, es war wohl unvermeidbar, der Dame mal eins auszuwischen. Als »Näälisch Óhs« würde man Marlene Lenz vermutlich im Volksmund bezeichnen. Hinterhältig und durchtrieben, so war sie wohl, die Marlene aus der Oberstadt. Leider war sie noch nicht so alt, dass man in naher Zukunft mit einem natürlichen Ableben rechnen konnte. Steffi schätzte sie auf höchstens Anfang fünfzig, eher etwas jünger. Ein altersbedingter natürlicher Tod war demnach also eher unwahrscheinlich.

»Trotzdem. Leidtun würde es mir nicht um sie«, hörte Steffi sich plötzlich laut sagen und erschrak vor sich selbst.

5. Kapitel

Schwitzen tat ihr gut. Sie liebte es, ihren Körper bis an seine Grenzen zu bringen. Oder besser noch darüber hinaus. So konnte Marlene sich spüren, fühlte sich bis in jede Zelle hinein lebendig. Das neue Fitness-Workout in der großen, professionell ausgestatteten Halle der heimischen Berufsschule war da genau das Richtige. Hier konnte sie sich völlig auspowern. Planks, Sit-ups, Burpees, Wall Sits, Dead Bugs, das war alles Musik in Marlenes Ohren. Der Trainer war durchaus auch schnuckelig. Ein kleines feines Leckerchen zum Appetitholen für zwischendurch.

Nicht ohne Grund trug sie schließlich heute wieder ihr neues Sportoutfit in ihrer Lieblingsfarbe Rot, eine Kombi aus eng anliegendem Top mit Cutouts und Tights mit hochgezogener Taille und geschickt sitzender Teilungsnaht am Po. Wenn sie sich so umsah in den Reihen der weiblichen Mitglieder ihres Sportvereins, die sich hier rechts und links von ihr mehr schlecht als recht abmühten, würde sie die Misswahl in jedem Fall gewinnen. Und das sogar im Schlabberlook, den Marlene selbstverständlich nie trug. Nicht einmal zum Brötchenholen. Sie hielt es da ganz mit Karl Lagerfeld. Wer sich in der Jogginghose auf der Straße zeigt, hat die Kontrolle über sein Leben verloren. Und Marlene verlor niemals die Kontrolle. So zog sie auch ihr Training heute durch, konsequent und knallhart.

Nach dem Ende der Trainingseinheit steckte sie sich die kabellosen Kopfhörer ihres iPods ins Ohr und joggte, wie immer zu Taylor Swifts *Shake It Off*, noch ein paar Runden durch die Turnhalle. Dann legte sie sich freudig ihr neues flauschiges Mikrofaserhandtuch um den Nacken, damit es den frischen Schweiß, der mittlerweile in Strömen floss, aufsaugen konnte, und tänzelte leichtfüßig in Richtung Umkleide. Kaum nahm sie die Kopfhörer wieder heraus, ging hinter ihr das Geschnatter los. Natürlich, Britta und Ellen, wie konnte es auch anders sein?

»Du, Marlene, warte mal! Du kommst doch sicher nächste Woche zur Jahreshauptversammlung vom TV.«

»Ihr meint unseren Turnverein«, Marlene hasste Abkürzungen, so erlaubte sie es auch niemandem, ihren Namen durch irgendwelche Akronyme zu verunstalten. Außer vielleicht ihrem Schatz in ganz besonderen Momenten.

»Was bringst du denn mit? Nudelsalat oder Kartoffelsalat?«, plärrten die zwei Turnschwestern einfach weiter.

»Weder noch.« Marlene zuckte mit den Schultern.

»Schichtsalat?«

»Auch den nicht«, entgegnete sie genervt.

»Ah, vielleicht Tomate-Mozzarella, etwas Frisches?«

Klar, ich werde denen noch meinen besten Mozzarella di Bufala wie Perlen vor die Säue werfen, dachte Marlene.

»Nein, ich werde gar nichts mitbringen. Weil ich nämlich gar nicht kommen werde. Und wisst ihr auch, warum? Weil ihr nicht form- und fristgerecht eingeladen habt und die Einladung, wie es laut Vereinsrecht bei einem gemeinnützigen Verein zu sein hat, nicht *im Stadt- und Landboten* veröffentlicht habt.« Ja, da guckten sie dumm, die zwei. Und dann passierte das, was Marlene schon kannte. Sie rollten mit den Augen, sowohl Britta als auch Ellen. Als hätten sie diese Choreografie der ausgeprägten Gesichtsgymnastik lange einstudiert. Das totale Unverständnis in den vor sportlicher Anstrengung noch geröteten Gesichtern.

Und dann kam der Satz, den sie am häufigsten in ihrem Erwachsenenleben zu hören bekommen hatte: »Marlene, jetzt nimm doch nicht immer alles so genau! Versteh doch, einen ehrenamtlichen Verein zu leiten, ist auch wie ein Fulltimejob, und das zusätzlich zu unseren eigentlichen Jobs. Da kann einem schon mal eine Kleinigkeit durchgehen. Da haben alle anderen Verständnis für und kommen trotzdem gern.«

»Ich aber nicht. Mit diesen ›Kleinigkeiten‹, wie ihr sie nennt, muss ich mich nämlich jeden Tag rumschlagen. Und mit den Regelbrechern dazu. Und da habe ich in meiner knapp bemessenen Freizeit dann, mit Verlaub gesagt, nicht auch noch Bock zu. Statuten sind wichtig. Aus Prinzip.« Mit diesen Worten ließ sie die beiden einfach stehen. Sollten sie sie doch für eine Erbsenzählerin halten. Das war ihr egal.

Marlene ging festen Schrittes und ohne sich umzudrehen zu den Duschkabinen, schlüpfte geschickt aus ihren Sachen und hinein ins feuchte Nass.

Sie ließ das wohltuend warme Wasser so lange über ihren Körper laufen, bis alle anderen ringsum verschwunden waren. Tiefenentspannt kam sie aus der Dusche und war froh, sich jetzt ganz ungestört und alleine umziehen zu können. Die Spiegeltür ihres Spindes zeigte ihr eine entschlossene, hochattraktive Frau. Sie war heute Abend zu allem bereit. Auch dazu, der holden Gattin ihres Liebsten reinen Wein einzuschenken. Wenn der nicht aus dem Quark kam, selbst schuld. Sie packte ihr neues Trainingsoutfit sorgfältig gefaltet in ihre Sporttasche, die schwarzen Adidas-Sneakers in den dazu passenden Schuhbeutel und das nasse Handtuch in eine separate Tüte.

Dabei würde sie die Sachen nie mehr brauchen. Aber das wusste Marlene ja eben nun mal nicht. Als sie sich herunterbeugte, hielt sie in der Bewegung inne. Sie lauschte angestrengt. Komisch. Da war doch gar nichts. In letzter Zeit hatte sie öfter das Gefühl, beobachtet zu werden. Wahrscheinlich Überarbeitung. Kein Wunder, so gefragt, wie ihre Kompetenzen waren.

Auf ihrem in feinste cremefarbene Alpakawolle gehüllten Rücken zeichnete sich ein langer Schatten ab, dessen Ränder über sie hinaus bis auf den Boden, auf den sie gerade blickte, ausstrahlten. Langsam richtete sie sich auf. Gerade wollte sie herumwirbeln und ausholen, da gab sich der Schatten zu erkennen, indem er ihr ein sonores »Überraschung« ins Ohr säuselte.

»Ach, du bist es, du blöder Kerl! Na, das wurde aber auch mehr als Zeit. Sonst wäre sie heutig fällig gewesen, deine Angetraute. Ich schwör' es dir!«

6. Kapitel

Alma Ritter war erleichtert. Vor ihr am Tresen im Eingangsbereich der Tourist-Information standen zwei frisch von ihr ausgebildete Gästeführerinnen, die nur noch den entsprechenden Vertrag unterschreiben mussten und dann sofort ans Werk gehen konnten. Die Stadt bettelte geradezu um Nachwuchs. Sicher, es gab einen festen Stamm an zuverlässigen und äußerst kompetenten Stadtführern. Doch das immer stärkere Aufkommen an Hotelschiffen verlangte deutlich mehr Personal, als die Touristiker zur Verfügung hatten.

Vor allem Gästeführer mit Fremdsprachenkenntnissen waren derzeit Mangelware. Umso erfreulicher war es für Alma, als sich Inge und Gaby, die beide aus der näheren Umgebung stammten, für den neuen Kursus angemeldet hatten. In Anbetracht der Situation hatte Alma nicht, wie es eigentlich in Cochem üblich war, abgewartet, bis sich eine bestimmte Anzahl an Interessierten eingefunden hatte, sondern sie hatte auf eigene Faust agiert und die beiden engagierten Frauen nach Feierabend und am Wochenende selbst ausgebildet.

Obwohl sie noch nicht lange in der Gegend wohnte, kannte sie sich bereits bestens aus. Das lang natürlich auch daran, dass sie auf die Orts- und Geschichtskenntnisse ihres Liebsten zurückgreifen konnte, aber auch daran, dass sie sich in der Region wohlfühlte und es ihr deshalb leichtfiel, sich die für Gäste relevanten Daten und Fakten zu merken. Genauso war es wohl auch Inge und Gaby ergangen. Die beiden Frauen waren – so jedenfalls hatte Alma es empfunden – begeistert bei der Sache.

Dass sie nun wie zwei begossene Pudel auf die noch nicht unterschriebenen Verträge glotzten, verunsicherte Alma allerdings. Sie hatte sich doch hoffentlich nicht umsonst sprichwörtlich den Arsch aufgerissen und ihre Freizeit geopfert, um den Neuen die Grundlagen der Stadtgeschichte nahezubringen. Ihre Zweifel durfte sie sich jetzt aber auf keinen Fall anmerken lassen. Im Gegenteil.

»Ja, dann beglückwünsche ich Sie zur bestandenen Prüfung. Sie haben das wirklich ganz toll gemacht, und wir freuen uns sehr, Sie als neue Gästeführerinnen der Stadt Cochem begrüßen zu dürfen.« Alma hatte ihr freundlichstes Lächeln aufgelegt. Das zog eigentlich immer. Doch weder Inge noch Gaby machten Anstalten, nach dem bereitliegenden Kugelschreiber zu greifen und diesen vermaledeiten Vertrag endlich zu unterschreiben.

Alma verstand die Welt nicht mehr. Die Konditionen waren erstklassig. So einen Vertrag musste man woanders erst mal suchen gehen. Sie wusste wirklich nicht, was es da so lange zu überlegen gab.

»Schwupps, fehlt nur noch die kleine Unterschrift. Dann können Sie sich im Kalender unseres Buchungssystems freischalten, und ich verspreche Ihnen, noch diese Woche kommen für Sie schon die ersten Aufträge ins Haus geflattert.« Alma sang den Text geradezu heraus und lächelte noch breiter als zuvor. »Sie sind am Anfang vielleicht noch ein wenig aufgeregt, aber das legt sich mit der Zeit. Da bin ich mir ganz sicher.« Sie klopfte Inge und Gaby anerkennend auf die Schulter. Allerdings beschlich sie ein ungutes Gefühl. Was, wenn sich die Sache mit der Querulantin aus der Oberstadt auch schon bis zu den Neuen herumgesprochen hatte und die beiden deshalb zögerten, die Verträge zu unterzeichnen? Alma stöhnte innerlich leise auf und beschloss, ihr letztes Register zu ziehen.

»Sie haben es sich doch hoffentlich nicht anders überlegt? Das wäre sehr schade. Wir hatten doch wirklich viel Spaß während der Ausbildung, oder finden Sie nicht? Ach, was sage ich, natürlich war das so. Das habe ich Ihnen doch angesehen. Wissen Sie was, ich hole schon mal den Sekt, damit wir gleich auf das freudige Ereignis anstoßen können. Es ist doch wohl Grund genug zum Feiern, dass Sie beide nun offiziell dazugehören. Fehlt nur noch …« Alma beendete den Satz nicht.

Sie durfte nicht zu aufdringlich sein, sonst würden die beiden tatsächlich noch einen Rückzieher machen. Dabei war sie doch schon kurz vorm Ziel. Das hatte sie im Gefühl. Dass aber weder die eine noch die andere ein Wort sagte, machte Alma doch ein bisschen stutzig. Im lockeren Plauderton redete sie weiter.

»Sie müssen keine Bedenken haben. Die Verträge sind einwandfrei und juristisch auf Herz und Nieren geprüft.« Sie schaute Inge und Gaby immer noch lächelnd, aber dennoch herausfordernd an. Ja, was denn jetzt noch, dachte sie. Sie hatte sich doch schon den Mund fusselig geredet. Man könnte fast meinen, sie wolle den Frauen ein unsittliches Angebot unterbreiten oder sie zu unmoralischem Handeln überreden. Sie kam sich schon vor wie ein orientalischer Teppichhändler auf einem Basar. Dabei handelte es sich bei ihrem Angebot doch bloß um einen hundsgewöhnlichen Gästeführervertrag, der noch dazu äußerst faire Konditionen bot.

Alma war ratlos. Am besten machte sie einfach schon mal den Sekt auf. Wenn die beiden wirklich nicht unterschreiben würden, würde sie die Flasche notfalls auch alleine leeren. Der Sektkorken entwich mit einem lauten Plopp. Alma lachte absichtlich ein bisschen zu laut auf und schenkte dann ein. Ihre Hartnäckigkeit hatte Erfolg.

Inge stupste Gaby an und flüsterte: »Ach komm, die Frau Ritter hat sich so viel Mühe gegeben, um uns auszubilden. Wir machen das jetzt einfach.«

Gaby nickte. »Ich denke auch. So schlimm wird das mit der Frau aus der Oberstadt schon nicht sein.«

Aha, Alma hatte also mit ihrer Vermutung richtig gelegen. Es hatte sich herumgesprochen, dass Marlene Lenz die Gästeführer angriff. Wenn natürlich auch nur verbal. Obwohl Alma sich ehrlich gesagt nicht sicher war, dass die Dame nicht auch handgreiflich werden würde, wenn es die Situation ihrer Meinung nach verlangte. Aber daran wollte sie gar nicht erst denken.

Jetzt galt es, die beiden neuen Kolleginnen beim letzten Schritt zu unterstützen. Und konnte es ein besseres Argument geben als ein mit perlendem Rieslingsekt gefülltes Glas? Noch ehe Inge und Gaby nach den bis zum Rand gefüllten Sektgläsern griffen, nahm jede der beiden gleichzeitig den vorbereiteten Stift in die Hand und setzte jeweils eigenhändig eine Unterschrift unter den Vertrag. Alma musste sich ganz schön beherrschen, um nicht lauthals zu jubeln. Die Unterstützung der beiden neuen Kolleginnen bei den Stadtführungen löste zumindest eines ihrer aktuellen Probleme. Zum Weinfest wurden etliche Gäste erwartet, die gerne durch die Stadt geführt werden wollten. Mit der aktuellen Verstärkung sollte das nun einigermaßen funktionieren.

Blieb bloß noch das andere Problem. Und das war deutlich kniffliger. Aber auch dafür gab es eine Lösung. Da war Alma sich ganz sicher. Und sie hatte auch schon eine Idee. Die war zwar nicht ganz ungefährlich, aber dafür durchaus effektiv.

7. Kapitel

Am Marktplatz waren die Mitarbeiter des städtischen Bauhofs gerade dabei, den Martinsbrunnen für das Weinfest herzurichten. Sie nutzten den frühen Abend dazu, da um diese Zeit deutlich weniger Publikum in der Innenstadt unterwegs war als am Nachmittag. Die Männer deckten das Wasserbassin mit Holzplatten ab, auf denen später das Fass für den Festwein sowie die moseltypische Dekoration aus Weinreben, Buchsbäumchen, Efeuranken und rustikalen Juteverkleidungen platziert werden würden.

»Bring mir mal den Akkuschrauber«, rief Uwe, der Chef, seinem Kollegen Werner zu.

»Bo iss dä dann?«

»Aj bo soll dä dann säin? Im Audo, dou Dussel, wo dou en hingedoon host.«

»Oohhh, unn, bi jat et?« Steffi grüßte die Männer im Vorbeigehen und blieb mit ihrer Gästegruppe an der alten Apotheke stehen.

»Joo goot, un selwa?«, antworteten die Männer unisono.

Steffi nickte ihnen freundlich zu und kümmerte sich dann wieder um ihre Gruppe.

»Wie Sie sehen, wird unser Marktplatz gerade zum Festplatz umgestaltet. Am Wochenende feiern wir hier in Cochem nämlich eines der größten Weinfeste an der Mosel. Immer am letzten Wochenende im August. Hier werden dann an zahlreichen Ständen unsere guten Weine verkauft. Wir sind ja für unseren ausgezeichneten Riesling bekannt. Und soll ich Ihnen was sagen? Am Samstagabend können Sie hier auf dem Platz so viel Wein trinken, wie Sie wollen. Sie können nicht umfallen«, erzählte sie und musste über ihren eigenen Scherz herzhaft lachen.

Tatsächlich wurde der Festplatz von Einheimischen und Gästen aus aller Welt so stark frequentiert, dass es kaum ein Durchkommen gab und man in dem Gedränge der Menschenmenge zwar schon mal verloren gehen konnte, dafür aber nicht ins Schwanken geriet. Beim ersten weinseligen Aussetzer fingen einen bereits die Schultern des Nachbarn auf. Bei dieser Vorstellung mussten selbst die etwas zurückhaltenderen Gäste schmunzeln.

Steffi lenkte jetzt den Blick der Gruppe auf das berühmte rosa Rathaus, den Barockbau an der Stirnseite des Platzes. Carla Sonnenschein war gerade dabei, die Flagge mit dem Stadtwappen zu hissen, und winkte der Gruppe freundlich zu.

Weil Steffi ja aufgrund der Festvorbereitungen nicht näher ans Rathaus herankam, verzichtete sie heute darauf, den Gästen zu erzählen, warum ein Loch in der Rathaustür war. Stattdessen klärte sie die Leute darüber auf, was es mit den Symbolen im Wappen der Stadt auf sich hatte.

»Das rote Kreuz auf weißem Grund, das Sie auf der linken Hälfte sehen, steht für die Kurfürsten von Trier, die mehr als vierhundert Jahre auf der Burg regierten. Die beiden Schlüssel auf der rechten Seite symbolisieren die Gerichtsbarkeit von Stadt und Burg«, erklärte sie und führte anschließend ihre Gruppe weiter in die Oberstadt.

Am Stüffje, dem ältesten Weinlokal der Stadt, machte sie erneut halt. An dem schmalen, hohen Gebäude ließ sich sehr schön die moseltypische Bauweise erklären, bei der nämlich das untere Stockwerk gemauert und verputzt war und der Rest des Hauses aus Fachwerk bestand. Wenn man von unten bis hinauf zum Giebel schaute, hatte man das Gefühl, das Haus käme einem entgegen, ein bisschen so wie der Schiefe Turm von Pisa. Steffi durfte als Gästeführerin keine Empfehlungen aussprechen, aber wenn sie privat gefragt wurde, sagte sie schon gerne, dass man dort sehr gut essen konnte.

»Folgen Sie mir jetzt gerne zur nächsten Sehenswürdigkeit unserer schönen Stadt«, animierte sie nun ihre Gästegruppe zum Weitergehen in Richtung Schrombekaulplatz.

Neben der Cochemer Symbolfigur, dem Schmandelekker, saß eine Person auf der Basaltbank. An dem roten Chiffonschal erkannte Steffi, dass es sich dabei um Marlene Lenz handeln musste. Heiliger Himmel! Sie fluchte innerlich. Reicht es nicht mehr, dass die olle Schreckschraube ihre Frechheiten zum Fenster rausposaunt, muss sie sich jetzt auch noch direkt unters Volk mischen? Was will sie denn damit bezwecken? Sie will uns wohl demonstrieren, dass alles in der Stadt Cochem ihr gehört. Wahrscheinlich auch noch der arme Schmandelekker oder warum sonst hat sie sich so eng an ihn gekuschelt? Wenn die jetzt denkt, dass ich wegen ihr eine andere Route gehe, dann hat sie sich geschnitten! Die soll mir jetzt aber bloß nicht wieder in meine Führung reinquatschen! Und meine Gäste nicht dumm anmachen! Am Ende wird sie noch handgreiflich.

Vorsichtshalber hielt Steffi ihren Lollipop, das runde, auf einem langen Holzstab befestigte Schild der Gästeführer, wie einen Schutzschild vor ihren Körper. Dass dieses dumme Ding auch mal für was gut war! Einige Auftraggeber bestanden darauf, dass die Gästeführerinnen den Lollipop stets mit sich führten, damit ihre Gäste sie nie aus den Augen verloren. Der Lollipop löste also den klischeehaften Regenschirm ab, mit dem man Reiseleiterinnen aller Art so oft verband. Aber lästig war er schon, hatte man doch immer eine Hand voll. Und ein Schirm hätte bei Regenwetter wenigstens trocken gehalten.

Steffi wappnete sich gerade innerlich gegen den Zoff, der ihr wahrscheinlich gleich bevorstehen würde, als ein aufgeregtes »Hallo« sie aus ihren Gedanken riss.

»Entschuldigung, gibt es hier irgendwo eine Toilette?« Ein netter älterer Herr schaute sie mit leicht gequältem Blick an und trat dabei von einem Bein aufs andere. Eigentlich konnte Steffi diese Frage nicht mehr hören, schließlich waren sie erst vor fünf Minuten an einer öffentlichen Toilette vorbeigekommen, und zu Beginn der Führung hatte sie, wie immer, auf die städtischen WCs unter der alten Moselbrücke hingewiesen. Aber ständig stand sie in der Oberstadt vor demselben Problem. Und hier gab es eben keine frei zugänglichen Klos mehr. Aber Steffi war ja nichts Menschliches fremd. Und der Mann mit dem treuen Hundeblick tat ihr leid. Deshalb öffnete sie die Eingangstür des gegenüberliegenden Cafés Bäcker Becker, wie das Altstadtcafé von den Einheimischen genannt wurde, und fragte Anne, die Besitzerin, ob diese ihrem Gast aus der Notlage helfen konnte. Was tat man als gute Moselanerin nicht alles für die Gäste! Aber das war ja auch nicht mehr als recht. Steffi liebte ihren Job. Und das wollte sie sich nicht von Marlene Lenz kaputtmachen lassen. Sie würde ihr jetzt auf der Stelle Bescheid sagen! Die Gelegenheit war günstig! Die Gäste waren noch damit beschäftigt, sich mit den hausgemachten Pralinen und Torten einzudecken, die sie zuvor in der Auslage des Cafés bewundert hatten. Steffi steuerte direkt auf Marlene zu, die immer noch still auf der Bank saß.

»Batt da nou? Was sitzt du denn so anklagend hier rum? Du willst doch nur wieder meine Gäste vergraulen! Aber eijns soan eich dia, datt lossen eich mia nimmie jefalle! Und wenn dou net jeleich deinje Hinnere hey fottschaffst, dann stellen eich dich denne Lejt als Vochelscheuch von Cochem via.« So! Jetzt war es raus! Steffi hatte ihrem Ärger endlich mal Luft gemacht und Marlene ordentlich die Meinung gegeigt.

Wie immer, wenn Steffi sehr aufgeregt war, war sie teilweise wieder ins Moselländische verfallen. Aber das machte nichts. Im Gegenteil. Steffi war stolz auf sich. Sie holte tief Luft und baute sich erwartungsvoll vor Marlene auf. Nur – die reagierte gar nicht.

Komisch! Was war denn nun los? Steffi war verwirrt. Hatte es etwa der sonst so energisch auftretenden Marlene die Sprache verschlagen? Oder machte sie einen auf beleidigt?

»Bat is los mit dir? Biste etwa eingeschlafen?«

Marlene antwortete nicht. Sie saß einfach regungslos da. Steffi stupste sie leicht an der Schulter an. Doch anstatt eine Reaktion zu zeigen, neigte sich Marlenes Körper wie in Zeitlupe der Bronzefigur entgegen! Steffi war entsetzt. Wie versteinert starrte sie auf Marlene und den Schmandelekker. Von den beiden war wohl eine so lebendig wie der andere. Steffi entfuhr ein kurzer spitzer Schrei. Sie schlug sich die Hand vor den Mund.

»Oje, oje, oje, die loah säd nix mie! Die is duud.« Wat mach ich dann jetzt? Polizei? Notarzt? Feuerwehr? Ich muss die Rettung anrufen! Und meine Gäste? Ich kann denen ja jetzt hier keine Leiche präsentieren. Die kriegen ja 'nen Schock fürs Leben!

Aufgeregt schaute sie auf die andere Straßenseite. Die ersten Gäste kamen schon aus dem Café. Sie hatten ihre Einkäufe erledigt. Glücklicherweise hinderte der vorbeifahrende Reichsburg-Shuttlebus sie daran, zu ihr auf den Platz zu kommen. Das musste sie unbedingt verhindern! Fieberhaft suchte Steffi nach einer Lösung, und sie hatte Glück. Das Schicksal kam ihr zu Hilfe.

Der Himmel öffnete seine Schleusen. Ohne dass sie es bemerkt hatte, waren dunkle Wolken aufgezogen, die sich nun in einem heftigen Gewitter mit Starkregen und Hagel entluden. Wie aufgescheuchte Hühner stoben die Gäste auseinander und liefen schnell die Oberbachstraße wieder hinunter in Richtung Marktplatz. Steffi war wie paralysiert, zu nichts mehr in der Lage. Wie ein nasser Sack ließ sie sich auf die Bank neben Marlene plumpsen. Ihr Herz raste. Sie war schweißgebadet, und die Figuren vor ihren Augen drehten sich. Sitze ich jetzt wirklich neben einer Toten?

»Uahh, ich sitze neben einer Leiche!« Wie von einer Tarantel gestochen fuhr Steffi wieder in die Höhe. Es regnete immer noch in Strömen, aber sie bemerkte gar nicht, dass sie mittlerweile klatschnass war. Außer ihr war kein Mensch auf der Straße.

Es war nichts zu hören außer den dicken Regentropfen, die auf das Straßenpflaster klatschten. Steffi war mulmig zumute. Am liebsten wäre sie weggelaufen, aber sie versuchte sich zusammenzureißen. Sie musste jetzt handeln.

Mit klopfendem Herzen näherte sie sich wieder der Toten. Marlene Lenz saß mit geneigtem Kopf dicht an die Bronzefigur gelehnt. Ihre Augen waren geschlossen. Eigentlich war es Steffi klar, dass Marlene tot war, aber sie musste es richtig begreifen. Und das ging nur, indem sie sich vergewisserte, ob da noch ein Puls zu spüren war. Sie schob Mittel- und Zeigefinger ihrer rechten Hand unter den durchnässten Chiffonschal und fasste an Marlenes Halsschlagader. Dabei lief ihr ein kalter Schauer über den Rücken, und es schüttelte sie. Trotzdem zwang sie sich dazu, den starren Körper anzufassen. Es gab keinerlei Vitalzeichen. Kein Pulsschlag. Keine Atmung. Nichts. Marlene Lenz war mausetot.

Steffi zog mit zitternden Fingern ihr Handy aus der Westentasche, um den Notruf zu wählen. Dabei schossen ihr tausend Fragen auf einmal durch den Kopf. Was war hier geschehen? Was war mit Marlene passiert? War ihr auf dem Nachhauseweg schlecht geworden? Hatte sie einen Infarkt bekommen? Hatte sie vielleicht am Ende eine Krankheit, von der niemand etwas wusste, und war deshalb so biestig gewesen? Oder hatte doch eines der zahlreichen Opfer von Marlenes Sticheleien seine Drohungen wahrgemacht, Marlene vorzeitig um die Ecke zu bringen? Steffis Bauchgefühl sagte ihr, dass es nur so gewesen sein konnte.

Plötzlich wurde ihr ganz heiß. Sie steckte das Handy schnell wieder in ihre Tasche. Sie konnte den Notruf noch nicht wählen! Denn sie fürchtete Schlimmes. In diesem Moment nahm sie aus dem Augenwinkel eine schattenhafte Bewegung wahr. War Marlenes Mörder etwa zurückgekommen, um jetzt auch sie umzubringen? Es wäre schließlich nicht das erste Mal, dass ein Täter den Ort des Geschehens wieder aufsuchte. Das wusste sie aus ihren Agatha-Christie-Krimis ganz genau. Wollte er Spuren verwischen und sie als vermeintliche Zeugin beseitigen? Steffi zuckte zusammen, machte automatisch einen Schritt rückwärts und stieß dabei mit einer Person zusammen, die offensichtlich hinter ihr gestanden hatte.

Ihr entfuhr erneut ein spitzer Schrei. Und der Person auch. Unweigerlich fuhr Steffi herum. Sie war auf das Schlimmste gefasst. Doch sie schaute in ein ihr vertrautes Gesicht.

»Eva«, stöhnte sie. »Hast dou mich erschreckt!«

»Und du mich erst!« Die beiden Frauen fielen sich um den Hals. Steffi war erleichtert, dass es Eva war. Wobei … Moment! Tatort! Mörder! Eva? Du lieber Gott!

»Flupp!« Mit einem klatschenden Geräusch war Marlene von der Schulter des Schmandelekkers abgerutscht und mit der Nase nach unten in den bronzenen Topf gefallen. Der war aber nicht mit Schmand gefüllt, wie die Geschichte der bekannten Symbolfigur es beschrieb. Zahlreiche Raucher hatten das Gefäß als Aschenbecher missbraucht und ihre Zigarettenkippen darin entsorgt. Mitten in dieser schmutzigen Brühe, die mit Tabakfäden durchzogen war, lag nun Marlenes Gesicht.

»So kann sie hier aber nicht liegen bleiben.«

»Ja, aber was sollen wir denn mit ihr machen?«, jammerte Eva zitternd, »die, die … ist doch … tot!«

»Eben, deswegen muss se ja uch fott! Un zwar schnell!« Im Dämmerlicht des abziehenden Gewitters schaute Steffi sich suchend auf dem Platz um. Im Eingangsbereich des angrenzenden Weinlokals befand sich neben dem Schild *Heute Ruhetag* doch tatsächlich, wie gerufen, eine alte, blecherne Schubkarre. Was für ein Glücksfall!

Ulla Schneider, die Besitzerin des Lokals, hatte sie wohl wegen des plötzlichen Unwetters einfach achtlos vor der Tür stehen lassen. Steffi hatte Ulla schon häufig angetroffen, wenn sie mit der Schubkarre aus dem Garten kam. Eva stand immer noch wie ein hypnotisiertes Kaninchen da. Intuitiv ergriff Steffi ohne langes Zögern die Initiative. Sie schnappte sich die Schubkarre und stellte sie ganz dicht vor die tote Marlene.

»Eva«, Steffi schüttelte die Freundin an den Schultern, »komm zu dir, ich brauche jetzt deine Hilfe! Alleine schaffe ich das nicht!« Wie ferngesteuert setzte sich Eva in Bewegung und stellte sich, wie von Steffi befohlen, genau zwischen die beiden Griffe der Karre. Steffi fasste die Tote an den Schultern, Eva ergriff die Beine.

Auf das Kommando: »Eins, zwei, drei«, hoben die beiden Frauen die Leiche in die Blechwanne. Geistesgegenwärtig kramte Steffi in der Tasche mit den Utensilien, die sie als Gästeführerin immer dabeihatte. Insgeheim fluchte sie über das Zeug, das sie ständig mit sich rumschleppte. Sie musste sich durch diverse Schminkutensilien, eine Packung Papiertaschentücher, eine Wasserflasche, laminierte Karteikarten, Kopfhörer, Hausschlüssel, Pflaster und Quittungsblock wühlen, bis sie endlich zu ihrem schwarzen Regencape vorgedrungen war. Sie zog es auseinander und deckte Marlene damit zu. Allerdings waren immer noch Marlenes Beine zu sehen.

»Eva, schnell, pack deins auch aus!« Eva stand immer noch neben sich.

»Ahhh«, stöhnte Steffi, schob ihre Freundin zur Seite, nahm ihr die Tasche ab und wühlte sich auch durch deren Krempel. Mit beiden Capes gelang es ihr nun, Marlene komplett zu bedecken. Ohne groß drüber nachzudenken, was sie da eigentlich tat, begann Steffi die Schubkarre bergab in Richtung Marktplatz zu schieben.

»Halt, wo willst du denn hin?« Eva verstand gar nichts mehr. Aber Steffi lief einfach zielstrebig weiter, obwohl sie selbst auch gar nicht wusste, wohin. Sie hatte nämlich gerade ganz andere Sorgen. Marlene war ganz schön schwer und unhandlich. Sie war sogar im Tod noch widerspenstig. Statt ruhig liegen zu bleiben, eierte sie von einer Seite zur anderen und brachte Steffi mit der Karre vom Kurs ab.

»Maju, bat en Schaff! Eva, jetzt komm endlich, mir müssen hej fott. Egal wohin!« Ohne Widerworte tappte Eva hinter ihrer Freundin her. Auf Höhe von Emilys Weincafé sah Steffi, dass die Tür des Ratskellers offen stand. Wie ein Blitz durchfuhr es sie. Das war die rettende Lösung!

»Eva, da!« Mit ihrem Kinn deutete Steffi in Richtung des Kellers. »Da müssen wir mit Marlene hin!« Sie versuchte eine Linksdrehung mit der Schubkarre, merkte dabei aber sofort, dass Marlene ins Rutschen kam. Sie hatte Angst, dass ihr die Tote hier mitten auf dem Marktplatz auf die Straße plumpste. Steffi schwitzte Blut und Wasser.

»Eva, Menschenskind! Komm weijle hej hie! Dou muss hej mit jeenhalle! Sous passert en Ungleck!« Mechanisch tat Eva wie von ihr verlangt und hielt mit ihrem immer noch zitternden Körper, so gut es ging, Steffi, die tote Marlene und die Schubkarre im Lot.

»Su en Schiss«, entfuhr es Steffi keuchend auf der Zielgeraden. An die Stufen, die in den Keller hinunterführten, hatte sie nicht gedacht. Nervös sah sie sich um, ob auch niemand ihr Tun beobachtete. Das hätte ihr gerade noch gefehlt. Aber glücklicherweise war niemand zu sehen. Sie konnte sich voll auf Marlene konzentrieren, und die musste die Treppe hinunter. Auf die Schnelle gab es keine Alternative.

Es war gar nicht so leicht, auf dem Weg nach unten die Balance zu halten. Auf jeder Stufe hüpfte Marlene wie ein überdimensionaler Flummi hoch und flog dabei einige Zentimeter in die Luft, bevor sie anschließend mit einem dumpfen Aufprall auf dem Boden der Karre landete. Steffi war total erschöpft.

»Boah, Eva, da mach dou doch die Dia zo! Bevor uns noch aaner hej sejit, bo mer et jetzt jeroad jeschafft hon, hej erinn ze komme.« Ohne die Griffe der Karre loszulassen, drehte Steffi sich nach Eva um, um sicherzugehen, dass diese auch wirklich die Tür zumachte und nicht kopflos auf die Straße rannte. Doch da passierte es. Flutsch! Marlene, ganz die aalglatte Schlange, die sie auch im Leben gewesen war, war Steffi doch noch entglitten und von der vorletzten Stufe auf den kalten Steinboden gerutscht.

»Na ja, was soll's, wehtun kann die sich ja jetzt nicht mehr.« Steffi hatte wieder ins Hochdeutsche gewechselt, was bewies, dass sie sich ein bisschen gefangen hatte. »Komm, Eva, einmal musst du mir noch helfen. Am besten ziehen wir Marlene grad hier hinter das Weinregal.«

Mit letzter Kraft und unter großer Anstrengung gelang es den beiden, den leblosen Körper in die hinterste Ecke zu schleifen. Da lag sie nun, Marlene. Ihr roter Schal verdeckte pietätvoll ihr Gesicht.

»Uff«, Steffi atmete lautstark aus. »Das war ja schon eine Höllenanstrengung, deine Leiche wegzuschaffen! Jetzt sag mir aber wenigstens, wie hast du's eigentlich gemacht?« Sie schaute Eva fragend an.

»Wie? Was gemacht?«

»Ja, wie hast du sie umgebracht?«

»Wie? Umgebracht? Ich? Du denkst doch nicht etwa, ich …? Ich dachte, du?!«

»Ja, aber du warst doch auf dem Platz?«

»Du doch auch!«

»Ja, aber du wolltest ihr doch einen Schrecken einjagen. Und da hatte ich die Befürchtung, du hättest es vielleicht im Eifer des Gefechts etwas, na ja, übertrieben oder es wäre etwas schiefgegangen …«

Für einen kurzen Moment herrschte Stille im Keller. Beide Freundinnen schämten sich dafür, der jeweils anderen einen Mord zugetraut zu haben. Jetzt, wo sie langsam zu sich kamen, erschien ihnen der Gedanke völlig absurd. Danach waren sie gerührt über die Tatsache, dass beide gleichermaßen bereit gewesen waren, für die andere in die Bresche zu springen, und fielen sich zum zweiten Mal für heute in die Arme.

Als sie wieder losließen, dämmerte es Steffi. »Keine von uns beiden war es? Dann war die ganze Anstrengung umsonst?« Sie sackte erschöpft in sich zusammen. Das Adrenalin entwich aus ihrem Körper.

»Oje, oje, oje, oje! Eva, wir haben eine Straftat begangen. Wir haben eine Leiche versteckt und mögliche Spuren verwischt. Wie kommen wir aus der Nummer jetzt wieder heraus? Da gibt es eigentlich nur eins: Wenn wir sie nicht wieder zurückschleppen wollen, müssen wir jetzt selbst ermitteln. Denn es ist ja wohl klar: Wenn du es nicht warst und ich es nicht war, dann war es jemand anders. Und diese Person müssen wir finden, nicht dass wir am Ende noch fälschlicherweise verdächtigt werden, so wie wir es ja grad selber getan haben.«

»Aber da gibt es ein großes Problem«, wandte Eva ein, »es könnte praktisch ganz Cochem gewesen sein.«

8. Kapitel

Zu Hause wurde Steffi von lautem Gepolter empfangen. Erwin hantierte mal wieder in der Küche, und auf das Geschepper folgte umgehend lautes Fluchen. Seit Erwin Rentner war, hatte er die Aufgaben im Haushalt übernommen, was Steffi sehr zupass kam. Solange die Kinder noch bei ihnen wohnten, hatten alle es als selbstverständlich angesehen, dass die Mutter täglich kochte, außerdem die Wäsche übernahm, das Haus putzte und irgendwie auch das Leben aller Beteiligten organisierte. Doch damit war nun Schluss. Nachdem der flügge gewordene Nachwuchs das elterliche Nest nur noch an Geburts- und Feiertagen aufsuchte, hatte Steffi die häuslichen Verpflichtungen sozusagen zur Verfügung gestellt. Und siehe da, der soeben verrentete Gatte fand großen Gefallen daran, sich als Chef de Cuisine zu verwirklichen. Auch wenn diese neue Aufgabe eine dramatische Gewichtszunahme zur Folge hatte.

»Essen ist gleich fertig.« Erwin streckte seinen hochroten Kopf durch die Türöffnung. »Wenn du möchtest, kannst du den Salat schon durchmischen. Den Rest bringe ich sofort.«

»Was gibt's denn?«, fragte Steffi zögerlich.

»Selbst gemachte Ravioli, gefüllt mit Ziegenkäse und Feigen an Rieslingschaum mit Walnüssen und Birne«, hörte sie Erwin voller Stolz sagen. An jedem anderen Tag hätte das für Steffi sehr verlockend geklungen, doch jetzt wusste sie genau, dass sie keinen Bissen davon hinunterbekommen würde. Erwin tat ihr ein bisschen leid. Er hatte so aufwendig gekocht und sich so viel Mühe gegeben.

Als Steffi noch Herrin in ihrer Küche gewesen war, gab es stets fertig gekaufte Nudeln, meist mit einer schnellen Hack- oder Tomatensoße. Dass in Erwin ein solch verstecktes Küchentalent schlummerte, hätte sie mal früher wissen sollen. Jahrelang hatte sie sich mit dieser einen leidigen Frage gequält: Was soll ich heute kochen? Wie gesagt, normalerweise wäre ihr allein bei der Vorstellung von mit Ziegenkäse und Feige gefüllter Pasta schon das Wasser im Mund zusammengelaufen. Doch gerade jetzt verspürte sie so ganz und gar keinen Appetit. Kein Wunder nach der unappetitlichen Angelegenheit mit Marlene. Doch wie sollte sie das so schnell ihrem Mann klarmachen, wo sie doch sonst immer so gerne aß? Es musste eine Notlüge her! Mit stolzgeschwellter Brust balancierte Erwin gerade zwei perfekt angerichtete Pastateller durch die offene Küchentür ins Esszimmer.

»Was guckst du denn so? Hast du keinen Hunger?« Erwin stand die Enttäuschung geradezu ins Gesicht geschrieben.

»Nee, Erwin, mir ist es schlecht. Ich habe mir, glaube ich, gestern mit Fastfood den Magen verdorben«, log sie. »Das tut mir ja so leid, wo du so lecker gekocht hast! Aber ich kann jetzt wirklich nichts essen. Sonst kommt es mir hoch!«

Erwin schüttelte verständnislos den Kopf. »Das kommt davon, dass du immer dieses ungesunde Zeug in dich reinstopfst. Dabei weißt du doch, dass ich immer frisch koche. Heute erst habe ich alles auf dem Wochenmarkt besorgt. Salat und Ziegenkäse aus der Eifel, und die Feigen kommen von unserem Freund Herbert aus Eller.«

Er schaute Steffi vorwurfsvoll an. Doch als er in ihr inzwischen tatsächlich bleich gewordenes Gesicht sah, lenkte er mitleidig ein: »Na gut, ich heb dir was für später auf, wenn es dir wieder besser geht. Zum Nachtisch habe ich übrigens ein neues Rezept ausprobiert.« Er ging noch einmal in die Küche und kam mit einem duftenden Mandelkuchen zurück.

Bei dem Geruch überkam Steffi ganz plötzlich der Brechreiz. Sie rannte, so schnell sie konnte, zur Toilette. Genau so wie dieser Kuchen hatte die tote Marlene aus dem Mund gestunken. Jetzt fiel es ihr plötzlich wie Schuppen von den Augen: Bittermandelaroma. Genau das war es! Als alte Krimileserin wusste sie sofort, was das zu bedeuten hatte. Dass ihr das nicht vorher aufgefallen war! Sie musste unbedingt mit Eva sprechen.

Und nicht nur darüber. Sie mussten sich auch überlegen, was mit Marlene passieren sollte. Ewig konnte sie schließlich nicht im Ratskeller bleiben. Solange das Weinfest im Gange war, war das vermutlich ein ziemlich sicherer Ort. Aber sobald die Feierei ein Ende hatte und die Aufräumarbeiten losgingen, diente der Keller wieder als Lagerraum für diverse Holzverkleidungen und Dekorationsmaterialien. Bis dahin musste Marlene wieder verschwunden sein. Steffi hatte nicht die geringste Ahnung, wie sie das anstellen sollten.

Es war schon eine Herkulesaufgabe gewesen, die alte Schrapnelle unbeobachtet in den Ratskeller hineinzubefördern. Dass Menschen viel schwerer sind, wenn sie tot sind, wusste man ja aus dem Fernsehen. Aber Steffi hätte doch nicht im Traum damit gerechnet, dass sie jemals in den zweifelhaften Genuss kommen würde, eine Leiche verschwinden lassen zu müssen. Zu dem Zeitpunkt hatte sie ja noch angenommen, ihrer Freundin Eva wären die Nerven durchgegangen … und sie hätte im Affekt …

Andererseits war sie natürlich erleichtert, dass sie keine Mörderin zur Freundin hatte. Der Gedanke daran, wer Marlene umgebracht haben könnte, ließ Steffi dennoch nicht los. Ihr fielen auf Anhieb jede Menge Leute ein, die Marlene mit Sicherheit nicht mochten, ja sie vielleicht sogar hassten. Aber zwischen jemanden nicht mögen oder hassen und jemanden ermorden lagen wohl noch Welten. Das hoffte Steffi jedenfalls. Genauso wie sie hoffte, dass man Eva und sie tatsächlich nicht beobachtet hatte, als sie Marlene in den Ratskeller bugsiert und dort versteckt hatten. Auf die Schnelle war ihr einfach nichts Besseres eingefallen. Schließlich hatte jede von ihnen gedacht, die andere wäre es gewesen. Deshalb hatte die Tote ja so schnell wie möglich von der Straße gemusst.

Im Nachhinein wäre das gar nicht nötig gewesen. Aber jetzt, wo man sich schon eingemischt hatte, musste man die Sache auch zu Ende bringen. Außerdem wollte Steffi jetzt auch wissen, wer den Mord begangen hatte.

Sie dachte wieder an den Bittermandelgeruch. Sie war sich sicher, dass sie irgendwann mal bei Agatha Christie gelesen hatte, dass nach einer Vergiftung mit Blausäure, die in den allermeisten Fällen tödlich endete, der Leiche auch immer der Geruch von Bittermandel anhing. Marlenes Ausdünstungen würden also für einen Giftmord sprechen. Den konnte allerdings so gut wie jeder verübt haben.

Wenn sie bei der Suche nach dem Mörder nach dem Ausschlussprinzip vorgehen wollten, kamen sie hier nicht weiter. Für einen Giftmord musste man nämlich weder besonders groß und kräftig noch sonderlich gewitzt oder intelligent sein. Es kam also weiterhin jeder beziehungsweise jede infrage. Und potenzielle Feinde fielen Steffi zur Genüge ein. Dennoch blieb ihr größtes Problem die Leiche. Und die musste bald verschwinden. Und zwar am besten, noch bevor der Fall aufgeklärt wurde. Die Polizei konnten sie nun leider nicht mehr verständigen. Wenn sie nämlich jetzt zur Polizei gingen, würden sie noch tiefer in die Sache hineingezogen werden und vermutlich selbst unter Tatverdacht geraten. Sie konnten ja wohl kaum sagen, dass sie die Leiche hatten verschwinden lassen, weil die eine dachte, die andere wäre es gewesen, und umgekehrt. Na, da hätte die Polizei aber Spaß mit ihnen! Und zwar zu Recht.

Außerdem fing so eine Leiche ja auch irgendwann an zu stinken. Es war Ende August, bei den derzeitigen

Temperaturen dürfte das also nicht allzu lange dauern, bis mit einem üblen Geruch zu rechnen war. In Steffi stieg Panik auf. Der Gedanke an die tote Marlene, die demnächst auch noch zum Himmel stinken würde, ließ den eben gerade noch unterdrückten Brechreiz wieder aufkommen. Und diesmal konnte sie sich nicht mehr dagegen wehren.

Als sie später in ihrem Bett lag, fuhren die Gedanken in ihrem Kopf Achterbahn. Vor Steffis Augen drehte sich alles, selbst wenn sie diese geschlossen hielt. Kein Wunder, schließlich fand man nicht alle Tage eine Leiche, die man noch dazu eigenhändig abtransportierte und versteckte. Es blieb allerdings weiterhin die Frage nach dem Mörder. Dass Marlene keines natürlichen Todes gestorben war, stand für Steffi außer Frage. Bloß, wer war es gewesen? Im Geiste durchforstete sie ihren kompletten Bekanntenkreis – und der war nicht gerade klein. Aber es fand sich niemand, dem sie eine solche Tat zutraute. Andererseits hatte sie, wenn auch nur für einen kurzen Moment, ja auch geglaubt, ihrer Kollegin Eva wären die Sicherungen durchgebrannt.

Was, wenn es einem anderen tatsächlich so ergangen war? Marlene war ja nun nicht gerade das, was man unter einer beliebten Zeitgenossin verstand. Steffi wusste außerdem, dass es bei Marlene jede Menge Verflossene gab. Es würde sie nicht wundern, wenn Marlene ihre Männer genauso drangsaliert hatte wie alle anderen Leute, die ihr über den Weg liefen. Steffis Gedanken drehten sich buchstäblich im Kreis. Jetzt war sie nicht schlauer als vorher. Es könnte tatsächlich immer noch jeder und jede gewesen sein.

Irgendwann musste sie wohl doch eingeschlafen sein. Denn als sie später aufwachte, dämmerte es draußen bereits. Außerdem hatte sie Hunger. Ihre Übelkeit war glücklicherweise wie weggeblasen. Sie stand auf und ging nach unten. Erwins Lieblingsplatz im Lesesessel vor dem Fernseher war leer. Ein Zettel auf dem Esstisch verriet, dass ihr Gatte sich auf seinem Abendspaziergang befand. Die Küche hatte er wie immer tipptopp aufgeräumt und blitzblank zurückgelassen.

Im Kühlschrank fand Steffi den Teller mit den Resten des Essens, die Erwin hübsch angerichtet und mit einem Plastikdeckel vor Fremdgerüchen geschützt hatte. Steffi nahm alles mitsamt Deckel aus dem Kühlschrank und verfrachtete es so, wie es war, in die Mikrowelle. Während der Teller sich unter den wärmenden Strahlen drehte, dachte Steffi sofort wieder an ihre Leiche im Keller. Marlene musste in den nächsten Tagen fortgeschafft werden. Aber wie sollten sie das anstellen, ohne gesehen zu werden, und vor allem, wo sollten sie mit der Toten hin? Steffi hatte überhaupt keinen Plan.

9. Kapitel

Eva betätigte den Knopf ihres Kaffeevollautomaten. Ein doppelter Espresso war genau das, was sie jetzt brauchte. Sie trank auch gerne Latte Macchiato, wirklich exotisch musste es bei ihr aber nicht sein. Es war ihr zu kompliziert, immer hip zu sein.

»Latte Macchiato, nein, aber nicht doch, Schätzchen, etwa noch Filterkaffee, oder was? Wir Großstädter trinken jetzt alle Dalgona, aber mit Mandel- oder Hafermilch oder Coldbrew«, äffte sie in Gedanken die Aussprüche einer ehemaligen Studienkollegin aus Köln nach. So was ging ihr tierisch auf die Nerven.

Sie liebte es einfach und gut. Die Dinge sollten von guter, lauterer Qualität sein, die Menschen erst recht. Und eben unkompliziert. Das mochte sie. Das sollte ab jetzt auch für ihren Beruf und für ihre Beziehungen und den ganzen anderen Kram gelten. Deshalb war sie auch sehr froh, nach dem Studium wieder in ihre Heimat zurückgekommen zu sein. Hier war alles so schön bodenständig.

Während die Bohnen durch das Mahlwerk ratterten, schaute sie zum Küchenfenster hinaus auf den Marktplatz von Cochem. Die Wohnung, in der sie seit Kurzem wohnte, war nur durch eine Treppe zur Oberstadt vom städtischen Rathaus getrennt und lag direkt über einem Reformhaus. Eva hatte unglaubliches Glück gehabt, dass sie den Zuschlag für das Zwei-Zimmer-Apartment bekommen hatte. Vitamin B hatte das Seine dazu getan, der Makler war nämlich der Vater eines ehemaligen Klassenkameraden. Ein Vorteil, den Eva ohne zu zögern für sich genutzt hatte.

Die zentrale Lage des Apartments ersparte ihr ein eigenes Auto, denn sie konnte das Gymnasium, an dem sie als Lehrerin Deutsch und Englisch unterrichtete, bequem zu Fuß erreichen. Und auch als Stadtführerin hatte sie hier optimale Ausgangsbedingungen. Eva liebte den Ausblick auf den belebten Platz. Von hier aus konnte sie auch genau auf die Tür zum Ratskeller schauen, was ihr allerdings derzeit einen Stich in die Magengegend versetzte. Ihr schauderte bei dem Gedanken, was sich jetzt hinter dieser Tür verbarg.

Wie hypnotisiert starrte sie auf die graue Eichenholztür und konnte ihren Blick gar nicht mehr abwenden. Dabei entging ihr fast die Geschäftigkeit, die auf dem Marktplatz herrschte. Die Mitarbeiter des städtischen Bauhofs waren seit Tagen mit den Vorbereitungen für das anstehende Weinfest zugange, schleppten Sachen hin und her, verlegten Kabel, Stromanschlüsse und weiß der Geier was noch alles, um einen reibungslosen Ablauf der spektakulären Feierlichkeiten zu garantieren. Natürlich würde auch Eva sich das Weinfest nicht entgehen lassen. Als Festbesucherin konnte sie dabei ganz unauffällig beobachten, was sich im Ratskeller tat beziehungsweise was sich dort hoffentlich nicht tat. Denn dass jemand unverhofft in den Keller hineinging, musste unbedingt verhindert werden.

Das Fest bot Eva aber auch die Gelegenheit, mal wieder alte Freunde und Bekannte zu treffen. Wer von ihren ehemaligen Schulkameradinnen und -kameraden wohl in diesem Jahr auftauchen würde? Eva war sehr gespannt. Nicht selten endeten diese feucht-fröhlichen Begegnungen nämlich in den frühen Morgenstunden in der elterlichen Wohnung des einen oder anderen Klassenkameraden zum gemeinsamen Eierbacken. Eine Tradition, die in ihrer Region schon Generationen vor ihr gern gepflegt hatten. Man brauchte lediglich genügend Eier, die sich mit Zwiebeln und Speck in einer großen Pfanne zu Rührei verarbeiten ließen. Evas Eltern hatten zum Weinfest für ihre Tochter und deren Freunde immer einen entsprechenden Vorrat angelegt und auch ihre Küche gern zur Verfügung gestellt. Doch jetzt, wo Eva allein wohnte, war sie gar nicht mehr so erpicht darauf, dass die nächtliche Kochaktion ausgerechnet in ihrer Küche stattfand. Es gab schließlich noch andere Küchen in der Stadt. In weiser Voraussicht hatte sie jedenfalls schon mal keine Eier eingekauft. Auch während ihrer Studienzeit war es ihr immer wichtig gewesen, zu dem Weinfest nach Hause zu kommen. Meistens war sie nicht allein in die Heimat gefahren. Sie hatte es geliebt, ihren – allerdings häufig wechselnden – Partnern die reizvolle und abwechslungsreiche Mosellandschaft zu zeigen. Nicht zuletzt hatte sie die Gelegenheit aber auch gerne dazu genutzt, um mit ihren Liebhabern anzugeben. Zugegebenermaßen fiel ihr das nicht sonderlich schwer. Denn alle Männer, mit denen sie bislang liiert gewesen war, hatten eines gemeinsam: Sie sahen umwerfend aus. Eva hatte immer schon großen Wert auf Äußerlichkeiten gelegt. Vielleicht war das der Grund, weshalb es bisher noch zu keiner langfristigen Bindung gekommen war.

Zum diesjährigen Weinfest würde Eva allerdings ohne Begleitung erscheinen. Zumindest ohne männliche. Sie kannte in der Kleinstadt jede Menge Leute, denen sie sich anschließen konnte. Und von Männern hatte sie erst einmal die Nase voll. Leider war der letzte eine herbe Enttäuschung gewesen. Viel zu spät hatte sie erfahren, dass der Kerl verheiratet war. Er kam nicht von hier, deshalb war es schwieriger gewesen, etwas über ihn und seine Familienverhältnisse herauszufinden. Als Erster Offizier auf einem der Hotelschiffe, die regelmäßig in Cochem anlegten, hatte er ihr, der Stadtführerin, schon beim ersten Aufeinandertreffen schöne Augen gemacht. Und prompt war sie auf ihn hereingefallen. Er hatte aber auch verdammt gut ausgesehen. Allein das hätte Eva schon stutzig machen müssen. Andererseits hatte sie aber auch nur allzu gern zugegriffen. Schöne Männer waren an der Mosel leider Mangelware. Die, die noch verfügbar waren, gefielen ihr nicht. Und die, die ihr gefielen, trugen – wie sollte es auch anders sein – natürlich längst einen Ring am Finger.

Eva stöhnte enttäuscht. Ach, irgendwann würde schon noch der Richtige kommen. Ein Moselaner käme ihr als Partner allerdings schon gelegen, nicht zuletzt, weil es auch um ihre eigene Integration ging. Ja, tatsächlich fühlte sie sich in ihrer Geburtsstadt nicht als vollwertiges Mitglied akzeptiert. Sie war zwar in Cochem auf die Welt gekommen, ihre Eltern stammten jedoch beide aus dem Rhein-Main-Gebiet. Für waschechte Moselaner kamen sie also sozusagen aus dem Ausland. Und als sogenannte Zugezogene hatte man es in dieser Kleinstadt nicht gerade leicht. Als echter Einheimischer galt man hier nämlich erst, wenn man mindestens drei Generationen vorweisen konnte, die in der Stadt – am besten noch direkt *in* der Mosel – zur Welt gekommen oder zumindest mit Moselwasser getauft worden waren. Theoretisch konnte das Privileg, als echte Cochemerin anerkannt zu werden, also erst Evas Enkelkindern zugutekommen. Sie selbst hatte da leider gar keine Chance.

Zum zweiten Mal stöhnte Eva, dann zog sie die Tasse unter dem Ausguss der Kaffeemaschine hervor und häufte sich wie immer drei Espressolöffelchen Zucker in das dampfende Getränk. Der starke Kaffee tat ihr gut. Sie musste einen klaren Kopf behalten. Immer wieder tauchte vor ihrem geistigen Auge das Bild der toten Marlene auf, wie sie mit der Nase nach vorn in dem verdreckten Bronzetopf lag. Ein erbärmlicher Anblick, den Eva – das musste sie ehrlicherweise zugeben – selbst ihrer ärgsten Feindin nicht gewünscht hätte.

Unweigerlich musste sie, als sie an Marlenes Bosheit dachte, an ihre Grundschulzeit denken. Und an Fräulein Blümling. Eva war eine begabte Schülerin, was sich durch die Bank in sehr guten Noten widerspiegelte. Nur bei Fräulein Blümling bekam sie keinen

Fuß auf den Boden. Fräulein Blümling war ihre Handarbeitslehrerin und bestand – wenngleich es zu dieser Zeit schon längst nicht mehr üblich war – darauf, als unverheiratete Frau unbedingt mit Fräulein angesprochen zu werden. Nun ja, gelegentlich hatte Eva das einfach vergessen. Bedauerlicherweise bewies sie zudem auch kein so glückliches Händchen beim Häkeln, Stricken, Sticken und Nähen. Dass sie in dieser Hinsicht nicht sonderlich talentiert war, hatte auch ihre Mutter längst festgestellt. Denn wenn sie in Gegenwart ihrer Freundinnen von ihrer Tochter sprach, lobte sie Eva zwar als ausgesprochen kluges Kind, bezeichnete sie allerdings in praktischen Dingen als Dappes. Alles zusammen genügte, um sich bei dem Fräulein unbeliebt zu machen. Bedauerlicherweise formulierte das gestrenge Fräulein Lehrerin Evas Defizite deutlich krasser als ihre Mutter. Und dabei hatte Fräulein Blümling auch keine Scheu, Eva vor der versammelten Klasse vorzuführen. Die Scham steckte Eva bis heute in den Knochen und verfolgte sie in regelmäßig wiederkehrenden Albträumen. Ihre negativen Erlebnisse in der Grundschule waren für Eva mit ein Grund gewesen, sich für den Lehrerberuf zu entscheiden. Sie wollte sich damit zwar auf ihre Art an Fräulein Blümling rächen, aber in erster Linie wollte sie beweisen, dass es auch anders ging. Sie liebte ihre Schüler, und sie freute sich, dass man sie sowohl im Klassenzimmer als auch im Kollegium sehr schätzte. Es war inzwischen nämlich allseits bekannt, dass Evas Schüler nicht nur mit dem Stoff besonders gut vorankamen, sondern dabei auch noch Spaß am Lernen hatten.

»Du Dappes, jetzt hast du ja das Brett falsch herum auf dem Brunnen befestigt!« Uwe stand direkt unter Evas Fenster und lachte seinen Kollegen vom Bauhof lauthals aus. Just bei dem Wort »Dappes« war Eva zusammengezuckt. Sie fühlte sich kurz angesprochen. Aber als sie realisierte, dass sie natürlich gar nicht gemeint war, kehrten ihre Gedanken zu ihrem ursprünglichen Problem zurück. Marlene Lenz.

Was mit der Toten passieren sollte, war ihr ein absolutes Rätsel. Wohin bloß mit der Schrapnelle? Eva wünschte sich gerade nichts mehr, als dass sich Marlene einfach in Luft auflöste. Aber dass sich dieser Wunsch erfüllte, war genauso unwahrscheinlich, wie dass die Mosel plötzlich ihre Fließrichtung änderte.

Eigentlich hätte es Eva egal sein können, ob man die tote Marlene fand oder nicht. Denn den Grund, aus dem Steffi und sie die Leiche hatten verschwinden lassen, gab es ja nun nicht mehr, nachdem klar war, dass keine der beiden Freundinnen die Täterin war. Und dennoch fühlte Eva sich verantwortlich. Ihr detektivischer Instinkt sagte ihr nämlich, dass es möglicherweise jemand aus ihrem näheren Umfeld getan hatte. Jemand, den Eva nicht gern hinter Schloss und Riegel sehen würde. Sie hatte da leider auch schon einen konkreten Verdacht, den sie bloß noch nicht laut auszusprechen wagte.

Ihr detektivischer Ehrgeiz, die Angelegenheit aufzuklären, nahm nun allerdings Fahrt auf. Gedankenverloren stand Eva noch immer mit der Espressotasse in der Hand am Küchenfenster, als ihr Handy läutete. Schon am Klingelton erkannte sie, dass der Anruf von Steffi kam.

Mit aufgeregter Stimme und ohne Luft zu holen, sagte diese: »Eva, ich habe sensationelle Neuigkeiten. Ich weiß jetzt, womit Marlene umgebracht wurde. Wir müssen uns, so schnell es geht, treffen.«

10. Kapitel

Olga zog ihren Schlüssel aus der Jackentasche und öffnete Marlenes Haustür. Sie wunderte sich, dass sie den Schlüssel nicht, so wie sonst, zweimal herumdrehen musste. Offensichtlich hatte Marlene vergessen abzuschließen. Wobei, »no«, Olga schüttelte den Kopf, eine Marlene Lenz vergaß nie etwas. Vielleicht war sie zu Hause? Oach, das würde mir aber jetzt gar nicht passen, dachte Olga. So würde sie ja nicht beim Saubermachen eines ihrer imaginären Konzerte abhalten können, mit Marlenes toller Stereoanlage als Half-Playback sozusagen. Da wäre ja der ganze Spaß weg.

Olga war nämlich eigentlich eine berühmte Sängerin. Also, aus ihrer Sicht. Und sie wäre auch aus der Sicht eines breiten Publikums eine geworden. Ganz sicher. Hundert Prozent, um es mit dem Liedtitel ihres größten Vorbildes zu sagen – Helene. Ja, sie, Olga, wäre die Helene Fischer der Best Agerinnen geworden. War sie doch schließlich im gleichen Ort in Sibirien geboren wie die bekannte Schlagersängerin. Das allein war ja schon ein Zeichen. Doch, ja, sie wäre mit Musik berühmt geworden, wenn, ja, wenn ihr Alexander nicht dazwischengekommen wäre und dann Victor, ihr gemeinsamer Sohn. Damit er es einmal besser haben sollte, arbeitete sie von früh bis spät. Hatte diverse Stellen als Reinigungskraft, Küchenhilfe, Kinderfrau und Seniorenbegleitung.

Alle diese Jobs machten ihr viel Spaß. Und sie hatten sich im wahrsten Sinne des Wortes ausgezahlt, unter der Hand selbstverständlich, studierte ihr Junior doch jetzt fleißig Maschinenbau. Dennoch war dadurch der Welt an ihr eben eine große Sängerin verloren gegangen. Okay, dann halt ohne Konzert und dafür mit Marlene heute, bedauerte Olga. Dennoch fragte sie sich, warum ihre Chefin nicht bei der Arbeit war.

Eine Marlene Lenz war nämlich nie krank. Und wenn sie doch einmal eine ihrer Artgenossinnen getroffen hatte, sprich, sie mit Hexenschuss auf dem Sofa lag – kein Wunder bei den Verrenkungen, die sie beim Sport immer machte –, war sie noch unerträglicher als sonst. Obwohl das eigentlich schon kaum mehr steigerungsfähig war.

»No, Augen zu und durch!« Olga betrat den Flur und rief laut »Marlääääne«. »Marlääääne, no, gibst du Antwort, haben wir nicht ganze Tag Zeit für Verstecken!« Es blieb still. Olga bekam auch nach weiterem Rufen keine Antwort. Da dämmerte es ihr. Olga grinste. Ja klar. So war das! Marlene musste es eilig gehabt haben. Oh là là. Sehr eilig.

»No, wollte sicher zu ihrem Liebhaber. No, natürlich. No, ja«, seufzte Olga, »kann ich mich auch noch erinnern. Mit Alexander.« Vor zwanzig Jahren. Als sie noch in verboten zerrissenen Jeans abends um die drei Häuser ihres Dorfes gezogen waren. »No, muss Liebe schön sein«, seufzte sie noch einmal. Vorsichtshalber warf sie kurz einen Blick in jedes Zimmer. Marlene war wirklich nicht da.

So weit, so normal. Abgesehen von der nicht verschlossenen Haustür eben. Und doch, irgendetwas stimmte hier nicht. Das spürte Olga ganz genau. Ihr sechster Sinn sagte ihr, dass irgendwas nicht richtig war.

»No aber, ist nutzlos, sechster Sinn, Lottozahlen vorhersagen kann er nicht, das wäre gut. No, dann wäre ich jetzt nicht hier, sondern auf den großen Bühnen dieser Welt.« Olga ging die Treppe wieder herunter und hängte ihre Jacke an die Garderobe. »No, kann mir ja auch egal sein, was hier faul ist. Wie sagt polnische Freundin Danuta immer nationales Sprichwort: Nicht mein Zirkus. Nicht meine Affen.«

Pragmatisch wie sie war, ging Olga in Marlenes luxuriös cremeweiß getünchte Waschküche, um sich Putzwasser zu bereiten. Nicht ohne zuvor jedoch ihr CD-Case aus der Handtasche zu holen, damit sie gleich mit ihrer Musik in Marlenes Anlage das Haus beschallen konnte. Auf dem Rückweg mit dem randvoll mit lauwarmem Wasser nebst frühlingsfrischem Reinigungszusatz gefüllten Eimer – die niedrigere Wassertemperatur machte interessanterweise sauberer, hatte sie die Erfahrung gelehrt – ging Olga schnurstracks in das große Wohnzimmer.

Eigentlich müsste bei Marlene niemand putzen, denn es gab hier schlichtweg nichts zu putzen. Kein klitzekleines Staubkorn. Keinen Fingerabdruck. Keinen Krümel. Nichts. Aber das konnte Olga ja nur recht sein. Sie öffnete das streifenfreie Fenster und wischte zu den Klängen von *Die Hölle morgen früh ist mir egal* erst pro forma über die Designermöbel und dann den Boden. Bei ihrem kraftvollen Einsatz zu der Textzeile: *Und ich zieh mir schon beim Reden alles an, was dich verführt ...,* klingelte es an der Tür.

Jennys Chefin war verwundert über Marlenes Nichtauftauchen.

»Meine liebe Jenny, könnten Sie bitte mal nachschauen gehen? Sie wissen doch, wo die Kollegin wohnt.« Und da stand Jenny nun vor dem historischen Winzerhaus auf dem Schrombekaulplatz. Das Fenster war weit geöffnet. Anscheinend war jemand da. Sie hörte Gesang. Jenny klingelte. Noch mal. Das Singen verhallte. Dann die Musik. Die Tür wurde geöffnet. Eine sehr kleine und durchaus attraktive Mittfünfzigerin mit üppigen Rundungen, die unter einem weiten Shirt verborgen werden sollten, stand vor ihr. Der blonde Wuschelkopf von einem rosafarbenen Haarband gebändigt. Die Frau, die ihr die Tür öffnete, war also alles – nur nicht Marlene.

»No, Kindchen, frage ich noch mal, was du willst?«

Jenny bemerkte erst jetzt, dass die Frau mit den freundlichen roten Bäckchen sie wohl schon zum zweiten Mal angesprochen hatte.

»Ich, äh, ich suche Frau Lenz, Marlene, also, ich meine Marlene Lenz«, stammelte Jenny.

»No, Kindchen, und warum? Wer du bist, hast du noch nicht gesagt?« Olga war es auf einmal mulmig zumute. Nicht dass die kleine dünne Maus vor ihr vom Ordnungsamt war, oder so was ...

»Eine Kollegin«, war jedoch Gott sei Dank die Antwort.

Wobei, Moment, ahh, auch nicht viel besser unbedingt. Marlene hatte bestimmt nicht ausgerechnet auf ihrer Arbeitsstelle erzählt, dass sie hier eine nicht angemeldete Kraft beschäftigte.

»No, hast du auch Name, Kollegin? Ich bin Olga, alte Freundin von Familie. No, also alt bin ich nicht«, sorgsam strich sie an sich herunter, »no, bin ich, wie sagt man, langjährige Freundin von Familie, dah, helfe ich aus manchmal mit Blumen und Post.«

Als ob, dachte Olga parallel zu ihren Worten, als ob. Pflanzen hatte Marlene gar keine, außer den üppigen Bouquets, die ihr Liebhaber ihr verehrte. Und Post, na wehe, wenn sie da dranginge. Sie durfte nicht an Marlenes Papiere gehen. Niemals! Unter gar keinen Umständen! Langjährig stimmte allerdings. Wenigstens da musste sie nicht lügen. Olga hatte schließlich schon für Marlenes mittlerweile leider verstorbene Eltern gearbeitet. Das waren nette, bescheidene, friedliche Leutchen gewesen, wie die eigentlich zu dieser … Na ja, auch egal jetzt.

»Jenny«, murmelte ihr Gegenüber leise. »Ich suche Marlene.«

»No, armes Kind«, Olga hielt das junge Ding für etwas verwirrt. »Musst du doch nur ein paar Zimmertüren weiter im Jobcenter schauen.« Dann dämmerte es ihr jedoch sofort. »Ist Marlene denn nicht auf der Arbeit?«

Diese Jenny schüttelte den Kopf.

»No, hab ich geahnt, stimmt was nicht.«

»Ich dachte, sie wär hier!«

»Sei hier, sei, Kindchen, sei, hab ich im Deutschkurs gelernt. So viel Zeit muss sein! Konjunktiv muss stimmen. Aber nein, ist nicht hier, Marlene. Nicht. Niet.«

»Aber ich war so sicher. Ich habe so gehofft, dass sie hier in ihrem Zuhause ist.«

»No, kannst du raufkommen schauen, wenn du mir nicht glaubst.« Olga machte eine einladende Bewegung mit dem Kopf.

»Nein, nein, schon gut, ich glaube Ihnen das natürlich«, antwortete Jenny beschwichtigend.

»No, Kindchen, musst du noch lernen, Vertrauen ist gut, Kontrolle ist besser. Und außerdem, sage ich dir, hast du noch nie gesehen so ein sauberes Haus.«

Olga wollte stolz ihr reinliches Tagwerk vorführen. Gefahr ging von der jungen Frau vor ihr ja keine aus. Und Olga hatte dem harmlosen Ding auch glaubhaft erklärt, dass sie hier lediglich Nachbarschaftshilfe leistete, also hatte sie keine Angst, Marlenes Kollegin käme ihr irgendwie dumm. Außerdem würde eine Marlene Lenz so eine kleine graue Maus sowieso locker wegpusten, wenn die etwas ausplaudern wollte oder gar aufmucken würde, da war sich Olga sicher.

Sie bugsierte Jenny ins Haus, was ihr auch deshalb so diebisch viel Spaß machte, weil sie genau wusste, wie wenig Marlene es mochte, Menschen in ihr Haus zu lassen. Zumindest weibliche. Olga grinste. Für den feinen Herrn Liebhaber galt das natürlich nicht.

»No, nun gehst du rauf, du kleine Mickeymaus. Hab ich nicht den ganzen Tag Zeit. Kann ich nicht hier auf der Straße stehen bleiben und mit dir plaudern.« Wenn sie es vermutlich auch nicht war, tat die kleine Maus, oben im Haus angekommen, angemessen interessiert. Sie bewunderte die Räumlichkeiten einigermaßen authentisch und sah sich aufmerksam um. Haha, dachte Olga, ich weiß genau, was sie in Gedanken macht.

»No, nur zu, Kindchen, kannst du ruhig ausfahren Zeigefinger und über die Möbel wischen. Findest du null Staub. Alles picobello.« Olga war neben ihrer Sangeskunst und ihrem Sinn für besondere Schwingungen auch stolz auf ihr perfektes »Auswärts«. Jenny tat diesmal nicht, wie ihr geheißen, sie nickte nur, offensichtlich überwältigt von so viel Glanz und Sauberkeit. Nur in der Küche, da war ihr, Olga, der Blitzsauberen, doch ein Fauxpas unterlaufen. Es stand ein benutzter Kuchenteller auf der Arbeitsplatte. Sie hatte Jennys konsterniert kritischen Blick dazu gesehen.

»No, bin ich noch nicht in Küche gewesen. Erst in Wohnzimmer.« Achselzuckend rechtfertigte Olga das Corpus Delicti vor der Besucherin, während sie die Kuchenkrümel in einen neuen Müllbeutel tat und den Teller und das kleine silberne Gäbelchen in die Spülmaschine räumte. Sie gab sich cool, ärgerte sich insgeheim jedoch. Erst hatte sie vor dem jungen Ding so geprahlt, und jetzt das! Olga fühlte sich in ihrer Hausfrauenehre gekränkt. Und dann tat sie das, was sie in solchen Momenten immer tat. Nein, nicht Eierlikör trinken. Das ging ja jetzt gerade nun mal nicht so gut. Schon allein deshalb, weil Marlene keinerlei Hüftgold zu Hause hatte. Aber auch so, das würde ja vor der Jobcenterdame ein falsches Bild abgeben. Nein, sie tat, was sie abgesehen vom Eierlikörtrinken sonst in so einem Moment immer tat. Was eigentlich jede vernünftige Frau tun sollte. Sie fragte sich, was Helene in so einem

Moment tun würde! Sofort hörte sie die vertraute Stimme ihres Idols in ihrem Kopf. Olga ließ Jenny daran teilhaben, indem sie Helenes Ansicht zum Begehen kleiner Missgeschicke kraftvoll vortrug: »*Keiner ist fehlerfrei! Was ist denn schon dabei? Spinner und Spieler, Träumer und Fühler, hat diese Welt doch nie genug! Keiner ist fehlerfrei! Sei's doch, wie es sei! Lasst uns versprechen auf Biegen und Brechen. Wir feiern die Schwächen! Wer ist schon fehlerfrei!*«

Sichtlich ergriffen von Olgas Darbietung verabschiedete sich Jenny leise.

»No, bisschen schüchtern bist du ja, Kindchen, aber Ahnung von Musik hast du, deswegen will ich dir etwas verraten. Aber pssst!« Olga legte den Finger auf den Mund und sah sich vorsichtshalber nach rechts und links um, so als ob Marlene jeden Moment hinter ihr stünde, »kann ich dir sagen, wo sie ist, deine Kollegin. Bei ihrem, wie sagt ihr jungen Leute heute? Lover! No, da ist sie. Aber kann ich dir nicht auch noch Geheimnis lüften, wer das ist. Weil kann ich schweigen wie ein Grab.«

Nachdem sie Jenny zur Tür gebracht hatte, ging Olga zielstrebig in Marlenes Schlafzimmer und drückte alle notwendigen Vorkehrungen. Die elektrischen Rollos gingen herunter, die Snoezelen-Lampe an. Olga streifte ihre Schuhe ab und verschwand geschwind unter Marlenes neuer beheizbarer Decke. Sie brauchte nach dem ganzen Hin und Her erst mal eine kleine Pause.

»Herrlich!« Das musste jetzt einfach sein, da konnte es draußen so heiß sein, wie es wollte. Für Olga gab es nichts, aber auch wirklich gar nichts, was dieses wohlige Gefühl toppte. Da konnte selbst eine romantische Nacht mit ihrem Alexander kaum mithalten.

11. Kapitel

Obst- und Gemüsebauer Hillesheim hatte soeben seinen Transporter unter der Skagerrak-Brücke in der Kreisstadt abgestellt und begann sogleich damit, die frischen Waren auszupacken, um sie auf seinem Verkaufsstand zu arrangieren. Es war Markttag. Und es hatte Tradition, dass Gemüse, Obst und Fleisch aus der Eifel an der Mosel zum Verkauf angeboten wurden. So war es schon im Mittelalter gewesen, wenn die Bauern mit ihren Pferdewagen einmal wöchentlich in die Stadt kamen. Hier unten am Fluss hatte man zwar schon immer Wein in ausreichender Menge zur Verfügung gehabt, an Getreide, Gemüse und Fleisch hatte es allerdings gefehlt. Da war man froh, dass man den Wochenmarkt zum Einkauf nutzen konnte. In dieser Beziehung hatte sich seit dem Mittelalter so gut wie nichts geändert. Nur dass Hillesheim nicht mit Pferd und Wagen vorfuhr, sondern einen modernen Sprinter benutzte. Beim Ausladen sah er sich hektisch um.

Na, wo war denn seine »Lieblingskundin« heute? Sie war doch immer die Erste, die bei ihm einkaufte. Aber heute schien sie es sich wohl anders überlegt zu haben.

Denn außer dem Fischmann, der Frau am Geflügelstand und dem Metzger war noch niemand zu sehen. Auf dem ganzen Platz nicht. Es waren überhaupt noch keine Kunden unterwegs. Diese unangenehme Person glücklicherweise auch nicht. Hillesheim spürte fast so etwas wie Erleichterung. Der Gemüsebauer mochte die Frau nicht. Sie war aufdringlich, egoistisch und für ihn einfach unerträglich. Er hasste solche Leute im Allgemeinen, aber diese Dame auch im Besonderen. Sie lauerte ihm jede Woche regelrecht auf. Sobald er vorfuhr, stand sie schon parat, um sich dann aus dem Transporter sofort die besten Waren zu angeln, bevor diese überhaupt die Chance hatten, auf dem Verkaufstisch zu landen.

Das war so eine, die nach dem Motto lebte: Für mich nur das Beste, und was für die anderen übrig bleibt, ist mir doch völlig egal. Hillesheim schnaubte verächtlich. Er war froh, dass sie heute nicht da war, und seinetwegen brauchte sie auch überhaupt nicht mehr bei ihm einzukaufen. Sollte sie doch in den Supermarkt gehen, da bekam sie auch den billigen Preis, den sie ihm immer aus den Rippen leiern wollte. Ob die Qualität der Waren dann aber auch ihren Ansprüchen entsprach, wagte er zu bezweifeln. Das hatte die Dame vermutlich schon selbst herausgefunden. Dumm schien sie nämlich nicht zu sein. Sie war nur unangenehm.

Da lobte Hillesheim sich doch den stattlichen älteren Herren, der ebenfalls zu den frühen Vögeln gehörte. Maria, seine Mitarbeiterin, hielt den hochgewachsenen Mann mit dem markanten Gesicht wegen seines leichten Akzents für einen Franzosen. Aber Hillesheim glaubte vielmehr, dass er arabischer Herkunft war. Er tippte auf einen Ägypter. Auf jeden Fall hatte dieser Herr tadellose Manieren. Was man ja nun bekanntlich leider nicht von all seinen Kunden behaupten konnte. Doch auch der gut aussehende Herr war diesmal nicht unter den Allerersten. Die kleine Weißhaarige, von der Maria wusste, dass sie Hilde hieß und als Gästeführerin in der Stadt arbeitete, war ihm zuvorgekommen. Während die Kundin Kartoffeln, Salat und Erdbeeren in ihren Korb packte, schaute sie sich suchend um.

»So friedlich heute Morgen«, sagte sie schmunzelnd zu Maria. »Ist Marlene heute gar nicht zum Einkaufen gekommen?« Hilde und Maria lachten gleichzeitig laut auf. Und Hillesheim, der zuvor schon überlegt hatte, wie seine unangenehme Kundin noch gleich hieß, wusste es nun wieder. Marlene Lenz, genau, das war ihr Name. Für ihn selbstverständlich Frau Lenz und nicht Marlene, obwohl er mit vielen seiner Stammkunden per Du war. Aber dieser Frau hätte er nicht für alles in der Welt das Du angeboten. Und umgekehrt wäre es für Frau Lenz natürlich keine Option gewesen, einem Gemüsehändler auf Augenhöhe zu begegnen. Die hielt sich doch für etwas Besseres. Wie Hillesheim die Dame einschätzte, hätte sie sich von ihm eher mit »Gnädige Frau« ansprechen lassen. Aber den Gefallen würde er ihr natürlich nicht tun. Er war froh, dass der frühe Vormittag, anders als sonst, so harmonisch verlief, und genoss die friedliche Stille um ihn herum. Nichts als das gewöhnliche Gemurmel der Standbetreiber, die im Gespräch mit ihren Kunden waren, war zu hören. Kein Gezeter oder Genörgel. Herrlich. Hillesheim wurde in seinen Gedanken unterbrochen, als nun doch der freundliche Ägypter auftauchte und nach frischen Pfifferlingen fragte. Gern packte Hillesheim für ihn die gewünschten Pilze in eine Papiertüte und stellte dann noch weitere Produkte für den Kunden zusammen. Der Herr bedankte sich höflich, zahlte und schenkte dann ihm und seiner Mitarbeiterin ein freundliches Lächeln, bevor er zielstrebig auf den Geflügelstand zusteuerte. Maria schaute dem Mann versonnen hinterher.

»Ach, hätten wir doch nur solche Kunden! Da ist man doch gleich den ganzen Tag guter Laune, nicht wahr, Chef?«, sagte sie und wandte sich dann mit einem Strahlen im Gesicht, das man bis dahin an diesem Morgen noch nicht bei ihr gesehen hatte, der nächsten Kundin zu.

12. Kapitel

»Boah, is dat warm heut! Eich seijn nassjeschwitzt.« Steffi zog sich das warme Wollcape von den Schultern und hängte es an die Garderobe. Die Helle-barde, ein Holzstab mit einer eisernen Spitze, sowie die gusseiserne Laterne stellte sie daneben in die Ecke. Steffi liebte ja die Nachtwächterführungen, aber in dem Out-fit, das man dafür tragen musste, war es ihr im Som-mer einfach viel zu warm. Sie wischte sich mit ihrem karierten Stofftaschentuch den Schweiß von der Stirn und schaute sich um.

Der Gewölbekeller des beliebten Weinlokals am Fuße des Schlossbergs war ihr in diesem Moment eine beson-ders willkommene Anlaufstelle. Die Wände aus Bruch-stein sorgten für ein gutes Raumklima. Nicht umsonst hatte man schon in früheren Zeiten die Weinkeller an der Mosel aus dem heimischen Schiefergestein gebaut, das im Sommer für angenehme Kühle und im Winter für wohlige Wärme sorgte. Wein mochte nämlich keine großen Temperaturschwankungen. Steffi auch nicht. Im schummrigen Licht des Weinlokals saßen schon etliche ihrer Gästeführerkollegen.

»Haste die Gäste auch mit dem obligatorischen Kräuterschnaps verabschiedet?« Erich rutschte auf der hölzernen Sitzbank zur Seite und verschaffte Steffi so einen Platz am Stammtisch. Steffi ließ sich neben Erich nieder. Sie war froh, endlich sitzen zu können. Mit ihrer Tour hatte sie sich extra beeilt, um nicht allzu spät zu kommen. Gut, dass die Nachtwächterführungen von Cochem just an dem Lokal endeten, in das sie heute Abend sowieso gehen wollte. Für die Gäste hatte es, wie immer, draußen auf der Gasse einen hochprozentigen Abschiedsgruß gegeben.

»Ach, Erich, heut' bei dem Wetter hätt' ich dä janze Schnaps uch allein jetrunk.«

Die anderen Kollegen waren schon angeregt ins Gespräch vertieft. Am Geräuschpegel war zu erkennen, dass Arthur, der Wirt, schon den einen oder anderen Schoppen ausgeschenkt hatte. Auch Eva, der Steffi jetzt genau gegenübersaß, hatte schon den verräterischen weinseligen Glanz in ihren ohnehin schon leuchtenden Augen. Was ihre Attraktivität sogar noch steigerte. Das fiel natürlich nicht nur Steffi auf. Rechts und links von Eva saßen zwei der männlichen Kollegen, die ihre Augen nicht von ihr abwenden konnten. Steffi musste schmunzeln. Sie konnte die Kerle durchaus verstehen. Mit ihrem langen, dunklen, lockigen Haar und der sonnengebräunten Haut war Eva wirklich eine äußerst nette Erscheinung. Und ihre quirlige Fröhlichkeit und ihre lebendigen Gesten machten sie einfach sympathisch.

»Worüber schwätzt ihr dann?«, fragte Steffi in die Runde und bestellte sich eine trockene Rieslingschorle.

»Erscht emohl ebbes gän de Duscht, Steffi?« Arthur stellte das Weinglas vor ihr auf den Tisch. Steffi leerte es in einem Zug.

»Wir hatten es grad von unseren Erlebnissen dieser Woche«, antwortete Karl.

Barbara musste kichern. »Mir ist ja vielleicht was passiert! So was hab ich auch noch nicht erlebt!« Sie kam aus dem Grinsen gar nicht mehr heraus.

»Ei, wat woar dann?« Erich rutschte schon unruhig neben Steffi auf der Bank hin und her.

»Na, Folgendes ist passiert: Als ich mit meinen Leuten am Bockbrunnen stand, das Wasser ist ja schon rot eingefärbt, zieht doch ein Gast sein Weinprobiergläschen aus der Jackentasche, und, ihr glaubt es nicht, so schnell konnte ich gar nicht reagieren, wie der das Glas in den Brunnen getaucht und die rote Brühe auf ex runtergekippt hat. Den Gesichtsausdruck hättet ihr sehen müssen, als der gemerkt hat, dass das gar kein Wein ist, sondern nur gefärbtes Wasser. Gott sei Dank ist die Lebensmittelfarbe ja völlig unbedenklich.«

Dass das Wasser im Bockbrunnen zum alljährlichen Weinfest rot eingefärbt wurde, hatte etwas mit der Geschichte des Brunnens zu tun. Wenn man den *Cochemer Stückelchen*, wie die witzigen Anekdoten über die kleine Stadt an der Mosel genannt wurden, glaubte, bestrafte man einst einen Ziegenbock in der Weinpresse dafür, dass er in einem Weinberg weiße Trauben gefressen hatte. Man erhoffte sich, auf diese Weise den Traubensaft wiederzuerlangen. Doch anstatt des hellen Rebensafts floss eine rote Brühe aus der Kelter. Der Bock war wohl zu Unrecht bestraft worden. Denn aus weißen Trauben konnte kein roter Wein herauskommen.

Der Bockbrunnen war eine von Steffis Lieblingssehenswürdigkeiten in der Stadt, deren lustig-makabre Geschichte sie selbst nur allzu gern bei Gästeführungen an den Mann brachte. Und an die Frau. Barbaras Anekdote kam bei der Gesellschaft gut an. So gut, dass sich der ganze Tisch vor Lachen kaum beruhigen konnte. Und so jagte ein Histörchen das nächste.

Nur Steffi und Eva waren nicht ganz bei der Sache. Für die beiden gab es Wichtigeres zu besprechen als die zu Sensatiönchen aufgepimpten Storys der Kollegenschaft. Sie hatten schließlich eine Leiche im Keller! Steffi stupste Eva unter dem Tisch an und bedeutete ihr, dass sie reden mussten. Sie wollten sich gerade aus der munteren Runde verabschieden, als das Gespräch eine Wendung nahm.

»Bei mir woar nix Besonderes die Woch«, warf Erich ein. »Obwohl et su heiß woar, woar et friedlich. Un' jetzt, wo ich et sach', fällt mer auch in, worum!« Erich machte eine kunstvolle Pause. Er genoss die Aufmerksamkeit durchaus, denn es waren zehn Augenpaare erwartungsvoll auf ihn gerichtet. »Ja, ist es euch Schlafmötsche denn net offjefall? Et woar doch su ruhig in der Owerstadt!«

»Jetzt, wo du es sagst, Erich, unsere Lieblingsquerulantin ist diese Woche gar nicht auf der Bildfläche erschienen«, stellte auch Karl fest. Der Rest der Truppe nickte bestätigend. Steffi und Eva warfen sich vielsagende Blicke zu. Gleichzeitig bekamen beide eine Gänsehaut.

»Jaja, ihr habt recht, ich hab sie auch nicht gesehen.«
Barbara bestätigte die allgemeine Beobachtung.

»Und auf dem Wochenmarkt hab ich Lenze Marlene gestern auch nicht gesehen. Die kauft sonst immer zur gleichen Zeit ein wie ich«, stellte Hilde fest.

»Jo, un wisst ihr awer uch, worum die Marlene fott is?« Ohne eine Antwort abzuwarten, fuhr Erich fort: »Dat Ulla Schneider von der Wirtschaft direkt neben dem Lenze Marlene hat jesoat, et hätt ebbes mit anem, der verheirot is!«

Mit dieser Aussage war der Reigen an Spekulationen eröffnet.

13. Kapitel

Erwin gab keine Ruhe, bis Steffi endlich einwilligte und ihre Küche für den Workshop der Landfrauen zum Thema »Gesunde Ernährung« zur Verfügung stellte. Ihr Gatte hegte wohl insgeheim die Hoffnung, sich selbst und seine neu entdeckte Leidenschaft fürs Kochen in irgendeiner Form einbringen zu können. Steffi sollte es recht sein, obwohl sie sich doch ein klein bisschen bevormundet vorkam. Ob Erwin ihr damit unterschwellig Vorwürfe machen wollte? Sie wusste selbst, dass Fastfood nicht das Beste war, was man seinem Körper antun konnte. Aber sie stand nun mal auf Currywurst, Pommes und Co. Bei dem Gedanken an Jacks Bratwurst Spezial mit kross gebratenen Zwiebelwürfeln und regional hergestelltem Rieslingsenf lief ihr sofort das Wasser im Mund zusammen. Steffi schaute regelmäßig an dem Stand im benachbarten Moselort Pommern vorbei, und sie musste zugeben, dass es den Imbissbetreibern immer wieder gelang, sie davon zu überzeugen, dass auch die schnelle Küche durchaus von guter Qualität sein konnte. Vor Erwin hielt Steffi diese Besuche selbstverständlich so gut es ging geheim. Allerdings hegte sie den Verdacht, dass er

Spione auf sie ansetzte, die ihr Essverhalten genauestens beobachteten. Denn nicht selten kam es vor, dass Erwin sie nach einem Besuch im Moselimbiss zu Hause mit einer spitzen Bemerkung empfing. Die Einwilligung für den Landfrauen-Kochkurs sah Steffi also auch als Zugeständnis an Erwin und sein Faible für Slow Food.

Dabei war gesunde und gleichzeitig leckere Küche doch eben gar nichts, was sich ausschließen musste, fand Steffi. Besonders hier bei ihnen in der Gegend. Sie dachte da gleich an das himmlische regionaltypische Essen ihrer Lieblings- und Patentante Inge, das gänzlich frei von jedem Schnickschnack und Chichi war. Tresterfleisch, das heute immer noch traditionell mit Zwiebeln gefüllt in der Tresterblase zubereitet wurde, Winzerbraten mit Trauben in Weißweinsauce oder Moselaal grün, frisch aus dem Fluss. Und am liebsten mochte Steffi Döppekooche, das heimische Nationalgericht. Das war ein herzhafter Topfkuchen, wie es der Name ins Hochdeutsche übertragen bereits verriet, bestehend aus geriebenen Kartoffeln, Zwiebeln, Rauchfleisch und wahlweise diversen anderen Zutaten. Nahezu jede Cochemer Familie hatte ihr eigenes geheimes und seit Generationen weitervererbtes Rezept. Und es gab hier witzigerweise sogar einen offiziellen Döppekooche-Wettbewerb, bei dem dann die Döppekooche-Queen beziehungsweise der Döppekooche-King gekrönt wurde. Allein die Namen all dieser fantastischen Speisen waren Musik in Steffis Ohren. Sie hätte jetzt viel lieber so etwas gegessen, aber es war ja schließlich Erwins Abend.

Dass Steffi den Damen ein geradezu perfekt aufgeräumtes Kochstudio präsentieren konnte, war ausschließlich sein Verdienst. Ohne Weiteres hätte man hier stante pede Eins-a-Fotos für eines dieser modernen Hochglanzmagazine für Küchendesign schießen können. In dieser Beziehung konnte Steffi wirklich stolz auf ihren Erwin sein. Großzügigerweise hatte er den Damen auch gestattet, sich in seinem frisch angelegten Kräutergarten zu bedienen. Frau Pulger, die nicht nur Vorsitzende des Verbands, sondern auch Referentin des Abends war, war begeistert.

»Eines sage ich Ihnen, meine Damen, das Wort Unkraut möchte ich heute Abend, ach, was sage ich, das Wort möchte ich überhaupt nie mehr aus Ihrem Mund hören. Heute geht es um allerlei Wildkräuter und was man damit Feines anstellen kann. Wir lernen verschiedene Kräuter kennen, und ich stelle Ihnen Rezepte vor, die einfach zuzubereiten sind«, begann sie ihren Vortrag. Frau Pulger und Erwin strahlten um die Wette, als die Landfrauenvorsitzende für die Gastfreundschaft dankte. Die Umstehenden klatschten, ihre Blicke fest auf Erwin gerichtet, heftig Beifall.

Die meisten ahnten wohl, dass das Ganze nicht auf Steffis Mist gewachsen war. Während die Damen sich und ihre Kräuter feierten, dachte Steffi trotzig an Döppekooche. Von ihr aus auch mit Kräutern. Auf jeden Fall aber mit viel Speck und Zwiebeln. Sie ließ sich Erwin zuliebe ihre Abneigung gegen zu viel Grünzeugs nicht anmerken, lächelte tapfer in die Runde und nickte den anwesenden Frauen freundlich zu. Der Landfrauenverein agierte überregional, deshalb waren Steffi nicht alle Teilnehmerinnen persönlich bekannt. Zum festen Kreis gehörten Birgit, Renate und Uschi, die alle drei, genau wie Steffi, in Cochem wohnten. Aber es waren auch Frauen aus Hunsrück und Eifel dabei, die Steffi zum Teil zwar schon gesehen hatte, aber deren Namen sie nicht kannte. Das Interesse der Teilnehmerinnen galt ohnehin nicht der Gastgeberin, sondern vielmehr der Thematik des Abends. Steffi hielt sich vornehm zurück und ließ lieber ihren Erwin agieren, dem Frau Pulger ausnahmsweise erlaubt hatte, an dem Workshop teilzunehmen, auch wenn er »dafür eigentlich nicht das richtige Geschlecht vorweisen konnte«. Genau so hatte sie es formuliert, und Erwin lachte aus Höflichkeit ebenso herzhaft wie die Frauengruppe. Ob es keine vergleichbare Einrichtung für pensionierte Männer gab? Steffi zog ernsthaft in Erwägung, Erwin den Vorschlag zu unterbreiten, eine Kochgruppe für Männer zu gründen. Damit wäre doch allen gedient, Erwin hätte eine sinnvolle Beschäftigung, und sie selbst könnte in aller Ruhe ihren alten Gewohnheiten nachgehen, ohne sich kontrolliert zu fühlen.

Aus einem fadenscheinigen Grund zog Steffi sich nach einer Weile ins Wohnzimmer zurück. Die kochlustigen Frauen gingen ihr mit ihrer besserwisserischen Art, wie man welches Gemüse professionell zerkleinerte und formschön anrichtete, nämlich ziemlich auf die Nerven. Als sie gerade ihre Beine auf dem Sofa ausstreckte, hörte sie Stimmen aus dem Hausflur, wo sich offensichtlich zwei Frauen unterhielten.

»Doch, natürlich kennst du die. Das ist die Frau von dem, der schon mit dem halben Dorf im Bett war«, hörte sie eine der Damen sagen. Es folgte Gekicher. Steffi horchte auf. Was war denn da los? Sie konzentrierte sich, um das Gesagte besser zu verstehen. Die Frauen redeten Eifeler Dialekt, was sich in einigen Nuancen von dem an der Mosel gesprochenen Platt unterschied. Aber Steffi war natürlich durchaus in der Lage, dem Gespräch zu folgen. Es interessierte sie brennend, von wem da wohl die Rede war. Ohne die leiseste Bewegung zu machen, verhielt sie sich mucksmäuschenstill und richtete dabei ihre Lauscher auf den Hausflur aus.

»Wie der mit Vornamen heißt, weiß ich nicht. Aber ich bin ziemlich sicher, dass seine Frau dort in der Küche steht.« Für einen kurzen Moment versetzte es Steffi einen Stich ins Herz. Sie überlegte, ob sie selbst vielleicht gemeint sein könnte. Doch der Gedanke daran, dass ihr Erwin ein stadtbekannter Schwerenöter war, amüsierte sie eher, als dass er sie vor Wut zum Kochen brachte. Sie zwang sich dazu, weiter zuzuhören, um zu erfahren, um wen es wirklich ging.

»Ja, beim Finanzamt arbeitet der ... Doch, doch ...« Die Stimme der zweiten Frau war leider viel zu leise, sodass Steffi das Gespräch nur bruchstückhaft verfolgen konnte. »Ich habe aber gehört, er hätte jetzt was Festes und liefe nicht mehr jedem Rock hinterher, um sich einen One-Night-Stand klarzumachen. Aber ob der Frau das dann lieber ist? ... in dem Alter ... nein, so jung kann der nicht mehr sein ... Ach, jetzt weiß ich, wen du meinst!« Die Stimme der Leisen war plötzlich besser zu verstehen. Das lag wohl an dem kurzen Aha-Moment, den sie erlebte. Denn nun sagte die andere Frauenstimme wieder: »Und ich bin mir sicher, das ist die Ehefrau. Die Arme, so hintergangen zu werden ... wie peinlich, und alle wissen Bescheid, nur das brave Weibchen am heimischen Herd hat keine Ahnung.« Wieder Gekicher.

In Steffi stieg Wut auf. Wer waren diese gemeinen Lästermäuler? Am liebsten wäre sie aufgesprungen und hätte die beiden im Flur bloßgestellt und vor die Tür verfrachtet. Sie war zwar selbst auch an Neuigkeiten, die in der Stadt passierten, interessiert, aber sie fand es gemein, hinter dem Rücken der Betroffenen so böswillig daherzureden. Solche hinterlistigen Gemeinheiten duldete sie in ihrem Haus eigentlich nicht. Aber wenn sie jetzt dazwischengegangen wäre, hätte sie sich mit ihrem geheimen Lauschangriff selbst geoutet. Die Blöße wollte sie sich keinesfalls geben. Besser war es, sich weiterhin still zu verhalten und dem Gespräch zu folgen. Außerdem hatte sie irgendwie das Gefühl, dass sie sonst hier etwas Wichtiges verpassen würde, und so spitzte sie weiter die Ohren.

Gerade sagte die lautere Stimme: »Anstelle der Ehefrau wären mir viele kurze und unbedeutende Affären doch lieber als eine feste außereheliche Beziehung. Das kann schnell gefährlich werden, das sag ich dir. Weißt du noch, als Gillesjes Lisbeth damals mit dem Mann von der Bollenkamps durchgebrannt ist? Der hatte vorher auch jede Menge Techtelmechtel am Laufen, ist aber immer wieder heimgekommen. Aber auf einmal war es ihm mit dem Lisbeth ernst, und schwupp, weg war er ... auf Nimmerwiedersehen ... hat Frau und Kind einfach sitzen lassen ... Das kann unserer betrogenen Landfrau hier nicht mehr passieren. Die Kinder sind ja schon groß und aus dem Haus ... Ach, jetzt fällt mir auch wieder ein, wie der Mann heißt ... Kurt, genau, so heißt er ...«

Jetzt fiel es Steffi wie Schuppen von den Augen oder vielmehr von den Ohren, auch wenn es diesen Ausdruck gar nicht gab. Sie wusste auf einmal, von wem die beiden fremden Frauen sprachen. Es handelte sich ganz klar um Uschi. Auch Steffi war schon zu Ohren gekommen, dass Kurt, Uschis bessere Hälfte, es mit der ehelichen Treue nicht so genau nahm. Aber dass es sich bis in die Eifel herumgesprochen hatte, war Steffi bislang nicht bewusst gewesen. Sie lauschte weiter. Doch plötzlich ließ ein Geräusch sie zusammenzucken. Erwin streckte seinen Kopf durch den Türspalt.

»Was ist los? Komm doch wieder rein. Frau Pulger erklärt gerade, wie man aus Löwenzahnblüten Honig machen kann. Das ist doch auch was für dich. Aber heute scheint dich das ja irgendwie nicht zu interessieren? Du schaust auch ein bisschen blass aus. Fehlt dir etwas?« Seine Stimme klang besorgt.

»Nein, alles gut. Ich war nur etwas müde. Geh du nur wieder kochen. Ich komme sofort nach«, beruhigte Steffi ihn. Sie wollte ihrem Mann nicht sagen, was wirklich mit ihr los war. Erwin sollte von ihrer Leiche im Keller am besten gar nichts wissen. Als Erwin wieder in der Küche verschwunden war, war leider auch das Gespräch im Hausflur verstummt. Steffi hatte die Frauen nicht gesehen und die fremden Stimmen auch nicht zuordnen können. Im Grunde genommen spielte es aber auch keine Rolle, wer diejenigen waren, die über Uschis beziehungsweise Kurts Liebesleben so gut informiert waren. Uschi selbst hatte vermutlich wirklich keinen blassen Schimmer. Zumindest tat sie in Gegenwart der Landfrauen immer so, als wäre in ihrer Ehe alles in bester Ordnung. Aber wer konnte schon hinter verschlossene Türen schauen?

Die Uschi war eigentlich keine, die sich gern auf der Nase herumtanzen ließ. Weder von ihrem Kurt noch von einer seiner Affären. Steffi konnte sich gut vorstellen, dass Uschi sich zur Wehr setzen würde, sollte es so weit kommen, dass für sie eine ernsthafte Gefahr bestünde. Aber wie weit sie gehen würde, um den Schein einer perfekten Ehe aufrechtzuerhalten, wagte Steffi sich gerade gar nicht auszumalen.

14. Kapitel

Carla Sonnenschein hatte Feierabend. Den läutete sie gerne in Romans kleinem Bistro auf dem Marktplatz ein. Am liebsten mit einem starken Espresso, einem Glas Mineralwasser und einem Moselriesling-Sekt. Natürlich brut. Sie saß dann unter der großen Markise und schaute zufrieden auf das Geschehen in ihrer gemütlichen Heimatstadt. Zum Essen saß sie lieber drinnen, aber zum Abschalten nach einem langen Arbeitstag im Rathaus genoss sie es sehr, an warmen Abenden die Menschen rings um sie herum zu beobachten.

Carla liebte viele Dinge: ihre Arbeit, Musik, Kultur, Literatur, Filme, Feste, Fröhlichkeit. Sie liebte ihren Mann, ihre Freundinnen und Freunde und das Leben und die Menschen an sich. Aber am allermeisten liebte sie ihre einzige Tochter, Paula. Paula war ihr Augenstern. Ihr Sonnenschein. Diesem Nachnamen machte ihre Tochter auch einfach wirklich von Geburt an alle Ehre. Sonntagskind eben. Carla lächelte versonnen. Leise stimmte sie den Beatles-Song *In My Life an.* »*In my life, I love you more ...*«

Auf ebendiesen Sonnenschein wartete sie heute. Paula hatte es sich natürlich auch nicht nehmen lassen, so wie alle anderen jungen Cochemerinnen und Cochemer, die es vorübergehend zu Ausbildungs- oder Studienzwecken in die größeren Städte des Landes verschlagen hatte, zum Weinfest nach Hause zu kommen.

»Ach«, sagte die stolze Mutter vor sich hin, »warum können nicht alle Leute so unkompliziert sein wie meine Paula? Wir hätten viel weniger von diesen fiesen kleinen Nickligkeiten, die einem das Leben unnötig schwer machen.« Und dabei war Paulas Fröhlichkeit nie aufgesetzt, klebrig-süß oder gar – wie hieß das jetzt? – toxisch positiv. Sondern einfach authentisch. Sie war dankbar und freundlich. Das öffnete ihr viele Türen. Und auch sie mochte die Menschen. Deshalb hatte sich Paula dazu entschieden, Medizin zu studieren, damit sie später als Hausärztin in ihrer Heimat den Menschen helfen konnte. Sie hatte das nötige Einfühlungsvermögen dafür. Und auch die nötige Stärke. Ja, ein kleiner Sturkopf konnte sie auch sein, ihre Paula, schmunzelte Carla. Und gnadenlos ehrlich, so wie sie selbst. Damit kam nicht jeder zurecht. Aber im Endeffekt wusste man doch nur dann, woran man war. Letztlich begannen die Schwierigkeiten immer am Ende der Wahrheit, dachte Carla.

Gedankenverloren schaute sie in ihre Espressotasse.

»So, jetzt mal nicht abschweifen«, rief sie sich selbst zur Ordnung. Carla begann zum hundertsten Mal den Ablauf der nächsten Tage im Geiste durchzuspielen. Sie wollte immer, dass alles perfekt war, damit alle Beteiligten zufrieden waren. Und sie fand immer noch etwas, das sie optimieren könnte. Sie drehte an ihrem Lieblingsring mit dem zart schimmernden Mondstein, den sie täglich trug. Paula hatte ihr den mal in einem der vielen gemeinsamen Urlaube am Meer geschenkt.

Okay, okay, was brauchen wir für die nächsten Tage noch? Die Pistole, ich darf nicht vergessen, die Pistole für den obligatorischen Startschuss zum Weinfest abzuholen. Carla schoss gerne und gut. Aber nur mit dem Sportgewehr im Schützenverein. Der Vorderlader von Cochems historischer Pistole, mit der alle Feste traditionell eröffnet wurden, war nicht so ihr Ding. Der Rückstoß war so stark, dass ihr hinterher der Arm schmerzte, aber was machte man nicht alles. Immerhin, sie musste schmunzeln, hatte sie noch nie ein Loch in die Bespannung der neuen teuren Bühne geschossen. Ihrem Amtsvorgänger war dies zweimal hintereinander passiert. Aber, was soll's, auch das würden die Männer vom städtischen Bauhof richten. Auf die war immer Verlass.

Eigentlich könnte sie ja dieses Jahr auch Alma Ritter schießen lassen, hatte die fleißige junge Frau doch einen großen Anteil an der Organisation des Festes. Und das war harte Arbeit, so schön sie auch war. Das Cochemer Weinfest war schon ein Großereignis, das es mit viel Geschick, Fingerspitzengefühl und Umsicht zu planen galt. Und man musste den Spagat schaffen zwischen dem Erhalt guter Traditionen und dem Raum für Neues, Junges. Nichts war Carla verhasster als das Ewiggestrige. Nach dem Motto: Haben wir doch immer so gemacht. Sie wollte sich auch innovativen Ideen öffnen. Damit war sie manchmal ihrer Zeit voraus, aber das störte sie nicht. Genauso wenig, wie es sie störte, älter zu werden. Nur alt im Kopf, sagte sie immer, alt im Kopf dürfe man nicht sein.

Ja, sie war froh über diesen guten Einfall, sie würde Alma schießen lassen. Als kleine Anerkennung für die gute Arbeit ihrer Verkehrsamtsleiterin. Prima, hätten wir das! Was brauche ich noch? Ah ja, die Amtskette. Die darf ich nicht vergessen anzuziehen. Die liegt bei mir ja auch viel besser auf als bei meinen männlichen Kollegen. Mit einem schelmischen Grinsen tauchte Carla wieder aus den Tiefen ihres Kaffeesatzes auf.

Als sie hochschaute, sah sie ihre Tochter schnellen Schrittes und munter winkend auf sie zusteuern. Typisch, diese ausladenden Bewegungen. Die hatte sie von ihrem Vater. Das stets etwas angriffslustige Funkeln in den Augen jedoch kam von ihrer Mutter.

Carla strahlte. Paula war immer wieder sehr berührt davon, die spontane Freude auf dem ohnehin fröhlichen Gesicht ihrer Mutter zu sehen, sobald sie sie erblickte. So würde sie sich niemals über sich selbst freuen können, auch wenn sie sich gerne im Spiegel betrachtete. Zumindest an den meisten Tagen. Mit genau diesem Ausdruck verband sie das Wesen ihrer Mutter. Paula liebte ihre Mama. Sie war ihr Mutter, Freundin, Ratgeberin und Vorbild. Sie war ihr Ein und Alles. Wenn Paula sie in einem kurzen Satz beschreiben müsste, würde sie sagen, ihre Mutter sei das Leben selbst. Ja, ganz genau! Paula freute sich immer auf die Tage zu Hause. Und wenn Weinfest war, natürlich ganz besonders.

Schwungvoll steuerte sie auf den kleinen Tisch zu, an dem ihre Mutter auf sie wartete, drückte sie stürmisch, ohne ihr überhaupt Zeit zu lassen, vom Tisch aufzustehen, und ließ sich ebenso schnell auf den bequemen Terrassenstuhl fallen.

»Was möchtest du denn trinken, mein Schatz?«, fragte Carla.

Als Roman, aufmerksam wie immer, schon ihren Tisch ansteuerte, zwinkerte Paula ihm zu und grinste. »Ich hätte gern genau das, was sie hatte.«

Roman stoppte lächelnd und ging direkt wieder in den Gastraum zurück, um das Gewünschte zu holen.

»Na, Mama, wie weit bist du mit deinen Vorbereitungen? Wieder alles hundertfünfzigprozentig? Du könntest ruhig mal kleinere Brötchen backen. Wenn du mal nur achtzig Prozent geben würdest, wäre das voll und ganz genug. Das wären dann bei anderen Leuten nämlich schon längst hundert Prozent.«

»Ach, Frau Neunmalklug, machst du das in deinem Studium etwa anders? Wer muss denn immer nachhaken, ob du auch wenigstens einmal am Tag eine Pause machst, hm?«

»Touché, Mama! Danke, ja, hab's geblickt! Der Apfel fällt halt nicht weit vom Stamm.« Jetzt lachten sie beide.

»Also, was gibt es Neues?«, fragte Paula.

»Ach, der ganz normale Wahnsinn halt.«

»Hat dein Spezialfreund wieder angerufen?«

»Ah, du meinst Herrn XY? Ja, hat er. Zweimal diese Woche.«

»Was war es diesmal?«

»Beim ersten Anruf vorgestern Morgen um acht Uhr hat er mir lang und breit erklärt, dass eine Coladose in seinem Vorgarten läge, die der Bauhof doch bitte entsorgen solle.«

Paula schaute ungläubig: »Wie? Und dafür ruft der dich an? Und dann?«

»Beim zweiten Anruf gestern um zehn Uhr hat er mich gefragt, ob ich noch an ihn denken würde, die Dose läge immer noch da.«

»Pfff, ja, was hast du denn da geantwortet, Mama?«

»Ich habe ihm geantwortet, dass ich Tag und Nacht an ihn denke, dass er aber die Dose auf seinem Grundstück bitte selbst aufheben müsse. Und wenn er schon dabei sei, könne er sich auch gleich bei den Nachbarn und auf dem Grünstreifen vor seinem Haus etwas nützlich machen. Da hat er komischerweise aufgelegt.«

»Leute gibt's!« Paula schüttelte den Kopf. »Als ob ihr jetzt so kurz vor dem Weinfest nichts Besseres zu tun hättet!«

»Ach, weißt du, das musst du mit Humor nehmen. Dafür gibt es hier bei uns aber wenigstens noch unverwechselbare Typen. Echte Originale. Individuen eben. Nicht nur so einheitlich Glattgestriegelte. Wir Moselaner haben halt Ecken und Kanten.«

»Du siehst auch echt in allem und jedem etwas Gutes, Mama.« Paula stupste Carla freundschaftlich in die Seite.

»Na ja, also ganz ehrlich, bei der Marlene muss ich mich dafür anstrengen«, gab Carla zu.

»Ja, aber das ist auch kein Wunder. Weißt du, woran ich bei der immer denken muss? An die Situation mit unserer Nachbarin von früher. Als ich dich da als Kind einmal mehr arg in die Bredouille gebracht habe. Die Bezeichnung passt hier auch bestens!«

Carla lachte. Laut. Sie sah die dreijährige Paula neben sich über die Brücke laufen. Als die besagte Nachbarin auf sie zukam, sagte Paula laut und vernehmlich: »Gell,

Mama, blöde Kuh darf man nicht sagen?« »Ja, genau, Paulinchen.« »Aber da kommt sie wieder, die blöde Kuh!« Das Gesicht der Nachbarin sah Carla auch immer noch vor sich.

»Joa, das passt! Marlene vergrault uns irgendwann noch alle Menschen aus der Oberstadt. Bei ihr stoße ich an meine Grenzen. Ich hab noch keine richtige Lösung gefunden, wie ihr beizukommen ist. Ich habe ihr einen netten Brief geschrieben und eine Flasche Wein geschickt und habe sie ganz freundlich gebeten, dass sie aufhören möge, die Leute zu drangsalieren. Also, so direkt habe ich es natürlich nicht formuliert«, lachte Carla, »Aber das hat alles nichts gebracht. Da werde ich mir wohl noch mehr einfallen lassen müssen. Es sei denn …«, sie winkte ihre Tochter näher zu sich heran, »es sei denn, das neueste Gerücht stimmt und Marlene ist mit einem Mann durchgebrannt.«

»Aber Mama, du gibst doch sonst nichts auf so ein Gerede! Und das dumme Gequatsche über Wer-mit-wem interessiert dich doch sonst gar nicht!« Paula tat gespielt empört.

»Ja, bei Marlene ist aber nichts wie normalerweise. Ich will die loswerden. Die vergiftet die ganze Atmosphäre hier. Das stört meinen Sinn für Harmonie. Und sie geht mir zugegebenermaßen einfach tierisch auf die Nerven.«

»Dann schieß mal los, Mama, mit welchem Typen soll Lenzens Marlene denn nun durchgebrannt sein? Aber«, fuhr Paula fort, bevor ihre Mutter antworten konnte, »ich will nicht, dass du dir da allzu große Hoffnungen machst. Erstens: Meistens ist an dem Gelaber doch nichts dran. Wenn ich mit jedem hier ein Verhältnis gehabt hätte, wie es dann schnell heißt, wenn man mal mit jemandem ein Eis essen war oder einen Schoppen zusammen getrunken hat, na, da wär ja was los gewesen!« Sie war höchst amüsiert über diese Unterhaltung. Und orderte bei Roman noch zwei Gläser Sekt zur Feier des Tages. »Und zweitens: Wer ist denn bitte schön so verrückt und haut mit der Marlene ab? Der arme Kerl ist doch nach allerhöchstens drei Tagen kaputt. In jeder Hinsicht. Der bringt die doch freiwillig wieder zurück!«

Da stimmte Carla Paula zu. »Stimmt, das hab ich auch gleich gedacht. Aber wer weiß, wo die Liebe hinfällt, und so? Weißt du, mein Schatz, ich habe gelernt, dass sich neunzig Prozent der Dinge im Leben von alleine regeln, wenn man sie nur lässt. Vielleicht ist das jetzt so ein Fall.«

»Nee, Mama, ich fürchte, das Problem Marlene Lenz gehört zu den anderen zehn Prozent.«

»Och, Mensch, Paula, nun sei doch nicht so zu deiner armen alten Mutter. Lass mir doch die leise Hoffnung!«

»Ist ja gut, Mama, also, dann sag mir doch endlich, mit wem sie was am Laufen hat.«

»Ja, hätte ich ja schon längst, wenn ich es wüsste. Es wird zwar viel geredet in der Stadt. Angeblich soll es sich um einen verheirateten Mann handeln. Aber nichts Genaues weiß man nicht.«

»Es wird doch am Ende nicht der Fluppes-Pitter sein?«, schlug Paula vor und bog sich auf ihrem Stuhl vor Lachen. Dabei prustete sie einen kleinen Teil ihres Sekts quer über den Tisch. Unvorsichtigerweise hatte sie gerade einen Schluck genommen, bevor sie ihrer Mutter den Namen von Marlenes potenziellem Auserwählten nannte.

Carla wischte mit ihrer Serviette den Tisch ab. »Paula! Du kleines Ferkel!«

»Ja, aber, Mama«, Paula kriegte sich immer noch nicht ein, »ich mach' doch nur Spaß. Du glaubst doch wohl nicht, dass ich denke, dass die Marlene mit so 'nem kleinen dicken Mops durchgebrannt ist! Und noch dazu ist der Fluppes-Pitter, wie sein Name schon sagt, ein alter Suffkopp. Also ich meine, wenn es einer der Jungs vom Turn-, Karnevals- oder Fußballverein wär', das könnt' man ja noch verstehen, das sind hochgewachsene, attraktive Männer, aber der Typ? Klein und untersetzt. Schmuddelig und schmierig. Und der trägt bestimmt auch noch Socken in den Sandalen!«

»Also, ehrlich, Paula, was hab ich dir immer beigebracht?«

»Ja, Mama, ich weiß schon, es sind die inneren Werte, die zählen. Und gefallen macht schön.«

»Ja, das natürlich auch! Das gilt sowieso, mein Schatz. Aber auch, dass es eben nicht die sind, von denen man es erwartet, die immer fremdgehen.«

Paula quietschte vor Vergnügen bei diesen Lebensweisheiten, die ihre Mutter da vom Stapel ließ. »Ja, okay, verstehe. Wo die Liebe eben hinfällt!«

»Oh ja, Paula, der liebe Gott hat einen großen Zoo! Das wird dir auch noch bewusst werden, je älter du wirst und je mehr Leute in deine Praxis kommen«, lachte Carla. »Wart's nur ab! Und jetzt, apropos, lass' uns mal aufhören, über Marlene zu reden. Egal wo und mit wem sie unterwegs ist, Hauptsache, sie ist jetzt mal für ein paar Tage gut aus den Füßen. Komm, wir reden über die schönen und wirklich wichtigen Dinge, über deine Erlebnisse aus der Hospitation zum Beispiel. Konntest du da viel für dich mitnehmen?«

»Ja, auf jeden Fall, Mama. Das hat mich nur noch mehr bestärkt, mich hier als Hausärztin niederzulassen, auch wenn die Regierung mit unserem neuen Gesundheitsminister einem das nicht gerade leicht macht.«

»Oha, ja, Lauterbachs Karl!«

»Hmm, und nicht nur der und die Bundesregierung, auch unsere Landesregierung darf ruhig noch ein bisschen mehr Gas geben, was das Gesundheitswesen betrifft«, merkte Paula an.

»Das neue Landärzte-Programm ist ja schon mal ein ganz guter Ansatz, um das Problem zu lösen«, führte Carla Paulas Gedanken weiter. »Und mit zwei Krankenhäusern sind wir hier in der Region ja auch gut aufgestellt. Mit den Apotheken sieht das leider anders aus. Weißt du eigentlich, dass bei uns auch wieder eine Apotheke schließen muss? Nur weil es nicht mehr genug Pharmazeuten gibt.«

»Oh, das wird dann aber ganz schön schwierig werden für die Leute, die hier wohnen.«

Es könnt alles so einfach sein, ist es aber nicht, hatten die Fantastischen Vier und Herbert Grönemeyer mal gesungen, und Carla tat es ihnen nun gleich. Das war eben eine Marotte von ihr: Zu allem fiel ihr ein Lied oder eine Liedzeile ein. Sie konnte gar nichts dagegen tun. Das kam einfach so, störte sie aber nicht im Geringsten. Jukebox im Kopf. Dagegen war man machtlos.

Paula stimmte munter mit ein.

15. Kapitel

Als die letzten Gäste aus der Vinothek nach Hause gegangen waren, setzte Kilian sich zu Alma an den Tisch. Sie hatte es sich bereits auf der gepolsterten Bank ohne Schuhe gemütlich gemacht und streckte ihrem Freund nun ihre bloßen Füße entgegen. Mit einem Grinsen im Gesicht fing Kilian an, Alma zu massieren.

»Also, wenn du nicht so ein guter Winzer wärst, würde ich glatt sagen, dass an dir ein Fußmasseur verloren gegangen ist«, schwärmte Alma.

Kilian lächelte. »Aber da ich so ein guter Winzer bin, sollten wir uns zum Feierabend noch ein Glas gönnen. Du siehst gestresst aus, mein Schatz.«

Er legte Almas Füße sanft auf die Sitzbank und verschwand wieder hinter dem Tresen, um den Wein zu holen. Alma bewunderte Kilians Aufmerksamkeit. Aber ihr Freund hatte recht. Sie war tatsächlich gestresst. Die Vorbereitungen für das Weinfest in der Kreisstadt waren deutlich umfangreicher und viel anstrengender als gedacht. Ein Glas Riesling würde ihr ganz sicher dabei helfen runterzukommen. Doch statt mit Almas Lieblingswein vom Klottener Brauneberg kam Kilian mit einer trockenen Gewürztraminer Spätlese an den Tisch zurück. Kilian bemerkte ihre Verwunderung sofort, er war eben in jeder Hinsicht sehr aufmerksam, und sagte beschwichtigend: »Wart's ab, der wird dir schmecken. Wurde soeben vom *Gault-Millau* als sehr empfehlenswert mit einundneunzig Punkten bewertet. *Trocken ausgebaut mit vollaromatischem, vollmundigem Background. Ausdrucksvoll und straight, ohne sich dabei in endloser Kraft zu verlieren*«, las Kilian vor.

Kilian hatte den elterlichen Betrieb vor Kurzem übernommen, nachdem sein Vater ziemlich früh verstorben war und er sein Studium im Weinbau als Diplom-Önologe abgeschlossen hatte. Ohne die Unterstützung seiner Mutter, einer erfahrenen Winzermeisterin, hätte er es allerdings nicht so schnell geschafft, in der Branche Fuß zu fassen. Mutter und Sohn zeichneten sich als unschlagbares Team aus. Zumindest in beruflicher Hinsicht. Hildegard ließ ihren Sohn, was den An- und Ausbau des Weines anging, gewähren und stand ihm auch nicht im Weg, wenn es darum ging, Neues auszuprobieren. Ein klein wenig anders verhielt es sich mit seinem Privatleben. Hildegard machte keinen Hehl daraus, dass sie in absehbarer Zukunft gerne Großmutter werden würde. Bislang hatte Kilian damit kontern können, dass es dazu ja zuerst einmal einer Frau bedurfte. Doch seit er und Alma ein Paar waren, galt diese Ausrede nicht mehr, und Hildegard ließ ihren Wunsch nach Nachwuchs für das Weingut bei jeder passenden und unpassenden Gelegenheit fallen.

Kilians Gedanken galten derzeit allerdings eher dem Beruflichen. Der Klimawandel und die damit verbundene Trockenheit in den Sommermonaten machten ihm Sorgen. Vor allem in Bezug auf den Rieslinganbau sah er Probleme auf die Region zukommen. Jahrzehntelang wuchs in den Weinbergen keine andere Rebsorte als Riesling. Genau das war es ja auch, was die Region mit ihrem mineralischen Schiefergestein auszeichnete und jedes Jahr zahlreiche Weinfreunde und Touristen anzog.

Der rund fünfhundertfünfzig Kilometer lange Fluss, die Schieferhänge und der Riesling waren bislang untrennbar miteinander verbunden, man konnte sagen, sie bildeten eine Art Symbiose. Doch was bisher gut und richtig gewesen war, wurde nun infrage gestellt. Denn wenn es im Sommer weiterhin so selten regnete, war ein Umdenken erforderlich. Kilian hatte die Problematik mit seiner Mutter erörtert, und Hildegard hatte keine Sekunde gezögert, als ihr Sohn ihr den Vorschlag unterbreitete, auf den neu zu bepflanzenden Weinbergen andere Rebsorten auszuprobieren, die mit weniger Wasser zurechtkamen. Neben dem vom *Gault-Millau* ausgezeichneten Gewürztraminer standen nun verschiedene Burgundersorten und vor allem pilzresistente Reben wie die Sauvignac-Traube vermehrt im Wingert. Die positive Beurteilung der Weinexperten galt für Kilian also auch als Bestätigung seiner Experimentierfreude und erfüllte ihn sichtlich mit Stolz.

Alma freute sich mit ihm. Sie zog ihren Freund an sich heran und küsste ihn leidenschaftlich auf den Mund. »Ich bin froh, dich kennengelernt zu haben«, flüsterte sie.

»Ganz meinerseits, gnä' Frau«, scherzte Kilian. Nachdem er zwei Gläser mit dem ausgezeichneten Stöffchen gefüllt hatte, streckte Alma ihm sogleich wieder ihre Quanten entgegen. Während Kilian hingebungsvoll mit Daumen und Zeigefinger jeden einzelnen von Almas Zehen sanft knetete, erzählte Alma ihm von ihrem anstrengenden Tag.

»Du glaubst gar nicht, was das für ein Stress ist, so ein Weinfest auf die Beine zu stellen.«

Kilian grinste, unterbrach seine Freundin jedoch nicht.

»In dieser Stadt kann man es einfach niemandem recht machen«, beschwerte sie sich weiter und sah ihren Freund an. Kilian zeigte keine Reaktion, sondern widmete sich weiterhin leidenschaftlich der Fußmassage. Alma verzichtete deshalb darauf, ihm von dem Brief zu erzählen, den Marlene Lenz ihr kürzlich geschrieben hatte. Obwohl dieser Brief wirklich frech war und sie sich maßlos über diese unverschämte Person aufregen musste. So sehr, dass sie … Aber vielleicht war es besser, wenn ihr Freund davon gar nichts wusste. Kilian war inzwischen bei Almas Fußballen angelangt, die er in kreisenden Bewegungen mit beiden Daumen bearbeitete. Normalerweise gab seine Freundin spätestens dann leise Grunzlaute von sich. Ein untrügliches Zeichen dafür, dass die Massage sie tatsächlich entspannte. Doch diesmal schien das nicht so recht zu gelingen.

»Ich glaube, wenn das Fest vorbei ist, brauche ich erst mal vier Wochen Urlaub.« Alma setzte sich aufrecht hin. Endlich mal wegfahren, das war es doch, wonach sie sich sehnte. Mal raus aus dem Alltagstrott, der ziemlich an ihren Kräften zehrte. Nach dem Weinfest brauchte sie dringend eine Pause. Sofort schossen ihr die schönsten Ideen durch den Kopf. »Oh ja, lass uns zusammen wegfahren. Ans Meer oder in die Toskana«, schlug sie vor und strahlte dabei über das ganze Gesicht.

»Tja, bedauerlicherweise bist du mit einem Weinbauern liiert, das bedeutet leider auch, keine Spontanurlaube, es sei denn, es ist gerade Winter, und im Wingert gibt es nichts allzu Dringendes zu erledigen. Dein zugegebenermaßen äußerst verlockendes Angebot muss ich deshalb leider ablehnen.«

Alma zog eine Schnute. Sie war enttäuscht, obwohl sie genau wusste, dass es im Wingert oder im Keller immer etwas zu tun gab.

»Ooooch, schade, dann muss ich mir doch einen Beamten suchen. Ich habe gehört, die hätten deutlich mehr Freizeit«, scherzte sie.

Alma hatte Kilian auf der Moselweinwoche kennengelernt. Wo auch sonst? Es war eines der ersten Feste, das sie besuchte, nachdem sie zur Tourist-Info nach Cochem gewechselt war. Der Jungwinzer hatte mit seinen Weinen seinen Heimatort vertreten. Anders als bei klassischen Weinfesten kamen nämlich bei der Moselweinwoche die Winzer aus den umliegenden Ortschaften in der Stadt zusammen, um hier ihre Weine vorzustellen. Die Weinwoche galt als ein Muss für Einheimische, doch auch Gästen bot sie eine willkommene Abwechslung. Für Alma war sie mehr geworden. Vielleicht der Anfang eines neuen Lebens.

Plötzlich ging die Tür auf, und Hildegard streckte ihren Kopf in die Vinothek. »Ach, ihr seid es. Ich hab Licht gesehen und dachte, es wären noch späte Gäste gekommen und Kilian könnte meine Hilfe gebrauchen.«

»Nein, ich bin es nur, Hildegard. Aber komm, setz dich doch zu uns.«

Hildegard schüttelte den Kopf. »Macht ihr nur. Ich räume schon mal die Küche auf, dann müsst ihr später nur noch das Licht ausmachen, wenn ihr zu Bett geht«, sagte sie und zog sich dann mit einem süffisanten Grinsen zurück.

»Ach, was für eine gute Schwiegermutter«, seufzte Alma. Ihr wurde erst bewusst, was sie da gesagt hatte, als sie Kilians erschrockenen Gesichtsausdruck bemerkte. Alma ruderte sofort zurück. »Also, ich meine, Hildegard wäre theoretisch gesehen die perfekte Schwiegermutter. Sie ist nett, klug, steht dir beratend zur Seite, hält sich aber ansonsten aus deinem Leben raus.«

»Ich denke, sie wäre schon auch gerne deine Schwiegermutter.« Kilian lächelte, doch sein Blick hatte sich verändert. Er begann in seiner Hosentasche zu kramen. Oh nein, dachte Alma, jetzt hast du was losgetreten. Er wird dir doch wegen dieser blöden Bemerkung keinen Antrag machen und gleich den mit vierzehn Diamanten umrandeten blauen Saphir aus der Tasche ziehen?

Ihr war ein wenig mulmig zumute. Doch glücklicherweise kam lediglich ein Stofftaschentuch zum Vorschein, das Kilian dazu nutzte, sich die Schweißperlen von der Stirn zu wischen. Alma atmete hörbar erleichtert aus. Auch wenn sie den Gedanken, in ein Weingut einzuheiraten, gar nicht so übel fand. Alma hatte es von Anfang an gespürt, dass Kilian der Richtige für sie war. Übers Heiraten hatte sie zwar bisher noch nicht wirklich ernsthaft nachgedacht, aber was nicht war, konnte ja noch kommen. Ihre Gedanken machten sich für einen kurzen Moment selbstständig. Deshalb entging es ihr, dass Kilian ihre Füße losließ und eine kleine hellgraue Schachtel auf den Tisch stellte. Als sie es bemerkte, fing ihr Herz schneller an zu schlagen. Sollte es doch einen Antrag geben? Sie schaute ihren Liebsten unruhig an.

Kilian räusperte sich. »Also, wo du es eben sozusagen selbst angesprochen hast, möchte ich dir gerne etwas sagen.« Er schien genauso aufgeregt zu sein wie sie selbst. Was da jetzt wohl kam? Für einen Heiratsantrag stimmte die Atmosphäre eigentlich nicht. Das hätte Kilian anders eingefädelt. Aber es war ihm ernst, das konnte sie an seiner Nasenspitze sehen. Alma wollte nun endlich wissen, um was es ging, und nickte ihm aufmunternd zu.

»Ja, mit dem Heiraten können wir uns meinetwegen noch ein bisschen Zeit lassen. Aber ich dachte mir, dass es ja ganz gut passt mit uns beiden, und dieses ewige Hin- und Herpendeln … Du hast ja auch nie die Klamotten hier bei mir im Schrank, die du gern anziehen möchtest …«

Alma musste lachen, Kilian hatte mal wieder genau ins Schwarze getroffen. Sie wollte allerdings unbedingt wissen, wie es weiterging, und unterdrückte ihr Gelächter. Kilian nahm die Schachtel in die Hand, öffnete sie aber noch nicht.

»Also, was soll ich lange drum herumreden, was hältst du davon, wenn du bei mir einziehst? Meine Wohnung hier über der Vinothek ist groß genug für uns beide. Und ich wäre sehr froh, dich immer um mich herum zu haben. Und wer weiß, vielleicht hängst du deinen Job ja doch noch an den Nagel und steigst mal ins Weingeschäft ein.« Almas Herz machte einen Hüpfer.

Endlich öffnete Kilian die kleine Schmuckschachtel, in der sich Gott sei Dank nicht wie befürchtet eine Kopie von Lady Dianas Verlobungsring befand, sondern ein aus recycelten Weinflaschen kreierter Glasring in Almas Lieblingsfarbe Grün. Der Ring war an einem Ende schmaler, am anderen etwas breiter. An den Mittelfinger von Almas rechter Hand passte er perfekt. Der Ring war superschön und vor allem sehr individuell, genau wie ihr Zukünftiger.

»Was meinst du?« Nun war es Kilian, der Alma erwartungsvoll ansah. Alma strahlte übers ganze Gesicht.

»Mir gefallen sowohl der Ring als auch dein Vorschlag sehr gut«, antwortete sie. Mehr brachte sie nicht heraus. Sie war viel zu gerührt für große Worte. Aller Ärger über das anstehende Weinfest sowie den blöden Brief von Marlene Lenz waren verflogen. Sie zog Kilian zu sich heran und drückte ihn, so fest sie konnte, an sich. Zum ersten Mal seit Langem hatte sie das Gefühl, endlich angekommen zu sein.

16. Kapitel

Erwin saß im Wohnzimmer und schaute seine Frau verständnislos an.

»Aber du möchtest doch sonst immer deine Miss Marple schauen. In allen Varianten.«

»Na ja, am liebsten schon in der Variante mit Margaret Rutherford und ihrem Mann Stringer Davis.«

»Jaja, das weiß ich doch. Und das kommt ja auch gleich. Sogar dein Lieblingsteil von den vier Filmen mit ihr in der Rolle der berühmtesten Hobbyermittlerin aller Zeiten: *Mörder Ahoi*!« Erwin wollte seiner Frau zeigen, dass er ihr immer aufmerksam zuhörte. Oder meistens zumindest. Und er wollte ihr etwas Gutes tun. Sie schien irgendwie durch den Wind zu sein. Da wäre doch jetzt so ein gemütlicher Fernsehabend mit ihm auf ihrem schönen weichen Sofa genau das Richtige. Und auf einmal wollte sie nicht. Dabei ging seine Steffi doch nie ohne Krimi ins Bett. Und er hatte genau beobachtet, dass sie in den letzten Tagen ihre Agatha-Christie-Krimis besonders intensiv durchgewälzt hatte. Fast so, als ob sie etwas suchte.

»Was kommt denn sonst noch?« Steffi lehnte sich auf der Couch vor, um nach der Fernsehzeitung auf dem

113

Wohnzimmertisch zu greifen. Die Fernbedienung nahm sie dabei auch direkt mal an sich. Erwin brummte. Wer in der Familie die Fernbedienung hatte, hatte die Macht. Aber das sollte ihm auch recht sein, wenn sie etwas anderes schauten, schließlich konnte nicht nur Steffi, sondern auch er selbst diese zugegebenermaßen herrlich schrulligen alten Schwarz-Weiß-Filme mittlerweile laut mitsprechen.

»Es kommt ein *Bares-für-Rares-Spezial*, das schaust du doch so gerne.« Steffi versuchte Erwin damit von ihrem Grund dafür, dass sie momentan beim besten Willen keine Krimis sehen mochte, wegzulocken. Das gelang ihr auch. Zumindest jetzt.

»Oh ja, gerne.« Erwin rückte sich aufmerksam auf seinem Fernsehsessel zurecht. Miss Marple hatte er bereits vergessen, was Steffi sehr zupass kam, wollte sie sich doch unter gar keinen Umständen erklären müssen. Erwin war direkt ganz bei der Sache. Er verfolgte gebannt die beliebte Fernsehsendung, in der Menschen aus ganz Deutschland, manchmal sogar darüber hinaus, versuchten, ihre Antiquitäten und Kuriositäten an die Händlerin oder den Händler zu bringen. Erwin kommentierte die mitgebrachten Stücke bereits im Vorfeld. Er hätte den professionellen Gutachtern, die, bevor es in den Händlerraum ging, einen potenziellen Verkaufswert angaben, locker Konkurrenz machen können.

»Nee, da hat der sich aber was andrehen lassen! Das ist nix wert. Touristenware!«, schnaubte er verächtlich. Beim nächsten Exponat pfiff er hingegen anerkennend durch die Zähne. »Oh! Das ist gut! Das bekommt die gut verkauft! Siehst du, hat sofort die Händlerkarte dafür gekriegt.« Er war hochkonzentriert, um nicht zu verpassen, für wie viel Geld das gute Stück denn nun wegging.

»Ich denke, das gibt ein Bietergefecht zwischen Daniel und Fabian«, fuhr er dann mit fester Überzeugung fort. »Und den Schmuck, den kauft die Susanne, und zwar gegen ein mehr als faires Gebot.«

Susanne war Erwins Lieblingshändlerin. Wenn sie auf dem Bildschirm auftauchte, passte er noch genauer auf. Steffi hingegen verfolgte die Sendung heute nicht, sie hing ihren Gedanken nach, die Erwin jedoch kurzzeitig unterbrach.

»Guck mal, Steffi. Da, schau doch mal!« Er blickte sie vorwurfsvoll an, aber nicht, weil sie anscheinend nicht aufgepasst hatte, sondern weil sie fast eine ganze Packung Toffifee in sich hineingestopft hatte.

»Hmpf, waff denn?«, nuschelte sie mit vollem Mund.

»Die Porzellanfigur, die die Frau da verkauft hat. Von Rosenthal. So eine hat deine Tante Inge doch auch. Hat der Verkäuferin hier im Fernsehen zweihundert Euro eingebracht.«

»Jaja, nix da«, raunte Steffi, »und gleich kommt wieder jemand, der seine schönsten Erinnerungsstücke für 'nen Appel und Ei hergibt. Was hat der dann von dem Geld in der Tasche? Also, von Tante Inge wird nix verkauft, dass du es weißt! Und von uns auch nicht, es sei denn, wir hätten irgendwo einen Schatz auf dem Dachboden schlummern, für den wir 'ne Million bekämen!«

»So was haben nur Leute auf dem Speicher, die auch eine Leiche im Keller haben«, antwortete Erwin prompt.

Wenn du dich da mal nicht täuschst, dachte Steffi, wenn du dich da mal nicht täuschst.

17. Kapitel

Wutentbrannt schleuderte Uschi Kurts Lieblingstasse auf den Küchenboden. Beim Aufprall auf den terrakottafarbenen Fliesen zerbrach das Porzellan in tausend Teile. Uschi erschrak selbst über ihren Zorn, aber sie war wirklich stinksauer. An ihrem hochroten Kopf ließ sich ihr derzeitiger Gemütszustand sehr gut ablesen. Von wegen, Scherben bringen Glück, dachte sie erbost. Demnach hätte sie noch den ganzen Küchenschrank hinterherwerfen können. Glück hatte ihr die Ehe mit Kurt wahrlich keines gebracht. Er war und blieb ein notorischer Fremdgänger. Hätte sie doch besser mal auf ihren Vater gehört, der sie immer wieder vor der Hochzeit mit Kurt vor dessen Eskapaden gewarnt hatte. Aber was wollten verliebte Frauen schon von der harten Realität wissen? Nun hatte Uschi die Quittung für ihre Naivität bekommen und musste zusehen, wie sie die Lage wieder unter Kontrolle bekam.

Eines war klar. Verlassen würde sie ihren Kurt nicht. Und ziehen lassen würde sie ihn schon gar nicht. Das kam überhaupt nicht infrage. Sie konnte die Frauen ja verstehen. Ihr Kurt sah schon verdammt gut aus, gerade jetzt, wo er im sogenannten besten Mannesalter war. Mit seinen leicht ergrauten Schläfen war er George Clooney fast zum Verwechseln ähnlich. Bei Männern machte das Alter ja überhaupt nichts aus. Im Gegenteil, man sagte ihnen sogar nach, noch interessanter und reifer zu wirken. Ganz anders war die allgemeine Wahrnehmung da bei Frauen. Uschi merkte, dass man ihr auf der Straße schon lange nicht mehr hinterherschaute. Dabei hatte sie noch immer eine top Figur, und mit ihrem blonden Kurzhaarschnitt wirkte sie jung und sportlich. So sah sie sich jedenfalls selbst. Die kleinen Fältchen, die sich um Mund und Augen gebildet hatten, ließen sich noch mühelos überschminken. Auf ein gepflegtes Äußeres hatte sie stets großen Wert gelegt, auch in jungen Jahren. Und womit dankte es ihr der Göttergatte?

Uschi schnaubte verächtlich aus. Ihre Hand steckte schon wieder im Küchenschrank, um sich das nächste Objekt zu angeln, an dem sie ihre Wut auslassen konnte. Aber es brachte sie auch nicht weiter, wenn sie jetzt ihr ganzes Porzellan auf dem Küchenboden zerdepperte. Sie zog ihre Hand wieder zurück. Es war traurig, wie gleichgültig Kurt war, wenn es um die eheliche Treue ging. Und trotzdem – sie würde weiterhin an der Beziehung festhalten. Auch wenn es mit der so viel besungenen trauten Zweisamkeit bei ihnen beiden nicht weit her war.

Vom ersten Tag ihrer Ehe an hatte ihr Kurt nebenbei was am Laufen gehabt. In den Anfangsjahren war sie ja noch blöd genug gewesen, die Augen vor der Wahrheit zu verschließen. Aber im Laufe der Jahre, wenn die erste Verliebtheit sich langsam verflüchtigte, wurden die Augen doch schärfer, was die Wahrnehmung der eigenen Beziehung betraf. Natürlich war sie nicht die Einzige, die davon wusste. Und es gab ja wohl nichts Peinlicheres, als von sogenannten Freundinnen, die es ja nur gut mit ihr meinten, darüber unterrichtet zu werden, mit wem man ihren Gatten gerade bei einem romantischen Tête-à-Tête gesehen hatte. Im Lauf der Zeit hatte sie allerdings gelernt, wie man lästige Nebenbuhlerinnen auf elegante Weise loswurde. Und zwar sehr erfolgreich loswurde. Gerade erst hatte sie dafür sorgen müssen, dass Kurt mal wieder nur ihr allein gehörte. Ihr Gatte hatte keine Ahnung, dass sie von jeder seiner Affären wusste. Eine Zeit lang duldete sie das jeweilige Techtelmechtel ja auch oder, besser gesagt, sie ertrug es schweigend. Aber wenn sie fürchten musste, dass die Liaison bedrohlich ernste Züge annahm, schritt sie ein. Das hatte bisher stets sehr erfolgreich funktioniert. Nach dem jeweiligen Ende einer seiner delikaten Geschichten wurde ihr Kurt dann zumindest für ein paar Monate zu einem sehr liebevollen und aufmerksamen Ehemann. Die üblichen Geschenke wegen des schlechten Gewissens natürlich inbegriffen.

Wenn Uschi ihre Schmuckschatulle öffnete, konnte sie nachzählen, wie viele Seitensprünge es in den Jahren ihrer Ehe schon gegeben hatte. Im Nachhinein konnte sie sogar darüber schmunzeln, denn letztlich hatte sie die Nebenbuhlerinnen ja alle besiegt. Sie hatte sich sogar einen Spaß daraus gemacht, jedem Teil einen Namen zu gegeben, den natürlich nur sie kannte. Das Perlenarmband zum Beispiel nannte sie insgeheim Annette; das goldene Collier hieß Kerstin. Dann kam Martina – uiuiui, das war eine harte Nuss gewesen und hatte Uschi eine ganze Menge Energie gekostet, dafür wurde sie am Ende mit einem wirklich hübschen Brillantring belohnt. Die Platinohrringe verdankte sie Claudia, und so weiter und so weiter. Inzwischen konnte Uschi mit all dem funkelnden Zeug schon fast einen eigenen Juwelierladen eröffnen. Sie hatte ihrem Kurt jedes Mal großzügig verziehen, es gab Versöhnungssex, romantische Candle-Light-Dinner und sehr viel Aufmerksamkeit, die sie jedes Mal sichtlich genoss. Doch allmählich war das Maß voll!

Uschi spürte, wie sich ihr vor Wut schon wieder die Nackenhaare sträubten.

Vor lauter Rage war sie gar nicht in der Lage, einen Satz zu Ende zu denken. Und was machte ihr Göttergatte? Stand da wie ein begossener Pudel, glotzte auf die Scherben, die mittlerweile in der ganzen Küche verteilt lagen, und sagte kein Wort. Uschi verlor die Beherrschung. Sie konnte nicht anders, als den zu Kurts Lieblingstasse gehörenden Unterteller ebenfalls zu den anderen Scherben auf den Küchenboden zu pfeffern. Sollte er den Dreck schön selbst zusammenfegen. Sie würde das jedenfalls nicht tun. Das fiel ihr ja im Traum nicht ein! Sie machte sich doch so schon zum Gespött der Leute, da spielte sie für Kurt zu Hause nicht auch noch die brave Hausfrau. Ihr Gatte ließ sich jetzt auf die Knie nieder, rutschte wie ein geprügelter Hund auf Knien über den Boden, fegte mit dem Kehrblech die Scherben zusammen und kippte den Müll brav in den Eimer.

»Uschi, ehrlich ...«, machte er einen ersten Versuch, sie zu beschwichtigen. »Ich wollte das gar nicht, es ist einfach so passiert ...«

»Jaja«, schnaubte Uschi verächtlich.

»Nein, du musst mir glauben. Ich konnte wirklich nichts dafür.« Kurt stand auf und stellte sich dicht vor seine Frau.

Uschi wich einen Schritt zurück. So leicht würde sie's ihm diesmal nicht machen.

»Du denkst doch nicht, dass ich mich ernsthaft für eine andere Frau interessieren könnte? Uschi! Wirklich! Ich gebe ja zu, dass ich gern schon mal anderen Frauen hinterherschaue. Aber keine ist mir so wichtig wie du. Komm, Uschi, so gut kennst du mich. Du bist immer die Einzige gewesen, an der mir wirklich etwas lag. Du bist mein Herzblatt, mein Sonnenschein …«

Oh mein Gott, jetzt wird er wieder österreichisch, dachte Uschi. Sie hasste es, wenn ihr Mann anfing, sich einzuschleimen. Sie ließ sich ja gern von Kurts leidenschaftlichen Beteuerungen erweichen. Nur zu gerne wollte sie ihm auch glauben, wenn er beteuerte, sich nie wieder in ein Abenteuer zu stürzen. Allerdings wollte sie es ihm nicht ganz so leicht machen. Ihr Gatte sollte schon noch ein bisschen leiden. Allein mit einem teuren Schmuckstück kam er ihr diesmal nicht davon. Er schien ihre Gedanken zu erraten. »Was hältst du davon, wenn wir beide eine Kreuzfahrt machen?«, schlug er spontan vor.

In Uschis Augen trat ein Leuchten. Na, das klang doch schon ganz passabel.

»Wir fahren, wohin du willst. In die Karibik oder lieber Südsee, vielleicht Hawaii oder doch eher nach Dubai?« Aus Kurts Mund sprudelten die exotischsten Reiseziele geradeso heraus. Ja, so musste das sein. Das gefiel Uschi. Es gab ihr ein Gefühl von Überlegenheit. Nach all den Demütigungen, die ihr Mann ihr in den vergangenen Jahren zugefügt hatte, war das nicht mehr als richtig. Eine Kreuzfahrt war ganz nach ihrem Geschmack. Sollte der Gatte sich finanziell ruhig ein bisschen verausgaben. Leisten konnte er es sich bei seinem Gehalt als Oberfinanzdirektor allemal. Und was für seine Ehefrau an Kohle draufging, das konnte er so schnell nicht in eine andere investieren. Kurts nächsten Annäherungsversuch, sie in den Arm zu nehmen, ließ sie sich also gerne gefallen. Und auch das, was darauf folgte, tat ihr gut. Wurde ja auch Zeit, dass ihr Mann sich mal wieder auf seine ehelichen Pflichten besann. Uschi fühlte sich stärker und geliebter denn je. Einmal mehr bekam sie die Bestätigung dafür, dass sie in Bezug auf Kurts Affären mal wieder alles richtig gemacht hatte.

18. Kapitel

Der Donnerstag war, was das Weinfest betraf, den Einheimischen vorbehalten. Für Steffi und Erwin war es längst zur Tradition geworden, die inoffizielle Eröffnung zu viert zu feiern. Auf dem Weg in die Innenstadt holten sie daher Erwins Schwester Sonja und deren Mann Bernd ab und gingen dann gemeinsam zu Fuß weiter. Allerdings fühlte Steffi sich gar nicht wohl bei dem Gedanken, dass sich nachher etliche Menschen in der Nähe des Ratskellers herumtrieben. Eigentlich war ihr überhaupt nicht nach Feiern zumute. Aber das wollte und durfte sie sich natürlich nicht anmerken lassen, wenn sie sich keine unangenehmen Fragen anhören wollte. Erwin hatte ohnehin längst den Verdacht, dass mit Steffi irgendetwas nicht stimmte. Gesagt hatte er bisher zwar nichts, aber Steffi wusste, dass er sich Sorgen machte, ohne genau zu wissen, was los war. Nach mehr als fünfundzwanzig Jahren Ehe kannte man sich einfach zu gut, um dem andern etwas vormachen zu können. Da konnte Steffi sich noch so sehr bemühen, die Gutgelaunte zu spielen, die sie ansonsten ja auch war. Nur jetzt plagten sie eben Sorgen, für die sie ausnahmsweise keine Lösung parat hatte. Und Erwin, der ihr bisher im Leben immer ein guter Ratgeber gewesen war, konnte sie diesmal ja nun auch nicht um Hilfe bitten. Also tat sie trotz ihrer misslichen Lage so fröhlich und unbeschwert, wie sie konnte, damit zumindest Sonja und Bernd keinen Verdacht schöpften.

Um den Festbrunnen am Marktplatz hatten sich schon die üblichen Verdächtigen versammelt. Erwin und Steffi wurden mit großem Hallo begrüßt. Sie waren in der Stadt bekannt wie bunte Hunde und immer gern gesehene Gäste, die es zu feiern verstanden und dabei ihr Umfeld gut unterhielten. Eigenschaften, die man nicht nur an der Mosel sehr schätzte. Vor allem Steffi hatte mit ihren Geschichten, die sie als Gästeführerin erlebte, in der Vergangenheit oft für Lacher gesorgt.

Dass sie diesmal zurückhaltender war, merkte von den Außenstehenden allerdings niemand. Denn Erwin zog, kaum dass sie da waren, die Aufmerksamkeit der Umstehenden auf sich und gab einen Kalauer nach dem anderen zum Besten. In Anbetracht ihrer eigenen prekären Lage sah Steffi großzügig darüber hinweg, dass sich Erwins Späße vor allem um den Workshop mit den Landfrauen drehten. Er übertrieb dabei zwar maßlos, aber zumindest hatten die Geschichten großen Unterhaltungswert. Die erste Flasche Riesling leerte sich wie von selbst. Steffi trank ihr Glas in einem Zug leer. Der Alkohol half ihr, sich ein wenig zu entspannen.

»Na, du hast ja heute einen Zug am Leib«, bemerkte Sonja spitz.

»Ajoo, wer beim Weinfest kaane Duuscht metbrengt ...« Steffi ließ den Satz unbeendet und schaute schmunzelnd in die Runde. Die Zustimmung der Umstehenden ließ nicht lange auf sich warten, man prostete sich fröhlich zu. Und wenn ich morje en dicke Kopp han, dat es mir weijle jeroot ejal, dachte Steffi.

Dank des Alkohols verdrängte sie erfolgreich die Tatsache, dass die tote Marlene keine fünfzig Schritte von ihr entfernt mit einem roten Schal auf dem Gesicht im Ratskeller lag. Ihre Weinseligkeit hinderte Steffi aber nicht daran, den Platz im Blick zu behalten und genau zu scannen, wer sich wohin bewegte. Aus dem Augenwinkel behielt sie die Tür zum Ratskeller im Blick. Doch an diesem Abend schien sich niemand für den Keller zu interessieren. Wozu auch? Wein gab es schließlich auf dem Platz zur Genüge, das Wetter war hochsommerlich warm und dabei nicht zu schwül. Es gab für die Feiergäste keinen Grund, sich in den dunklen muffigen Weinkeller zu verlaufen. Es sei denn, man vermisste jemanden.

Aus den Lautsprechern erklangen gängige Schlager, die den Gästen einheizten. Auf einer Bühne vor dem Rathaus fingen die ersten Gäste an zu tanzen. Discofox! Steffi schüttelte sich. Der Tanz war ihr seit früher Jugend verhasst. Das, was man im Allgemeinen Rhythmus im Blut nannte, war bei Steffi nicht nur nicht ausgeprägt, sondern schlichtweg gar nicht vorhanden. Sie war heilfroh, dass auch ihr Erwin kein leidenschaftlicher Tänzer war und sie, seit sie mit ihm zusammen war, endlich Ruhe vor ungeliebten Aufforderungen potenzieller Tanzpartner hatte. Gerade sang Andrea Berg: »*Ich hab dich tausendmal belogen, ich hab dich tausendmal verletzt, ich bin mit dir so hoch geflogen, doch der Himmel war besetzt ...*«, als Uschi und Kurt eng umschlungen den Platz betraten.

Uschi trug eine knallenge Hose, viel zu warm für die derzeitigen Temperaturen, darüber allerdings ein sehr offenherziges Top. Eines von der Sorte, die bei Teenagern gerade in waren. Kurt konnte den Blick nicht von ihrem Dekolleté lassen und leider auch nicht seine Finger. Die beiden waren doch keine Teenager mehr, zudem war ja schließlich stadtbekannt, dass Kurt es mit der ehelichen Treue nicht so genau nahm. Wozu in aller Welt benahmen sich die beiden jetzt in aller Öffentlichkeit wie Frischverliebte? Uschi schmachtete ihren Kurt geradezu an. Wie peinlich war das denn? Steffi verabscheute das Geturtel der beiden, konnte ihren Blick aber auch nicht von dem Paar abwenden. Erst als die beiden anfingen, sich mitten auf dem Festplatz abzuknutschen, drehte sie ihren Kopf angeekelt weg.

»In däm Aaler moss dat doch och nimmi seijn«, hörte sie eine Stimme hinter sich sagen. Da konnte sie nur zustimmen. Andererseits gönnte sie Uschi natürlich ihr Glück. Wenn es denn echt war. Steffi wurde den Verdacht nicht los, dass die beiden Theater spielten. Aber wozu? Hatten sie etwa was zu verbergen?

Erwin holte eine neue Flasche Wein und auch Wasser und schlug vor, sich zu setzen.

»Dä janze Owend rimstieh, datt es in meiem Aaleer neijst mie«, sagte er scherzhaft und zog die drei anderen zu einem der Biertische. Es wurde zwar nirgends Bier ausgeschenkt, doch der Name für die einfachen Sitzbänke lautete nun mal so. Steffi überlegte, ob es das Wort Weinbänke gab. Falls ja, hatte sie es noch nie gehört. Bevor sie sich zu den anderen setzte, wollte sie schnell noch aufs Klo. Die öffentlichen Toiletten lagen direkt neben dem Ratskeller genau gegenüber der Pfarrkirche. Auf dem Weg dorthin stieß sie mit Jenny vom Jobcenter zusammen.

»Sorry, ich habe nicht aufgepasst. Wohl schon zu viel Wein getrunken«, entschuldigte sich Steffi. Von ihrem Gegenüber kam keine Reaktion. Jenny war anscheinend auch in Gedanken, denn sie schien gar nicht zu verstehen, was Steffi gerade gesagt hatte. Dann murmelte sie ein kurzes: »Ähmm, ja, kein Problem«, und zog von dannen. Seltsam, dachte Steffi. Das Mädchen war ja ganz schön durch den Wind. Ob die was genommen hatte? Steffi dachte dabei an Drogen irgendwelcher Art. Man wusste ja nicht, was die jungen Leute sich heute so reinpfiffen, um gut drauf zu sein. Zu ihrer Zeit hatte da eine anständige Flasche Rebensaft genügt. Ein zusätzlicher Joint war das höchste der Gefühle, um sich kurzzeitig in andere Sphären zu beamen. Das war doch deutlich ungefährlicher als das chemische Zeug, mit dem man sich heutzutage zudröhnte.

Die öffentliche Toilette an der Kirche war wie immer blitzsauber. In der Beziehung konnte man sich auf Alice voll verlassen. Da konnte Steffi ihre Gäste bedenkenlos hinschicken, wenn sie mal wieder mussten. Und das kam eigentlich ständig vor. Während der Führungen fragte alle paar Meter ein Gast nach einem Klo. Alice strahlte über das ganze Gesicht, als Steffi ihr ein Trinkgeld in die Hand drückte. In den nächsten Tagen standen der Klofrau sicher noch gute Geschäfte mit den Festbesuchern ins Haus. Steffi gönnte es ihr von Herzen. Alice war immer freundlich und hatte stets einen netten Spruch für ihre Kunden parat.

Bevor Steffi zu den anderen zurückkehrte, lehnte sie sich noch einen Augenblick an die Arkaden, die den Gang zwischen Toilette und Marktplatz bildeten, und schaute sich um. Diese Jenny schlich immer noch mit gesenktem Haupt über den Platz. Plötzlich fiel Steffi ein, warum die junge Frau so derangiert wirkte. Sie war doch Marlenes Kollegin. Und was man so hörte, die Einzige in dem ganzen Jobcenter, die sich mit der Schrapnelle gut verstand. Oder besser gesagt, verstanden hatte. Oje, die arme Jenny tat ihr leid. Vielleicht vermisste sie ihre Kollegin tatsächlich. Möglicherweise hatte Marlene Lenz ja auch eine gute Seite und war für das junge Ding so etwas wie eine mütterliche Freundin gewesen. Och, datt arm Dear, dachte Steffi und wäre am liebsten auf der Stelle zu Jenny gegangen, um ihr reinen Wein einzuschenken. Es war doch tröstlicher zu wissen, dass jemand nicht wiederkam, als diese Ungewissheit auszuhalten.

Sie konnte sich jedoch gerade noch beherrschen. Ihr Erwin reckte schon den Kopf und hielt nach ihr Ausschau. Er hatte sicherlich bloß Angst, dass sie sich am Schnellimbiss etwas zu essen holte. Der Gedanke war übrigens gar nicht so abwegig. Eine anständige Grundlage für den späteren Weinkonsum konnte schließlich nicht schaden. Steffi kehrte noch mal um und kaufte sich eine Bratwurst im Brötchen. An der Frittenbude traf sie Eva. Die Freundin war gut gelaunt mit ehemaligen Schulkameraden unterwegs. Das Leuchten in ihren Augen verriet Steffi allerdings, dass auch sie schon den einen oder anderen Schoppen gekostet hatte.

»Und, hast du irgendwas Auffälliges beobachtet?«, raunte sie Steffi im Vorbeigehen zu.

»Bisher eigentlich nicht«, antwortete Steffi, und Eva zog mit ihrer Freundesgruppe weiter. Als Steffi auf den Marktplatz zurückkam, herrschte dort Hochstimmung. Aus den Boxen ertönte in voller Lautstärke *Skandal im Sperrbezirk*. Das Lied der Spider Murphy Gang weckte bei Steffi sofort Erinnerungen an ihre Jugend, und sie trällerte den Text lauthals mit.

»*Skandal im Sperrbezirk, Skandaaaaal, Skandal um Roosssiieeeee* …« Sie war zwar nicht sonderlich musikalisch, doch irgendwie hatte sie den Eindruck, dass irgendetwas noch disharmonischer klang als ihr Gesang. Sangen andere Gäste etwa noch schräger als sie? Doch es war gar kein Gesang, der sich mit der Musik vom Band vermischte. Beim Näherkommen hörte Steffi das laute Kreischen einer Frau.

Jedes Jahr dasselbe, dachte sie. Kaum trinken die Leute zu viel Alkohol, schon fangen sie an, miteinander zu streiten. Sie maß dem Ganzen keine besondere Bedeutung bei und steuerte auf ihre Leute zu. Doch dann fiel ihr die Menschentraube auf, die sich auf dem Platz gebildet hatte. In der Mitte der Menge zwei Frauen, von denen die eine die andere anschrie. Die schrille Stimme ging einem durch Mark und Bein. Steffi konnte nicht verstehen, um was es ging, dafür war die Musik zu laut. Erst als das Lied zu Ende war, vernahm Steffi ein paar Wortfetzen.

»Bedarfsgemeinschaft … lächerlich … genauso eine dumme Nuss wie die andere … Ich werd's dir zeigen, genau wie deiner Chefin, der blöden Gans …« Das Gekreische der Frau nahm hysterische Züge an. Sie begann mit der Faust den Brustkorb der anderen zu betrommeln. Von den Umstehenden griff niemand ein. In Steffi stieg Wut auf. Das konnte ja wohl nicht angehen, dass man untätig dabei zuschaute, wie eine Frau geschlagen wurde. Auch wenn die Angreiferin ebenfalls eine Frau war und nicht stärker als ihr Opfer. Jetzt erkannte Steffi, dass es sich bei der Angegriffenen um Jenny vom Jobcenter handelte. Die Frau, die sie anschrie, war vermutlich eine Kundin des Jobcenters, deren Wünsche von den Mitarbeiterinnen nicht vollumfänglich erfüllt wurden. Ohne genau zu wissen, um was es ging, bezog Steffi Position für Jenny. Es war nicht in Ordnung, dass man in aller Öffentlichkeit so traktiert wurde. Die arme Jenny tat ihr nun noch ein bisschen mehr leid. Nicht nur, dass sie ihre Kollegin vermisste, nun musste sie auch noch für deren Entscheidungen geradestehen. Für Steffi gab es kein Halten mehr, da musste sie jetzt einschreiten. Das war ihre Bürgerpflicht. Sie setzte gerade an, den Kreis zu stürmen, als Erwin sie am Arm packte.

»Misch dich da nicht ein«, raunte er Steffi zu und zog sie zu ihren Plätzen. Bevor Steffi etwas erwidern konnte, war bereits das Martinshorn eines Polizeiautos zu hören. Sehen konnte man den Wagen nicht. Wegen der vielen Menschen, die auf dem Marktplatz feierten, hatte Carla Sonnenschein die Innenstadt vorsorglich für Fahrzeuge sperren lassen. Die Beamten mussten den Wagen also vor der Absperrung parken und die restlichen Meter zu Fuß zurücklegen. Gekonnt bahnten sie sich den Weg durch die Menge. Die Aufmerksamkeit der Festgäste galt nun ganz den Polizisten. Jenny, die immer noch von der anderen Frau traktiert wurde, nutzte die Gelegenheit und machte sich schleunigst in Richtung

Oberbachstraße davon. Die Beamten ergriffen die Angreiferin, bugsierten sie zum Polizeiwagen und nahmen sie mit zur Wache.

»Kennt ihr die Frau?«, fragte eine Stimme aus der Menge. Die meisten zuckten mit den Schultern, nur einer wusste den Namen. Es handelte sich wohl um eine gewisse Silvia Meier aus dem Höhenstadtteil Brauheck, die schon seit Wochen Schwierigkeiten im Amt machte. Jemand wollte gehört haben, dass es um einen Streit wegen einer Wohnung für ihre erwachsene Tochter ging. Genaues wusste aber niemand. Als die Beamten mit der Frau außer Sichtweite waren, wurde die Musik auf dem Festplatz wieder eingeschaltet. Der Gassenhauer *Ein Stern, der deinen Namen trägt* ließ die Anwesenden den unliebsamen Vorfall schnell vergessen. Über die zankenden Frauen sprach niemand mehr. Die Festbesucher tanzten, lachten, sangen und tranken wieder über ihren Durst. Jenny war verschwunden, und auch Uschi und Kurt waren nirgends mehr zu sehen.

19. Kapitel

Anna Hinze stand verwirrt auf dem Flur. Sie hatte ihr ganzes Equipment dabei, so wie immer. Aber jetzt wusste sie auch nicht weiter. War nun ihre Existenz als selbstständige Kleinunternehmerin gefährdet, wenn sie Marlene nicht antraf? Und vor allem, wenn sie nicht die von ihr erwarteten Dienste verrichtete? Sie beschloss zu warten. Sie setzte sich mit ihren beiden Beautykoffern, die alles, was das Kosmetikerinnen- und Friseurinnenherz begehrte, beinhaltete und jenes ihrer Kundinnen höher schlagen ließ, auf die Metallgitterbank vor dem großen Büro im obersten Stockwerk des Jobcenters. Sie würde warten. Frau Lenz konnte furchtbar wütend werden, wenn sie sich verspätete. Heute war das wohl umgekehrt. Trotzdem, irgendwie komisch. Das war noch nie vorgekommen, dass Frau Lenz einfach nicht da war. Sie hatte immer abgesagt, wenn etwas dazwischengekommen war. Sollte das ein Test sein? Diese Frau schreckte wohl wahrlich vor nichts zurück. Anna packte das Hochglanzmodemagazin aus, das Frau Lenz immer von ihr verlangte. Das hatte sie nun davon, diesmal würde Anna es selbst zuerst lesen! Aber natürlich ganz vorsichtig. Ohne Knicke oder Eselsohren reinzumachen, damit ihre – wie sollte sie es nennen, Chefin? Erpresserin? – nicht merkte, dass Anna in der Zeitschrift geblättert hatte. Marlene Lenz bevorzugte das Wort »Wohltäterin«, wenn sie sich zu Anna in Beziehung setzte. Seit der Krise vor zwei Jahren, als sie sich hier im Jobcenter zum ersten Mal begegnet waren. Als Soloselbstständige war Anna durch alle Raster gefallen, als sie plötzlich nicht mehr arbeiten konnte. Da wollte sie Unterstützung beantragen. Marlene Lenz war gewieft in ihrem Fach. Eine, die mit allen Wassern gewaschen war. Das hatte Anna sofort erkannt. Ihre Menschenkenntnis war sehr ausgeprägt, war sie doch als Friseurin und Kosmetikerin quasi mindestens eine halbe Psychologin. Oft sogar mehr als das. Sie war auch die Seelsorgerin ihrer Kunden. Marlene Lenz hatte ihr damals deutlich zu verstehen gegeben, sie könne ihr helfen, wenn Anna sich dafür erkenntlich zeigte. Etwas Schriftliches gab es darüber natürlich nicht. Wie gesagt, Marlene Lenz war schlau. Anna hatte zögernd zugestimmt. Sie hatte naiverweise geglaubt, mit ein paarmal Haaremachen, Make-up und Fingernägeln wäre ihre Verbindlichkeit abgegolten. Da hatte sie aber die Rechnung ohne die Wirtin gemacht.

Und so saß sie nun seit bereits zwei Jahren jeden zweiten Freitag im Monat pünktlich zum Beginn der Mittagspause, damit die anderen Kollegen nichts mitbekamen, mit ihrer Ausrüstung vor dem Büro ihrer allmählich echt verhassten Gönnerin. Marlene Lenz drangsalierte sie. Es mussten immer die neuesten Frisuren und die teuersten Nagellacke sein. Nur das berühmte Beste war gut genug. Und jedes Mal, wenn Anna sich traute zu fragen, wann sie denn nun aus dem Arrangement entlassen werden könne, gab Marlene Lenz ihr mit dem Hochziehen einer Augenbraue deutlich zu verstehen, dass sie Anna jederzeit auffliegen lassen könnte.

Das konnte sich Anna nicht leisten. Alleinerziehend, pflegende Angehörige und auch durch viele Verbindlichkeiten gefordert, ergab sie sich in ihr Schicksal. Und so wartete sie. Zwanzig Minuten, dreißig Minuten. Allmählich stieg Wut in ihr auf. Das war doch jetzt noch die Spitze des Eisbergs. Sie hier so herumhocken zu lassen. Bestimmt sollte sie nur noch mehr mürbe gemacht werden.

Sie blätterte sich energischer durch das Leben der schönen Models. Sollte sie doch Spuren im Heft hinterlassen, und wenn schon! Ihr reichte es bald! Als sie sich gerade die neueste Unterwäschekampagne des deutsch-amerikanischen Klum-Mutter-und-Tochter-Duos ansah, sprach sie jemand an. Anna zuckte erschrocken zusammen. Sie hatte die junge Frau nicht kommen hören. Die Sohlen ihrer gold-glänzenden Birkenstocksandalen waren wohl wirklich nicht nur druck-, sondern auch schalldämpfend.

»Kann ich Ihnen helfen?«

»Nein, danke. Ich warte nur.«

Die blonde junge Frau vor ihr blickte sie freundlich an. In der Hand hatte sie ein DIN-A4-Blatt, das an den Ecken jeweils mit einem Klebestreifen versehen war, den sie jetzt etwas umständlich von dem Papier ablöste, um es an dem Büro von Marlene Lenz festzukleben. *Heute müssen leider alle Termine von Frau Lenz wegen Krankheit ausfallen,* war darauf zu lesen.

»Na toll«, entfuhr es Anna, »da hätte ich ja nicht so lange hier hocken müssen.«

»Kann ich Ihnen vielleicht doch weiterhelfen?«, fragte die junge Frau mit der auffallend dicken Brille noch mal, »mein Name ist Jenny Goebel, ich bin mit vielen Angelegenheiten von Frau Lenz vertraut.«

»Das glaube ich kaum, Frau Goebel, das glaube ich kaum.«

Kopfschüttelnd raffte Anna ihr großes Gepäck zusammen und stieg mit einem knappen Gruß in den Fahrstuhl. »Hier, für Sie«, sagte sie noch und drückte der verdutzt dreinblickenden jungen Jobcentermitarbeiterin das Magazin in die Hand, bevor sich die Türen des Fahrstuhls schlossen.

20. Kapitel

Tom Esser hatte einen Kater. Am Vorabend war es spät geworden. Er hatte ausnahmsweise nicht nur Wein getrunken, sondern auch dem Heffe zugesprochen, der moselländischen Antwort auf Grappa. Dieser einheimische Schnaps wurde aus den Resten der Weinmaische destilliert und galt als regionale Spezialität. Tom wusste eigentlich, dass er Hochprozentiges nicht vertrug, dennoch hatte er sich von seinen Kumpels in bester Feierstimmung zum Mittrinken überreden lassen. Schließlich wollte er kein Spielverderber sein. Heute tat ihm das leid. Seinem Kopf und seinem Magen auch. Er hatte seit dem Frühstück nichts Vernünftiges mehr gegessen.

Sobald er das Eröffnungsfoto mit den Honoratioren und allen wichtigen Leuten beziehungsweise allen, die sich dafür hielten, im Kasten hatte, würde er Hummerichs Imbiss aufsuchen und sich eine Bratwurst vom Eifeler Schwein genehmigen. Die schmeckten wirklich besonders lecker. Bei dem Gedanken daran lief ihm das Wasser im Munde zusammen, und er wäre am liebsten gleich losgegangen. Aber die paar Minuten, bis die Festgäste den Marktplatz erreichten, würde er schon noch aushalten. Die Musik des einheimischen Musikvereins und die Trommeln der Cochemer Bürgerwehr waren schon zu hören. Das war das Startsignal für Tom, seinen Platz auf der Festbühne einzunehmen, die sich vor dem Eingangsbereich des Rathauses befand. Die Bühne hatte ein Dach aus grünem Kunststoff. Darüber wehte die Stadtfahne.

Tom holte die Kamera mit dem passenden Objektiv nach vorne. Die andere Kamera, die um seinen Hals hing, schob er an seine linke Seite, um sie im Bedarfsfall schnell wieder zücken zu können. Dabei achtete er genau darauf, dass sein neues blau-weiß gestreiftes Kurzarmhemd nicht verknitterte, um bei seiner Frau, die er liebevoll Hase nannte, nicht in Ungnade zu fallen. Kathrin Esser legte nämlich großen Wert auf ordentliche Kleidung. Der Festumzug aus den verschiedenen Vereinen, Ehrengästen und Weinmajestäten bog in die Herrenstraße ein und gelangte somit in Toms Sichtfeld. Auf Höhe des Marktbrunnens bildeten Bürgerwehr, Mägde, Weinrömer und Tanzgruppen in ihren jeweiligen Trachten ein Spalier, das Carla Sonnenschein und ihr Gefolge soeben passierten. Anschließend betrat Carla die Bühne und begrüßte von dort aus die Gäste, die sich dicht gedrängt auf dem Marktplatz versammelt hatten, um die Eröffnung des Heimat- und Weinfestes sowie die Krönung der neuen Weinkönigin mitzuerleben. Lisa, die den Wein und die Region in den vergangenen zwei Jahren vertreten hatte, nahm wehmütig ihr Krönchen ab und setzte es feierlich ihrer Nachfolgerin Victoria aufs frisch frisierte Haupt.

Stolz begrüßte die soeben gekürte Majestät die Besucher: »Als neue Cochemer Weinkönigin freue ich mich sehr drauf, in den nächsten beiden Jahren die Region repräsentieren zu dürfen.« Sie erhob ihr Glas und animierte die Zuschauer, es ihr gleichzutun. »Prosit! Cheers! Santé! Op de Gezonheid!«

Auch die internationalen Gäste waren glücklich. Denn nach guter alter Tradition wurden die Grußworte und die Zeremonie in verschiedenen Sprachen durchgeführt. Die Begeisterung zeigte sich, indem die zahlreichen Besucher ihre Gläser mit dem golden funkelnden Rebensaft und ihre Handys mit eingeschalteter Taschenlampe in die Höhe hielten und frenetisch jubelten. Jetzt war für die Bürgermeisterin der Zeitpunkt gekommen, Alma Ritter, ihrer treuen Verkehrsamtsleiterin, die Vorderladerpistole in die Hand zu geben. Carla war froh, dass sie diese Aufgabe abgeben konnte. Almas Job war es nun, einmal senkrecht in die Luft zu schießen, und das, ohne dabei die Plane zu durchlöchern! Alma wirkte etwas nervös. Sie wusste, wie leicht etwas danebengehen konnte, und wollte ihre Sache gut machen. Konzentriert nahm sie die vorbereitete Pistole entgegen und legte den Finger an den Abzug.

»Liebe Gäste, ich habe dieses Jahr zum ersten Mal die schöne Aufgabe, den Startschuss abzugeben. Ich fühle mich sehr geehrt, aber vielleicht ist es besser, wenn Sie sich vorsichtshalber ducken«, warnte sie schmunzelnd die Umstehenden, bevor sie die Augen zukniff und abdrückte.

Mit dem Knall war das Fest eröffnet. Das Dach der Bühne war heil geblieben, und der Wein konnte ab jetzt in Strömen fließen.

Tom war froh, dass das Prozedere endlich vorbei war. Die Bratwurst rückte in greifbare Nähe. Jetzt galt es nur noch, das obligatorische Gruppenbild zu knipsen. Er hoffte inbrünstig, dass diesmal alle Anwesenden schon beim ersten Mal freundlich dreinschauten und er nicht wieder so viele Versuche brauchte, bis ein druckreifes Foto für die Lokalzeitung dabei war.

»Und jetzt schön strahlen, bitte!«, rief er mit einem breiten Grinsen im Gesicht und dachte dabei an seinen bevorstehenden Abendsnack. »Und jetzt noch eins aus der Vogelperspektive. Dafür brauche ich allerdings schnell einen Stuhl oder eine Leiter!«

Carla sagte: »Kein Problem, Tom, das haben wir gleich. Uwe, hol' doch bitte grad mal das Fußbänkchen aus dem Ratskeller.«

»Bat soll eijsch?« Wegen der lauten Musik, die inzwischen den Platz beschallte, hatte der Chef des Bauhofs nicht verstanden, was seine Vorgesetzte von ihm wollte.

»Ei, unser Chapellsche sollste holen!«

»Ah su, da soh dat doch jeleich!«, grummelte Uwe. Er wandte sich dem Ratskeller zu und legte seine Hand auf die schmiedeeiserne Türklinke.

Steffi rutschte das Herz in die Hose. Eva und sie hatten sich in einer der vorderen Reihen vor der Bühne gut platziert, um sowohl das Krönungsgeschehen zu beobachten als auch die Tür zum Ratskeller im Blick zu behalten. Als der Bauhofchef seine Hand auf die Türklinke legte, wurde ihr ganz anders. Sie grub ihre Hand in den Oberarm der Freundin. Und zwar so fest, dass Eva kurz aufschrie, was aber aufgrund der Geräuschkulisse um sie herum Gott sei Dank niemand bemerkte.

»Wenn der jetzt da die Tür aufmacht ...«

»Du lieber Himmel! Et Marlene! Ich glaub, ich fall in Ohnmacht!«

Eva musste nach Luft schnappen. Sie bekam eine Ahnung davon, wie sich eine Panikattacke anfühlte. Sie sah an Steffis kreidebleichem Gesicht, dass es ihrer Freundin ähnlich ging. Würde man jetzt die Leiche entdecken?

Steffi zog Eva weiter nach vorne, um besser sehen zu können, was passierte. Ihr Blick konzentrierte sich wie magnetisch angezogen ausschließlich auf die graue Holztür, die den Ratskeller verschloss. Also, noch verschloss. Steffi spürte, wie Schweißperlen auf ihre Stirn traten und langsam die Schläfe herunterliefen. Sie wischte sich die salzige Brühe aus dem Gesicht, die ihr die Sicht zu versperren drohte und in den Augen brannte. Uwe hatte die schwergängige Tür bereits um einige Zentimeter geöffnet, als von der anderen Seite der Bühne her der erlösende Ruf von Tom Esser zu hören war:

»Uwe, kannste sein lassen! Der Timo hat mir schon seine Trittleiter gebracht!«

»Auch gut. Dann mach ich hier halt wieder zu!«

Steffi und Eva ließen synchron die Luft aus ihren Lungen entweichen.

»Mir hann mehr Glück als Verstand!«

»Aber wirklich! Darauf müssen wir einen trinken!«

Eva drehte sich um in Richtung Weinbrunnen. Sie liebäugelte schon mit einer Flasche Festwein, als jemand sie am Arm festhielt.

»Oh, lo sinn se ja widder, die zwei Gästeführerinnen!«

Fluppes-Pitter, der stadtbekannte Meckerfritze, der Marlene in Sachen Querulantentum in nichts nachstand, stellte sich den Frauen in den Weg. Steffi und Eva tauschten vielsagende Blicke. Fluppes-Pitter hatte mal wieder zu tief ins Glas geguckt. Da war es in der Regel besser, ihm aus dem Weg zu gehen. Doch das war leichter gesagt als getan. Den beiden gelang es nicht, sich an ihm vorbeizudrücken. Wenn sie es rechts versuchten, tänzelte er ebenfalls nach rechts. Versuchten sie es auf der anderen Seite, schwankte er nach links.

»Hiert emol! Bat ich uch noch froche wullt': Macht ihr jetzt uch Kellerführungen?«

»Nein, wie kommst du denn da drauf? Wir sind doch keine Winzer«, antwortete Eva schnell und versuchte erneut, zügig an ihm vorbeizukommen. Doch der Fluppes-Pitter hatte seine Ansprache noch nicht beendet.

»Eij, eijch honn uch doch aus dem Rathauskeller kommen gesehen. Die Tach', als et esu jeränt hot.«

Steffi und Eva blieben wie angewurzelt stehen. Ihnen wurde abwechselnd heiß und kalt. Das Blut schoss ihnen in den Kopf. Ihre Gedanken fuhren Achterbahn. Es war doch klar, dass es wenigstens einem der aufmerksamen Beobachter der Innenstadt nicht entgangen war, was sie getan hatten. Jetzt fing die Kacke an zu dampfen. Fluppes-Pitter war zwar ein alter Suffkopp, aber wenn der anfing, mit der Sache hausieren zu gehen, könnte ihnen das ganz schön gefährlich werden. Am besten wäre es, ihn aus dem Weg zu schaffen, dachte Eva sarkastisch, aber noch eine zweite Leiche im Keller würden sie wirklich nicht verkraften.

21. Kapitel

Mit der Vorfreude, die sich bei Eva normalerweise alljährlich zum Weinfest einstellte, wollte es diesmal nicht so recht klappen. Die tote Marlene ging ihr einfach nicht aus dem Kopf. Inzwischen bereute Eva es, dass sie sich überhaupt an der Leiche zu schaffen gemacht hatten. Hätten sie die alte Schrapnelle doch einfach auf der Bank neben dem Schmandelekker sitzen lassen! Der Nächste, der gekommen wäre, hätte ganz einfach die Polizei gerufen, und fertig! Dann hätten weder sie noch Steffi jetzt irgendetwas mit der Sache zu tun und könnten ganz unbeschwert ihrer Arbeit als Gästeführerinnen nachgehen. Nun war es leider anders gekommen, und sie hatten Marlene an der Backe. Dieses fiese Schinnòotz machte selbst im Tod noch Ärger.

Eva stampfte wütend mit dem Fuß auf. Aus der Nummer kamen sie nur dann heil heraus, wenn sie den Mörder entlarvten. Bloß, wie sollten sie das anstellen? Sie waren schließlich keine Kriminalisten oder ausgebildete Detektivinnen. Eva dachte nach. Sie erinnerte sich daran, dass Steffi, die ja Kriminalromane über alles liebte, ihr kürzlich noch einen Vortrag darüber gehalten hatte, dass

Täter auch nach dem Verbrechen immer wieder an den Tatort zurückkehrten. Dann lag doch die Lösung auf der Hand. Sie mussten im Grunde nur den Schrombekaulplatz im Auge behalten. Irgendwann tauchte der Mörder dann schon auf. Oder? Stopp! Eva kamen Zweifel. Das ist doch Kappes! Woran soll ich den denn überhaupt erkennen? Der hat ja nicht Mörder auf der Stirn stehen! Zudem gab es noch ein weiteres Problem. Wenn Marlene, wie Steffi vermutete, tatsächlich mit Blausäure vergiftet worden war, konnte auch der Mörder nicht genau wissen, wann und wo die erwünschte Wirkung eingetreten war. Hundertprozentig sicher sein konnte er doch erst dann, wenn die Leiche irgendwo auftauchte. Das war aber bisher nicht der Fall. Außer Eva und Steffi wusste ja niemand, wo Marlene sich jetzt befand. Zumindest bisher. Eva schauderte es bei dem Gedanken, dass ein Mörder durch die Straßen von Cochem lief und wahrscheinlich verzweifelt nach seiner Leiche suchte. Vielleicht war er ja genau jetzt ganz in ihrer Nähe. Sie bekam eine Gänsehaut. Die Idee, den Schrombekaulplatz zu observieren, fand sie jetzt gar nicht mehr so gut. Und wenn sie täglich stundenlang dort herumlungerte, würde sie auch viel zu viel Aufmerksamkeit auf sich ziehen. Genau das galt es ja zu vermeiden. Nicht dass sie am Ende noch ins Visier des Täters geriet. Plan B musste greifen. Und Eva wusste auch schon, wie der aussehen sollte. Sie rief Steffi an.

»Du bist wohl nicht ganz bei Trost. Wir können doch nicht in ein fremdes Haus einbrechen.« Steffi hatte allergrößte Bedenken, Evas Idee in die Tat umzusetzen.

»Hast du etwa einen besseren Vorschlag? Wir können doch auch nicht tatenlos herumsitzen und warten, bis uns jemand auf die Schliche kommt. Was soll außerdem groß passieren? Marlene wird uns ganz sicher nicht dabei erwischen, wenn wir uns in ihrem Haus ein bisschen umschauen. Und vielleicht finden wir einen Hinweis, der uns weiterhilft.«

Steffi stöhnte. »Na gut, überredet. Aber ein gutes Gefühl habe ich dabei nicht, das will ich dir nur mal gesagt haben. Hast du dir denn schon überlegt, wie wir es anstellen sollen?«

»Mach dir da mal keine Gedanken, ich hab im Internet alles recherchiert.«

»Aha«, kommentierte Steffi trocken, »schon klar, www.einbrechen-fuer-anfaenger.de.«

Eva war erleichtert. Ohne Steffis Hilfe war ihr Plan nämlich nicht durchführbar.

Steffi gab sich geschlagen. »Okay, was brauchen wir denn dafür? Brauchen wir spezielle Werkzeuge? Ich könnte ja mal bei Erwin im Keller nachschauen. Der hat alles, was es im Baumarkt gibt.«

»Ja, super, dann bring mal eine Taschenlampe, einen Schraubenzieher und einen großen Schraubenschlüssel mit. Und denk dran, dir was Dunkles, Unauffälliges anzuziehen!«

Der Samstag war ein guter Tag, um einzubrechen. Die ganze Stadt war so voller Menschen, dass niemand auf die beiden Freundinnen achtete. Sich an den Händen fassend, schoben sie sich hintereinander durch das dichte Gedränge vom Marktplatz in Richtung Oberstadt. Die vielen Festgäste spielten ihnen bis dahin in die Karten, aber dann wendete sich das Blatt. Der Schrombekaulplatz war viel zu belebt, als dass man ungesehen in Marlenes Haus gelangen konnte. Rückseitig lag das Gebäude allerdings in einer Gasse ohne Publikumsverkehr. Außer einer Hintertür und einem kleinen Fenster, die beide zu Marlenes Haus gehörten, gab es keine Möglichkeit, die Gasse einzusehen. Im Schatten der einbrechenden Dunkelheit konnte sie also niemand beobachten. Optimale Bedingungen, um es von hier aus zu versuchen.

Sie hatten Glück. Das Fenster war gekippt. Theoretisch wusste Eva, wie sie dadurch in die Wohnung gelangen könnten. Die Praxis stellte sie jedoch vor eine größere Herausforderung. Eva schob ihre schmale Hand in den Spalt zwischen Fensterrahmen und Wandlaibung und versuchte, an den Griff zu gelangen. Doch sosehr sie sich auch bemühte, ihr Arm war einfach nicht lang genug.

»Bat is, Eva, jaat et?«

»Nee«, sagte Eva, »außer dass ich mir die ganze Haut aufgeschürft habe, jiet hey joar neijst.« In dem Moment hatte sie vor lauter Rage einen Gedankenblitz: Ersatzschlüssel! Wer allein wohnte, hatte doch immer irgendwo einen Ersatzschlüssel versteckt. Eine Frau wie Marlene würde sich niemals die Blöße geben, beim Nachbarn zu klingeln und zuzugeben, dass sie ihren Schlüssel vergessen hatte.

Eva zog ihren inzwischen schon ziemlich malträtierten Arm zurück und fuhr vorsichtig mit der unversehrten Hand über den Türrahmen. Und siehe da, nach kurzem Tasten bewies ein metallisches Klirren den Erfolg ihres Unterfangens. Blitzschnell bückte sich Steffi, um den Schlüssel vom Straßenpflaster aufzuheben, und steckte ihn ins Schloss.

Im Haus war es stockfinster. Da weder Steffi noch Eva jemals zuvor die heiligen Hallen der Marlene Lenz betreten hatten, wussten sie nicht, in welchem Raum sie sich befanden. Aber dafür hatte Steffi ja die Taschenlampe eingepackt. Bevor sie sie aus ihrem Rucksack holen konnte, preschte Eva schon an ihr vorbei. Im selben Moment schepperte es.

»Eva! Wat haste dann nou schunn widder jemach? Jetzt woart doch emohl! Un mach ruhig! Net, dat us noch aner hiert!«

Eva hatte gerade ganz andere Sorgen.

»Huch! Igitt! Schnell! Hier ist irgendwas! Ich hänge hier fest! Wo hast du denn jetzt deine tolle Taschenlampe? Jetzt mach die mal an!«

»Ja, wenn dou uch net woarte kannst!«

Steffi knipste die Lampe an. Ihr bot sich ein Bild für die Götter. Trotz ihrer Anspannung musste sie lachen. Ihre Freundin hatte urplötzlich auch ein gekröntes Haupt. Nur dass die Krone nicht aus Gold war, sondern aus einem knallroten Spitzen-BH bestand, was sich in Evas dunklem Haar wirklich ganz gut machte. Steffi befreite Eva von dem ungewollten Kopfschmuck und inspizierte das auffällige Wäschestück.

»Oh«, stieß Eva bewundernd aus! »Victoria's Secret. Modell Erotica. Weißt du, was so ein Teil kostet? Und dann noch mit dem passenden Höschen?«

Steffi ließ den Lichtkegel über Marlenes Wäscheleine gleiten.

»Loh die klaane zwei Schnürcher? Dat ist doch kaan Unnerbux! Dat is Arsch frisst Hose!«

Eva kringelte sich.

»Und überhaupt, Eva! Jetzt lassen wir mal die neckischen Dessous hier in Ruh! Wir sind schließlich zum Einbrechen gekommen!«

Steffi schob Eva vor sich her durch die Tür von Marlenes Waschküche in den Flur. Vorsichtig stiegen sie die Treppe nach oben. Das alte Holz knarrte bei jedem Schritt.

»Wo fangen wir denn jetzt an zu suchen?«, flüsterte Eva.

»Ei, in der Küch' natürlich, man fängt immer in der Küche an!«

»Un wo is' die?«

»Keine Ahnung, dann mach doch die Tür auf, dann gucken wir mal da rein.«

Ganz vorsichtig drückte Eva die Klinke herunter. Ihr Herz schlug bis zum Hals. Sie öffnete langsam die Tür. Schließlich wusste sie nicht, was sich dahinter verbarg. Steffi leuchte in den Raum hinein; Regale, Vorräte, Getränkekisten. Ansonsten überschaubare Leere.

»Hm, Abstellraum. Hier finden wir nix. Lass uns mal weitersuchen. Wir müssen in die Küch'.«

Beim nächsten Versuch hatten sie Glück.

»Boah, cool, 'ne Kochinsel in Betonoptik. Das wollte ich auch immer mal haben!«, staunte Eva.

»Joah, dat dät dem Erwin uch jefalle!«

Steffi dirigierte Eva mit dem Lichtschein der Taschenlampe zum Küchenschrank. »Pass uff! Mir machen dat jetzt su, eijch leuchten und dou guckst!«

Auf der Arbeitsplatte standen ein Kaffeevollautomat der Luxusmarke Jura, ein Toaster von Alessi und dazu passend Obstkorb und Pfeffer- und Salzmühle. Natürlich alles vom Feinsten. Neben diesem Arrangement befand sich eine preisgekrönte Flasche Wein vom Valwiger Herrenberg. Ungeöffnet. Daneben lag ein Brief. Auch ungeöffnet. Bei näherem Betrachten war deutlich das Cochemer Stadtwappen zu erkennen. Das Schreiben kam von Bürgermeisterin Sonnenschein.

»Mach auf, Eva!«

»Spinnst du, ich öffne doch keine fremde Post!«

»Ja, aber in anner Leuts Häuser einbrechen kannste! Jetzt mach den ollen Brief auf. Marlene kann ihn eh nicht mehr lesen!«

Eva gehorchte brav und überflog das Schreiben.

»Und was steht drin?«

»Ach, die Bürgermeisterin hat nur ganz freundlich darum gebeten, Marlene möge den Gästen und Einheimischen vor ihrem Haus doch etwas höflicher begegnen.«

»Pfff, dat wär eh vergebene Liebesmüh gewesen. Als ob das Marlene interessiert hätte. Bringt uns also nix! Lass' uns weitersuchen! Mach mal die Schränke auf!«

Wie in einer Ausstellung waren darin alle möglichen Sorten von Gläsern ordentlich aufgereiht. Als hätte Marlene eine Schnur gespannt, standen Wasser-, Wein-, Sekt- und Likörgläser neben Bierhumpen und Schnapsstamperln. Mit dem feinen Porzellan und dem Silberbesteck verhielt es sich genauso.

In der Spülmaschine waren lediglich ein Dessertteller, ein Gäbelchen und ein Kaffeebecher. Überhaupt war alles so aufgeräumt und steril, dass man hier direkt die berühmte OP am offenen Herzen hätte durchführen können. Und im Kühlschrank nur gesundes Zeug: Hüttenkäse, Magerquark, Bioaufstriche in allen Farben,

Obst, Gemüse und Salat. Nur die leicht angegammelten Overnight Oats machten keinen so guten Eindruck mehr.

»Guck mal in den Mülleimer. Vielleicht findet sich da etwas Spannendes.« Eva verzog angewidert das Gesicht. »Nä, igitt! Das mach' ich nicht!«

»Oah«, Steffi verdrehte die Augen! »Ei, dann halt du mal die Lamp', wenn du dich so anstellst! Dann guck ich eben da rein!« Sie zog die Mülleimer unter der Spüle hervor und wich sofort einen Schritt zurück. Der Geruch von Bittermandel schlug ihr entgegen und haute sie schier um! »Oh, nein!«, stöhnte sie und spürte schon wieder Übelkeit in sich aufsteigen.

»Was ist denn, Steffi?« Eva schob die Freundin zur Seite und schaute selbst nach. »Ach du Scheiße! Steffi, wir haben die Tatwaffe gefunden!« Vor lauter Aufregung vergaß Eva ihre Aversion gegen Mülleimer und fischte das Einzige heraus, was sich in dem ansonsten sauberen Müllbeutel befand – eine Handvoll Kuchenkrümel, die an einem Stückchen Obst klebten. Die typisch dunkelrote Farbe legte die Vermutung nahe, dass es sich hierbei um Weinbergspfirsich handelte.

»Jetzt ist es doch glasklar! Da hat jemand Gift in Marlenes Kuchen getan, um sie um die Ecke zu bringen!«, schlussfolgerte Steffi.

»Aber wie kam das Gift in den Kuchen? Wo ist der Kuchen überhaupt her? Und am wichtigsten: Wer war es?«, fragte Eva.

»Darüber können wir jetzt nicht diskutieren! Dafür hab' ich im Moment wirklich keine Nerven!«

»Jaja, dann machen wir das eben später.« Eva packte die Kuchenreste in ein Tütchen.

»Wat hast du denn da dabei?«

»Asservatenbeutel 2.0. Haben doch die Ermittler in jedem *Tatort* in der Tasche. Und sogar immer in der passenden Größe.« Eva verschloss sorgfältig den Gefrierbeutel mit dem Zipper und steckte ihn in Steffis Rucksack. »Beweisstück Nummer eins. Da bin ich ja jetzt mal gespannt, was sich in den anderen Räumen noch so findet!«

»Ei, da fott«, Steffi hatte sich wieder berappelt. »Auf ins nächste Zimmer!«

Die Atmosphäre im Wohnzimmer war noch steriler als in der Küche. Außer einer Sofalandschaft aus Chrom und schwarzem Leder bestand die spartanische Einrichtung aus einem Glascouchtisch, auf dem nichts als eine Fernbedienung lag, und einem Highboard mit Stereoanlage und Fernseher. Hier würden sie nichts finden. Das Arbeitszimmer lag im rückseitigen Teil des Hauses. Die Fenster gingen zu der schmalen Gasse hin, durch die sie eingebrochen waren. Die Rollenläden waren heruntergelassen.

»Hier können wir doch mal das Licht anmachen. Das ist von draußen nicht zu sehen. Dann muss nicht immer eine von uns die blöde Lampe festhalten.«

»Okay, ich nehme mir den Sekretär vor und du die Bücherwand«, diktierte Steffi. Und stand damit aber schon direkt vor dem ersten Hindernis. Der Sekretär war verschlossen. Vom Schlüssel war weit und breit nichts zu sehen.

»Mist!«

»Brauchst du Hilfe?« Eva zog sich eine Haarnadel aus den dichten Locken und machte sich erfolgreich an dem Schloss zu schaffen.

»Woher kannst du denn so was?« Steffi war baff.

Eva grinste nur schelmisch. Sie klappte die Schreibtischplatte herunter und gab damit den Blick frei auf ein offenes Fach mit Laptop und zwei Schublädchen rechts und links davon, aus denen Steffi einen Stapel Papiere herausnahm und sich damit auf Marlenes Lesesessel zurückzog, während Eva den Laptop einschaltete. »Passwortgeschützt. War ja klar.«

»Versuch's mal mit dem Geburtsdatum, Schatzimausi oder 1, 2, 3, 4 ...«

»Haha, ja, das klappt bestimmt«, bemerkte Eva ironisch. »Wir müssen den Computer nachher mitnehmen. Hier können wir jetzt nix ausrichten. Daheim kommen wir schon irgendwie da rein.«

Steffi hatte Eva gar nicht zugehört. Ihre volle Aufmerksamkeit galt den Briefen in ihrer Hand. Sie wollte gerade anfangen, Eva aus dem ersten Brief vorzulesen, als diese zusammenzuckte.

»Pscht!«, zischte sie. »Ich hab' was gehört! Ich glaub', es ist jemand im Haus!«

Die Freundinnen hielten den Atem an. Es war deutlich zu hören, wie die Haustür ins Schloss fiel.

»Schnell, mach et Licht aus! Wir müssen uns verstecken! Am besten in dem Abstellraum!«

Lautlos huschten die beiden über den dunklen Flur in die kleine Kammer und zogen vorsichtig die Tür hinter sich zu. Sie kauerten sich nebeneinander hinter das Vorratsregal. Steffi hatte das Gefühl, Evas Herzschlag genauso deutlich hören zu können wie ihren eigenen. Beiden Frauen stockte der Atem. War das der Mörder? Sie klammerten sich angstvoll aneinander. Und trauten sich kaum, Luft zu holen. Auf der Treppe waren eindeutig Schritte zu hören. Sie kamen immer näher. Steffi und Eva waren steif vor Angst. Sie saßen nur da und zitterten.

Die Schritte im Flur wurden lauter. Steffi und Eva sanken immer mehr in sich zusammen. Ein spärlicher Lichtschein am Boden ließ erkennen, dass jemand genau vor ihrem Versteck stand. Würde der Mörder jetzt die Tür aufreißen und auch sie umbringen? Eva krallte ihre Fingernägel in Steffis Oberarm. Steffi konnte einen Schrei nur mit großer Mühe unterdrücken. Um den Schmerz und die Panik zu verdrängen, half nur noch eins: beten!

»*Gegrüßet seist du, Maria, voll der Gnade, der Herr ist mit dir* ...« Es half! Das ging ja schnell! Die Schritte entfernten sich schon wieder. Die Tür zum Badezimmer wurde geöffnet. Der Toilettendeckel wurde hochgeklappt. Es plätscherte.

Ein heller, typisch weiblicher Seufzer der Erleichterung war zu hören. Der Mörder musste offensichtlich dringend pinkeln. Und er war eine Frau? Ein kleiner Teil von Steffis und Evas Anspannung wich. Mit einer Frau könnten sie es ja vielleicht aufnehmen. Steffi tastete im Dunkeln nach Erwins Schraubenschlüssel in ihrem Rucksack. Den könnten sie notfalls als Waffe einsetzen, um sich zu verteidigen. Eva drückte sie den Schraubenzieher in die Hand. In diesem Moment geschah es! Aus dem Bad ertönte lauter Gesang: »*Und morgen früh küss' ich dich wach und wünsch mir nur diesen Tag, mit dir allein sowieso auf einer Insel irgendwo* ...«

Steffi und Eva trauten ihren Ohren nicht. Waren sie jetzt vor lauter Schreck verrückt geworden oder saß da wirklich Helene Fischer auf Marlenes Klo und sang?

Sie wussten nicht, ob sie lachen oder weinen sollten. In der dunklen Kammer war trotz der Verwirrung eine gewisse Entspannung zu spüren. Doch keine der beiden Freundinnen traute sich, etwas zu sagen. Eva lockerte den Griff an Steffis Oberarm. Steffi fühlte, dass ihr Blut endlich wieder zirkulierte. Die beiden rührten sich aber noch nicht, sondern verharrten eisern in ihrer Position.

Der Klingelton eines Handys ließ sie jedoch erneut zusammenzucken. Steffi stupste Eva energisch an. »Mach aus!«, zischte sie.

»Ist doch gar nicht meins«, verteidigte Eva sich flüsternd. Im selben Moment hörten sie aus dem Badezimmer, wie eine Frauenstimme sprach.

»Alexander, no, hast du wieder keine Geduld mit mir? Hab ich dir doch gesagt, wo ich bin! Bei Chefin auf Klo! … Du hast gut! Bist du Mann! Kannst du gehen überall. No, ich war lieber schnell hier Pipi machen, wo ich hab' selber geputzt. Weiß ich genau, dass hygienisch sauber ist. Und Chefin ist ja nicht da. … Nein, keine Angst, kommt auch so schnell nicht zurück … ist doch bei Liebhaber. No, kannst du schon kaufen neue Flasche Wein. Bin ich gleich da.«

Steffi und Eva waren erleichtert. Es war nicht der Mörder. Es war nur Olga. Die fleißige Frau war stadtbekannt, weil sie nahezu in jedem zweiten Haushalt für Ordnung und Sauberkeit sorgte. Jetzt galt es für Steffi und Eva einfach nur abzuwarten, bis Marlenes Reinigungskraft wieder verschwunden war. Das Ende ihrer Gefangenschaft nahte. Olga betätigte bereits die Klospülung. Beim Händewaschen stimmte sie mit ihrem reinen Sopran das nächste Lied an. Diesmal imitierte sie nicht

Helene Fischer, sondern Vicky Leandros: »*Nein, sorg dich nicht um mich, du weißt, ich liebe das Leben, und weine ich manchmal noch um dich, das geht vorüber sicherlich!*«

Um alle Spuren von ihrem heimlichen Besuch zu verwischen, reinigte Olga sowohl Handwaschbecken als auch Armatur routiniert mit dem blauen Mikrofasertuch, das sie immer dafür benutzte. Das angefeuchtete Tuch würde sie jetzt zum Trocknen in der Abstellkammer aufhängen. Mit ihrem Lied auf den Lippen verließ sie das Bad und öffnete schwungvoll die Tür des Nebenraums. In diesem Moment rutschte Steffi und Eva das Herz wieder tief in die Hose. Jetzt würden sie doch im letzten Moment noch ertappt werden!

Aber es kam anders. Ohne Licht zu machen, fand Olgas Hand auf Anhieb den richtigen Platz für den feuchten Lappen. Augenblicklich ging die Tür wieder zu. Olga hatte den Raum gar nicht betreten. Uff! Das war knapp! Sie hatten wirklich mehr Glück als Verstand. Das Universum war mal wieder auf ihrer Seite gewesen. Sie hörten, wie Olga die Treppe hinunterging und ihre Schritte langsam verhallten. Unten fiel die Haustür ins Schloss!

»Majuuusebetter!« Mit der moselländischen Bezeichnung für Maria und Josef kamen Steffis tiefsitzende katholische Wurzeln mal wieder zutage. »Bat en Uffrejung!! Weile hat die us beinah entdeckt! Nou awwer flott heij e raus!« Flott ging das mit dem Aufstehen aber nicht, es dauerte eine Weile, bis Steffi ihre Gliedmaßen wieder ordentlich sortiert hatte. Eva löste sich zuerst aus ihrer Schockstarre, streckte Steffi die Hand entgegen und half ihr hoch.

»Oh, ja, komm. Ich will jetzt auch nur noch nach Hause!« Eva drückte die Klinke nach unten. Doch die Tür ließ sich nicht öffnen. Sie versuchte es noch einmal. Aber auch heftiges Rütteln half nicht. Die Tür blieb zu! »Oh, nein, das darf doch nicht wahr sein! Jetzt hat die Olga uns hier eingeschlossen!« Eva schossen die Tränen in die Augen. Sie war völlig am Ende. »Steffi«, heulte sie, »ich will jetzt hier raus!«

»Dreh' jetzt nit durch! Bleiw ruhig! Mir kommen hej schunn widder raus!«

Steffi war zwar selbst nicht ganz überzeugt von ihren Worten, aber um die Freundin zu beruhigen, spielte sie die Souveräne. Und da kam ihr tatsächlich auch schon eine Idee: Erwins Werkzeug! Den Schraubenzieher hatte sie doch noch in der Hand! »Woart, Eva, dat hey kann e su schwer nit sejin.«

Die Tür zu Marlenes Abstellkammer hatte nämlich kein gewöhnliches Schloss, sondern lediglich einen Riegel, den Steffi mit ein bisschen Anstrengung zurückschieben konnte und dadurch die beiden aus ihrem Gefängnis befreite.

»Jetzt aber nix wie weg hier!« Eva stolperte hastig die Treppe herunter.

Steffi folgte ihr auf dem Fuß. »Aber, Eva, wir waren doch noch gar nicht im Schlafzimmer!«

»Das Schlafzimmer von der dummen Nuss ist mir jetzt grad egal! Ich will heim!« Eva preschte voran. Denselben Weg, den sie gekommen waren. Nichts und niemand konnte sie aufhalten. Eva, deren Idee der Einbruch ja gewesen war, hatte nun die Nase gestrichen voll. Mit einem Rumms zog sie die Tür hinter sich zu.

»Ich würd noch mehr Krach machen an deiner Stelle!«, motzte Steffi.

»Wieso? Hier hört und sieht uns doch niemand! Ach, Mist, der Laptop!«

»Laptop losse mer jetzt emol Laptop sejin! Ich sag dir nämlich eins: Das war das erste und letzte Mal, dat ich irgendwo eingebrochen bin! Un üwerijens den Laptop brauche mir jar net. Ich hab nämlich die Briefe, die ich in Madames Arbeitszimmer gefunden habe, geistesgegenwärtig eingesteckt. Da wirst du Augen machen! Das sag ich dir! Aber jetzt erst einmal fott hej!«

22. Kapitel

Steffi stand im Vorhof der Reichsburg und ließ ihren Blick langsam über die Dächer der Stadt gleiten. Von hier oben hatte man einfach eine herrliche Aussicht auf das Moseltal. Sie weidete sich am satten Grün der Weinberge, die sich an die Burganlage schmiegten, und dem Fluss, der sich weiter unten zwischen den Schieferbergen hindurchschlängelte. Der Blick auf das Moseltal war an dieser Stelle nicht nur besonders schön, sondern hatte auch etwas Entschleunigendes. Das tat ihr gut nach der ganzen Aufregung mit Marlene und lenkte sie ein bisschen ab. Steffi nahm noch einmal einen tiefen Atemzug und genoss das, was sie sah.

Ihre Reisegruppe hatte sie kurz zuvor in die vertrauensvollen Hände von Vincent, einem der Burgführer, gegeben, der die Gruppe für die nächsten vierzig Minuten ins Mittelalter entführen würde. In der Regel wartete Steffi, während die Gäste die Innenräume der Burg besichtigten, entweder vor dem Tor oder sie genehmigte sich einen Kaffee in der Burgschänke. Es kam ganz darauf an, wen von den Kollegen sie am Stammtisch antraf. Nach der Burgführung würde sie die Gäste wieder in Empfang nehmen und ihnen auf dem Rückweg die Sehenswürdigkeiten in der Altstadt zeigen.

Steffi konnte ihren Text als Gästeführerin im Schlaf herunterbeten. Gott sei Dank. Denn geistige Höchstleistungen waren heute von ihr kaum zu erwarten. Der Einbruch in Marlenes Haus am Vorabend steckte ihr nämlich noch immer in den Knochen. Zudem plagte sie das schlechte Gewissen. Sie hatten zwar möglicherweise einen wichtigen Hinweis auf Marlenes Mörder gefunden, aber trotzdem war das, was sie gemacht hatten, illegal.

Noch dazu war es ziemlich gefährlich gewesen. Eva und sie hatten großes Glück gehabt, dass sie sich aus der verschlossenen Abstellkammer ohne fremde Hilfe hatten befreien können. Letzten Endes war es Erwins Werkzeugen und Steffis Leidenschaft für Kriminalromane zu verdanken, dass sie die verschlossene Tür mit einem Schraubenzieher hatte entriegeln können. Sie zitterte jetzt noch, wenn sie sich ausmalte, was da alles hätte passieren können. Noch mal würde sie sich jedenfalls auf so eine abenteuerliche Aktion nicht mehr einlassen.

Auf der Burg herrschte am Vormittag bereits reges Treiben. Viele Besucher, die zum Weinfest kamen, wollten nicht nur den guten Rebensaft genießen, sondern sich auch die Sehenswürdigkeiten der Kleinstadt anschauen, von denen die Reichsburg zweifellos die berühmteste war. Sie faszinierte wie immer alle Gäste; Ausdrücke wie »herrlich«, »beeindruckend« und »märchenhaft« hingen in der Luft und mischten sich mit der schwülen Wärme des Sommertags. Steffi konnte durchaus verstehen, dass die Touristen scharenweise hierherpilgerten und sich dann vor lauter Begeisterung kaum einkriegten. Sie war noch ganz in Gedanken, als ihr plötzlich jemand auf die Schulter tippte. Erschrocken fuhr sie herum.

»Entschuldigen Sie bitte. Kennen Sie sich hier aus?« Eine Touristin mittleren Alters schaute Steffi fragend an. Wegen des Aufdrucks *Tour Guide* auf ihrer Jacke war Steffi unschwer als Gästeführerin zu erkennen. Es kam häufig vor, dass sie deshalb von Gästen angesprochen wurde. Meistens galten die Fragen der Gäste zwar nur der nächsten Toilette, doch diesmal interessierte sich eine ältere Dame für ein harfenartiges Stahlgebilde, wie sie es nannte, das in ihrem Blickfeld lag.

»Was ist das?« Die Frau deutete mit dem Zeigefinger auf den gegenüberliegenden Berg. Steffi lächelte. Nach den sanitären Einrichtungen weckte dieses Objekt am zweithäufigsten das Interesse der Gäste. Sie gab freundlich Auskunft und erklärte, dass es sich bei dem Gebilde um den höchsten Teil einer Achterbahn handelte, die sich in einem Freizeitpark befand.

»Oh darling, it's a rollercoaster in an amusement park. Let's go visit it, please.« Ein junges amerikanisches Pärchen hatte mitgehört und war sofort Feuer und Flamme. Steffi konnte die Euphorie der Gäste am frühen Morgen noch nicht vertragen. Sie schenkte den Besuchern ein gequältes Lächeln und beschloss, doch in der Burgschänke nachzuschauen, wer von ihren Kollegen sich hier ebenfalls die Wartezeit verkürzte. Wie erwartet war der Stammtisch im Schankraum bereits von einigen Kollegen belagert. Barbara, Erich, Lars und Sabine saßen dicht beieinander, hatten ihre Köpfe zusammengesteckt und schienen über etwas Wichtiges zu diskutieren. Sie schauten kurz hoch, als sie Steffi bemerkten, und bezogen sie gleich ins Gespräch mit ein.

»Hast du's schon gehört, Steffi?« Lars schaute die Kollegin mit großen Augen an.

»Was gehört?«

»Na, Marlene Lenz ist verschwunden.«

»Wie verschwunne? Batt heißt datt dann?«, stammelte Steffi. Diese vermeintliche Neuigkeit versetzte ihr augenblicklich einen Stich ins Herz, aber sie versuchte, sich vor den Kollegen nichts anmerken zu lassen.

»Na, sie wird vermisst. Am Mittwoch ist sie wohl schon nicht mehr zur Arbeit erschienen«, tat Lars weiter kund.

»Nun malt mal nicht gleich den Teufel an die Wand. Vielleicht ist sie krank und bettlägerig und konnte sich deshalb nicht bei ihrem Arbeitgeber abmelden. Das habe ich dir doch eben schon mal gesagt«, beschwichtigte Sabine in ihrer unnachahmlich ruhigen Art. Doch Lars gab sich mit dieser Erklärung nicht zufrieden.

»Nein, ihr versteht es nicht. Als die Lenz am zweiten Tag in Folge nicht zur Arbeit erschienen ist und sich weder telefonisch noch per E-Mail krank gemeldet hat, hat ihre Chefin wohl eine Kollegin losgeschickt, um nach ihr zu sehen.«

»Und?« Die Frage kam unisono von allen Anwesenden, die ihre Blicke gespannt auf Lars richteten und auf die Fortsetzung der Geschichte warteten.

Steffi liefen kalte Schauer über den Rücken. Was, wenn man die Leiche bereits gefunden hatte? Jetzt würden sie dann letztendlich doch auffliegen. Wahrscheinlich hatte der Fluppes-Pitter mehr beobachtet, als er zugab.

Vielleicht hatte er sogar gesehen, wie sie die Tote in die Schubkarre verfrachtet und weggebracht hatten. Jetzt bedauerte Steffi, dass sie nicht weiter nachgehakt hatten, um in Erfahrung zu bringen, was genau er eigentlich gesehen und wem er bereits davon erzählt hatte.

Das Weinfest bot ihm anders als sonst, wo ihm freiwillig nie einer zuhörte, ausreichend Gelegenheit, sich mitzuteilen. Steffi hatte ja gerade am eigenen Leib erfahren, dass man dem Kerl da nur schwer entkommen konnte. Sie bemerkte, dass ihre Hände anfingen zu zittern. Glücklicherweise konzentrierten sich die anderen so auf Lars, dass niemand auf Steffis Gemütszustand achtete.

»Die Kollegin hat bei der Lenz zu Hause aber niemand angetroffen außer der Putzfrau. Mit ihr zusammen hat sie dann in alle Zimmer geschaut ...«

»Und?«, fragte wieder einer aus der Runde.

»Und nix. Sie war net da. Keine Menschenseele in der ganzen Wohnung ... das Bett war unberührt ... möglicherweise war sie also in der Nacht zuvor auch nicht zu Hause«, spekulierte Lars und schaute erwartungsvoll in die Runde.

»Also, han ich et doch jesooht. Dann wert ät woar sein, un et Lenze is met nem Kerl durchjebrannt«, warf Erich ein und lehnte sich schon wieder entspannt zurück. Er hatte das Interesse bereits verloren. Nicht aber Lars. Im Gegenteil, er kam jetzt erst richtig in Fahrt.

»Offenbar stimmt das aber auch nicht.« Er hob seine Stimme, die ohnehin ein wenig an eine rostige Gießkanne erinnerte, und genoss es sichtlich, endlich einmal im Mittelpunkt zu stehen. Woher er seine Informationen hatte, behielt er zwar für sich, aber es war im Grunde auch egal, denn in dieser Kleinstadt sprach sich früher oder später sowieso alles herum.

Während Lars sich in der ihm entgegengebrachten Aufmerksamkeit sonnte, wurde Steffi auf ihrem Stuhl immer kleiner. Am liebsten wäre sie unter den Tisch gekrochen und hätte sich Augen und Ohren zugehalten, wie sie es als Kind tat, wenn sie sich vor etwas fürchtete. Die Atmosphäre in der Burgschänke war bis zum Anschlag gespannt. Lars kostete jeden Moment aus. Es war zwar gut möglich, dass das, was er erzählte, nichts als Spekulationen waren, aber Steffi und Eva sollten es dennoch ernst nehmen, dass nun anscheinend alle Welt, oder zumindest ganz Cochem, nach Marlene Lenz fahndete. Es würde sicher nicht allzu lange dauern, bis man ihr Versteck ausmachte und ihnen beiden auf die Spur kam. Sie mussten handeln, und zwar schnell.

Jetzt schaltete sich Sabine wieder ein. »Moment mal, dass das Bett unberührt war, sagt doch gar nichts aus. Wenn diese Marlene ein ordentlicher Mensch ist, macht sie ihr Bett vielleicht jeden Tag immer schon, bevor sie zur Arbeit geht. Ob sie dann vorher drin geschlafen hat oder nicht, weiß man doch gar nicht.«

Lars warf Sabine einen bösen Blick zu. Es schien ihm ganz und gar nicht zu gefallen, dass sie ihm in die Parade gefahren war. Noch dazu mit solch sachlichen Argumenten, die jedem der Anwesenden plausibel erschienen. Viel lieber hätte er seine Sensationslust und die Beachtung seiner Person noch weiter ausgekostet. Doch das Interesse der anderen schien – sehr zu Steffis Erleichterung – abzuflauen.

»Passt auf, spätestens heute Abend zum Feuerwerk taucht die wieder auf. Das lässt sich doch hier niemand entgehen. Und eine Marlene Lenz schon gar nicht. Die ist doch zum Weinfest immer besonders herausgeputzt. Vielleicht ist sie ja noch in der Schönheitsklinik und lässt sich liften, um auf jeden Fall die Schönste zu sein.« Klaus war zusammen mit Eva gerade zu der Gruppe dazugestoßen, mischte sich aber sofort in das Gespräch ein. Dann musste er über seinen eigenen Witz derart laut lachen, dass er die ganze Mannschaft ansteckte. Sogar diejenigen, die weiter weg saßen und gar nicht wussten, um was es ging, stimmten lauthals in das Gelächter mit ein.

In dem allgemeinen Tumult fiel es nicht auf, dass Steffi Eva anstupste und ihr ein Zeichen gab, mit ihr nach draußen zu gehen.

»Hast du das mitbekommen? Es ist jetzt offiziell, dass Marlene Lenz verschwunden ist. Was machen wir, wenn gleich halb Cochem auf den Beinen ist, um nach ihr zu suchen?«

»Ich befürchte, es wird nicht lange dauern, bis einer auf die Idee kommt, im Ratskeller nachzuschauen.«

»Und wenn der Fluppes-Pitter dann noch sagt, dass er uns gesehen hat …«

»Dann sind wir geliefert.« Eva war noch viel aufgeregter als Steffi. Sie zitterte am ganzen Körper.

Um Eva nicht noch mehr aufzuregen, spielte Steffi erneut die Coole. »Vor allem müssen wir Ruhe bewahren, Eva. Selbst wenn jemand die Leiche dort findet, deutet null Komma gar nichts darauf hin, dass wir damit etwas zu tun haben.«

»Doch, der Pitter eben! Wir werden entlarvt und kommen womöglich noch als Mordverdächtige nach Koblenz auf die Karthause ins Gefängnis. Steffi, ich bin am Ende mit meinen Nerven.« Eva war den Tränen nahe und klammerte sich an Steffi. Diese überlegte fieberhaft, wie sie die Freundin beruhigen konnte. Doch das war leichter gesagt als getan, schließlich war sie selbst auch ganz schön aus dem Häuschen.

Zu allem Übel fiel ihr dann auch noch ein, dass sie, als sie an der toten Marlene herumhantiert hatten, noch nicht einmal Handschuhe trugen. Es war also ziemlich wahrscheinlich, dass man an Marlene, wenn man sie finden würde, auch Spuren von ihnen fand. Das war nicht gerade ein beruhigender Gedanke. Daran hätten sie auch wirklich denken können. Aber man stolperte ja nicht tagtäglich über eine Tote, die man verschwinden lassen wollte, weil man dachte, die eigene Freundin hätte etwas damit zu tun gehabt. Steffi schämte sich immer noch dafür, dass sie Eva in Verdacht gehabt hatte. Andererseits beruhte das ja nun auf Gegenseitigkeit. Wenn es allerdings Spuren gab, musste man diese ihnen ja auch erst einmal zuordnen. Bisher waren weder Steffi noch Eva straffällig geworden. Ihre Daten waren also nirgends gelistet. Bevor kein großflächiger DNA-Test, an dem sich alle Cochemer Bürger beteiligen mussten, anberaumt wurde, hatten sie nichts zu befürchten.

Ihr hektisches Getuschel vor der Burgschänke erregte inzwischen schon die Aufmerksamkeit der umstehenden Touristen. Sie sollten vorsichtiger sein. Steffi nickte den umstehenden Gästen freundlich und unverbindlich zu und mahnte Eva zur Räson. Es war niemandem geholfen, wenn sie jetzt durchdrehten.

»Lass uns nach unserer Tour bei dir zu Hause noch mal in Ruhe alles durchgehen. Dann können wir auch die Briefe, die wir in Marlenes Arbeitszimmer gefunden haben, genau unter die Lupe nehmen.« Durch das schmiedeeiserne Burgtor sah Steffi schon, wie Vincent sich mit ihrer Gästegruppe dem Ausgang näherte. Sie stellte sich fachmännisch in Position, um die Leute, gleich nachdem Vincent sie verabschiedet hatte, in Empfang zu nehmen und zu Eddy und dem bereitstehenden Taxibus zu bringen.

Eddy chauffierte sie dann bis zum Balduinstor. Dort stiegen sie aus und begannen mit dem Spaziergang durch die Altstadt. Auf dem Marktplatz streikten ihre Gäste bereits. Sie waren zwar erst wenige Hundert Meter gelaufen und Steffi hatte der Gruppe außer dem Stadttor, den Winzerhäusern und den drei Cochemer Originalen noch nichts gezeigt, doch den Gästen war es zu heiß, sie waren müde und durstig und wünschten sich nichts mehr, als einen schönen kühlen Schoppen zu trinken. Ein Wunsch, den Steffi diesmal nur allzu gern erfüllte. Sie begleitete die Gäste bis zum nächsten Weinstand und verabschiedete sich dann. Evas Wohnung lag ja nur einige Meter entfernt.

23. Kapitel

»Ich kann dir leider nichts anbieten außer ein Glas warmes Sprudelwasser.«

Steffi schaute Eva erstaunt an.

»Ei ja, ich hab doch die Tüte mit dem vergifteten Kuchen im Kühlschrank. Du glaubst doch nicht, dass ich meine Lebensmittel dazutue.«

»Warum hast du dat Zeug denn im Kühlschrank?«

»Na, du bist gut! Draußen sind dreißig Grad. Was glaubst du denn, was der Pfirsich bei den Temperaturen für Blüten treiben würde?«

»Ach ja, hast recht. Da hab ich gar nicht dran gedacht. Lieber als ein warmes Sprudel würde ich dann aber einen Kaffee trinken.«

Bevor Eva den Kaffeevollautomaten betätigte, befreite sie den Kühlschrank von dem angsteinflößenden Asservatenbeutel und drückte ihn Steffi in die Hand. Diese stellte sich damit ans Küchenfenster und betrachtete den Inhalt bei Tageslicht.

»Hm, sieht aus wie ganz normale Kuchenkrümel eben. Bloß, dass diese hier vergiftet sind. Aber wer sie vergiftet hat, ist leider nicht ersichtlich. Man kann noch nicht mal erkennen, ob der Kuchen aus einer Bäckerei oder einem Privathaushalt stammt.« Sie legte die Tüte ein bisschen enttäuscht zur Seite.

»Joa, wenn wir jemanden kennen würden, der das untersuchen könnte …«

»Der Kilian, der hat doch …«

»Wer ist denn der Kilian? Ist das auch einer von deinen Verflossenen?«

»Ach was, der Kilian ist doch der Partner von der Alma Ritter. Der war früher bei mir in der Klasse, ist jetzt Winzer und hat bei sich in Pommern ein eigenes Weinlabor. Da könnte der doch so was untersuchen!«

»Ja, meinste? Und was sollen wir dem sagen, wofür das ist?«

»Stimmt auch wieder! Dann wieder ab damit in den Kühlschrank. Wer weiß, wofür's noch gut ist.« Eva wusch sich pingelig genau die Hände, stellte die Kaffeetasse vor Steffi auf den Küchentisch und setzte sich mit ihrem doppelten Espresso ihrer Freundin gegenüber.

»Eva, jetzt lass' uns doch noch mal alle Möglichkeiten durchgehen, wer ein Motiv hätte und wer es gewesen sein könnte.«

»Ja, toll!«, zischte Eva. »Dann sitzen wir morgen noch hier!«

»Aber in meinen Agatha-Christie-Krimis machen die das auch immer so! Oder hast du etwa eine bessere Idee?«

»Meinetwegen! Dann machen wir es halt so.«

»Ei, pass uff! Wen hammer denn? Also, die Olga, die Putzfrau, die war et schon emohl nit! Die sägt jo net den Ast ab, off dem se sitzt.«

»Ja, das denke ich auch. Eher unwahrscheinlich! Und von unseren Gästeführerkollegen, würdest du es da jemandem zutrauen?«

»Ach, das kann ich mir nicht vorstellen. Klar, gehasst haben wir sie ja alle wie die Pest, aber gleich umbringen …?«

»Na ja, mich hast du ja am Anfang auch verdächtigt. Deswegen sitzen wir ja hier.«

»Ja, da sind wir ja quitt, schließlich hast du mich genauso verdächtigt. Also, Schwamm drüber! Und die anderen Kollegen waren es auch nicht, das sagt mir mein kriminalistischer Spürsinn!«

»Und die vom Turnverein, die konnten die Marlene zwar auch alle nicht leiden, aber man bringt ja nicht jeden gleich um, den man nicht leiden kann. Wo kämen wir denn da hin?«

»Was ist denn mit dieser Silvia Meier, der Frau, deren Anträge Marlene im Jobcenter immer abgelehnt hat?«

»Ja, stimmt! Du hast mir doch gesagt, dass die wie eine Furie auf Marlenes Kollegin, die Jenny, los ist. Die hätte tatsächlich einen Grund. Wenn Marlene verhindert hat, dass ihre Tochter bei ihr wohnen kann. Meine Mama würde da auch fuchsteufelswild werden.«

»Okay, da hätten wir dann schon mal Verdächtige Nummer eins! Weiter!«

»Ja, die Alma Ritter und die Carla Sonnenschein hätten ja auch einen Grund. Wenn man bloß an die Beschwerden denkt, die ausschließlich wegen Marlene eingegangen sind, dann hätten die allein dafür eine Vollzeitkraft beschäftigen können, um die zu bearbeiten.«

»Hm, aber denkst du, die Bürgermeisterin oder die Chefin vom Tourismusbüro machen sich die Hände an so einer Querulantin schmutzig? Die hätten doch sicher andere Wege gefunden, um der beizukommen. Und das haben sie doch auch schon versucht. Denk nur an das nette Schreiben und die gute Flasche Wein, die wir in Marlenes Küche gefunden haben. Die begegnen den Problemen auf die feine Art. Meine Oma hat auch immer gesagt: 'nem bösen Hund gibt man zwei Knochen.«

»Da hat dein' Oma aber wieder mal ganz schön recht gehabt! Ich glaube auch nicht, dass es Carla oder Alma waren. In meinen Krimis sind nämlich die meisten Morde Beziehungstaten.«

»Ja, dann sollten wir jetzt mal die Briefe lesen!«

»Ganz genau«, sagte Steffi und zog bedeutungsvoll die Papiere aus der Tasche. »Hier, die bringen uns weiter, wirste sehen! Pass auf, ich lese dir jetzt vor, was sich bei Marlene liebestechnisch so alles abgespielt hat. Do wirste dich wunnere! *Mein geliebtes Mausezähnchen!*«

»Igitt, hör auf! Mir ist jetzt schon schlecht! Mausezähnchen! Wenn ich das schon höre! Und vor allem, wenn man weiß, wer damit gemeint ist!«

»Eva, jetzt reiß dich zusammen! Et geht doch erst los! Und es wird noch besser! *Mein geliebtes Mausezähnchen! Die Nacht mit dir war unvergesslich! Wenn ich an deinen makellosen Körper denke …*«

»Oh nein, Steffi, das ist ja unerträglich!«

»Ruhig weijle! … *bin ich jetzt noch ganz von Sinnen! Ich kann es kaum erwarten, bis wir uns wiedersehen! Ich vergehe fast vor Sehnsucht nach dir! Meine Gedanken drehen sich nur um dich und unsere letzte Nacht. Du bist die einzig Wahre!*«

»Geht das jetzt die ganze Zeit so weiter? Das ist ja nicht auszuhalten! Ekelhaft!« Eva schüttelte sich.

»Ja, im Prinzip geht das immer so weiter. Zwanzig schwülstige Briefe lang!«

»Ja, aber, Steffi, du hast doch gesagt, da stünde was Spannendes drin! Was soll denn daran jetzt spannend sein? Das ist doch nur peinlich, zum Fremdschämen!« Eva griff nach einer Packung Cookies, die in Reichweite auf dem Küchentisch lag, riss das rote Verpackungsbändchen auf und biss in einen Schokokeks, während sie Steffi angewidert anschaute.

»Jaja, die ersten zwanzig Briefe sind alle nach demselben Muster verfasst und auch alle mit *Dein Bärchen* unterzeichnet. Aber ab Brief Nummer einundzwanzig ist das anders! Da gibt Bärchen sich nämlich zu erkennen!«

»Da hättest du ja gleich mit dem anfangen können! Jetzt sag mir doch schon, von wem die sind!«

»Moment! Zuerst lese ich dir den vor!

Meine Geliebte, ich verstehe deine Ungeduld! Ich möchte ja auch mit dir zusammenleben und bin dieses Versteckspiel leid! Aber ich möchte es meiner Frau schonend beibringen! Uschi ist nicht so stark wie du! Ohne einfühlsame Vorbereitung wird sie die Trennung nicht verkraften! Bitte gib mir noch ein wenig Zeit! In Liebe, dein Kurt.«

»Aaaah! Kurt! *Der* Kurt?«, entfuhr es Eva.

»Ja, so sieht es aus!«

»Wir sprechen von *dem* Kurt, den wir gerade erst in trauter Zweisamkeit und eng umschlungen mit seiner Angetrauten Uschi auf dem Weinfest gesehen haben?«

»Dou hast et erfasst!«

»Ja, dann ist für mich jetzt der Fall geklärt! Der war es! Wir haben unseren Mörder!« Eva schob sich mit der rechten Hand ein neues Cookie in den Mund und kehrte mit der linken die Brösel auf dem Tisch zu einem kleinen Häufchen zusammen.

»Du denkst, Kurt war es?«

»Ja, hallo! Du etwa nicht? Steht doch ganz klar drin in dem Brief! Schwarz auf weiß!«

»Das sehe ich aber ganz anders! Für mich ist der Fall nämlich auch klar: Die Uschi war es!«

»Die Uschi?«

»Ja, glaubst du denn, die lässt sich einfach so ihren gut aussehenden und vermögenden Mann ausspannen? So eine ist das bestimmt nicht! Die lässt sich nicht kampflos was wegnehmen!«

»Ja, aber andererseits … Der Kurt ist doch nun kein Kind von Traurigkeit. Dann hätte sie doch schon bei einer der früheren Affären zuschlagen können.«

»Ja, aber genau das ist doch der Punkt! Marlene war für Kurt anscheinend viel mehr als eine Affäre. Mit ihr war es ihm ernst. Nach den Briefen zu urteilen, wollte er mit ihr ja ein neues Leben beginnen. Da bringt er sie doch nicht um! Viel wahrscheinlicher ist doch, dass Uschi die Nebenbuhlerin aus dem Weg geräumt hat!«

»Nee, ich weiß nicht. Ich denke eher, dass Kurt so ist wie alle verheirateten Männer. Am Ende ziehen sie doch den Schwanz ein und bleiben bei ihren Frauen. Ist ja auch viel bequemer. Das hab ich doch selbst erst erlebt! Feiglinge! Alles Feiglinge!«, prustete Eva heraus und spuckte dabei jede Menge kleine Kekskrümel auf den Küchentisch.

»Ja, dat mach' joa all' stimme, aber meine Kriminalromane sagen: Giftmorde werden immer von Frauen
begangen!«

»Jaja«, sagte Eva spöttisch. »Und der Mörder ist immer der Gärtner!«

»Haha, ja. Aber wir sind uns doch wohl einig, einer
von beiden war's. Egal jetzt mal, wer. Und der- oder
diejenige wird versuchen, die Leiche zu finden, um den
Mord zu vertuschen. Damit wären wir wieder bei unserem Problem von heute Morgen: Die Leiche muss aus
dem Keller! Die Frage ist nur: wie?«

Mit diesem quälenden Gedanken verließ Steffi Evas
Wohnung und machte sich auf den Weg nach Hause.
Die Sonne brannte von einem wolkenlosen Himmel. Es
war immer noch sehr heiß. Die Bewegung an der Luft
tat ihr trotz der schwülen Wärme gut. Anders als sonst
bekam Steffi ihren Kopf beim Gehen diesmal aber nicht
frei. Unentwegt musste sie darüber nachdenken, dass
das Versteck im Ratskeller nicht mehr sicher genug war.
Sie mussten die Leiche wirklich woanders hinbringen.
Aber allein bei dem Gedanken daran, die tote Marlene
noch einmal anfassen zu müssen, wurde ihr schon wieder speiübel.

24. Kapitel

Sie konnte nicht mehr. Sie konnte einfach nicht mehr. Das Maß war voll. Und sie total am Ende. Um es mit den berühmten Worten des italienischen Fußballtrainers zu sagen: Steffi hatte fertig. Aber so richtig. Am liebsten würde sie sich irgendwo ein tiefes Loch graben und sich darin verbergen, bis alles irgendwie auf wundersame Weise seine Auflösung gefunden hatte. Aber diese Hoffnung würde ihr wohl kaum erfüllt werden.

Es war relativ unwahrscheinlich, dass sich eine Leiche von selbst aus ihrem Versteck bewegte. Was also sollten sie tun? Wie immer, wenn sie gar nicht mehr weiterwusste, ging Steffi in die Kirche, um ein Lichtchen aufzustellen und Stoßgebete zum Himmel zu schicken. Sie zündete eine rote Kerze an und stellte sie bei der Pietà ab, die sich im Seitenschiff von St. Martin, Cochems katholischer Pfarrkirche, befand. Sie betete drei *Gegrüßet seist du, Maria*. Steffi hatte immer das Gefühl, die Pietà würde sie verstehen. So von Mutter zu Mutter vielleicht. Dann setzte Steffi sich in den großen lichtdurchfluteten Hauptteil der Kirche. Sie mochte die ruhige, zurückgenommene Atmosphäre hier sehr. Sie gab ihr neue Luft zum Atmen und Raum, zu sich zu kommen.

Steffi schaute nach oben bis ins weiß gestrichene Kreuzgratgewölbe. Bitte, ihr da oben, helft uns, dachte sie flehentlich. Ein Sonnenstrahl schien durch eines der zartpastellfarbenen Schmetterlingsfenster. Steffi wertete dies als Hoffnungsschimmer. Genau wie die Musik, die nun auf der Empore einsetzte. Marion, die virtuose Organistin, begann mit ihrer Riesling-Matinée. Steffi fühlte sich wohl bei der schönen Musik. Sie entspannte sich etwas, musste sogar schmunzeln.

Die Moselaner waren wirklich rieslingverrückt. Alle. Das zeigte sich sogar hier im Gotteshaus. St. Martin hatte nämlich neben den schönen bunten Glasfenstern, die die gleichen Künstler gestaltet hatten, die auch für die Fenster in Westminster Abbey verantwortlich zeichneten, noch eine ganz besondere Überraschung in petto. Ihre imposante Oberlinger-Orgel. Und dieses ganz besondere Exemplar hier war deutschlandweit das einzige mit einem sogenannten Riesling-Register. Wenn man es herauszog, eröffnete es dem staunenden Besucher sein namengebendes Geheimnis. In dem schmalen Holzfach befanden sich stets mehrere Flaschen Riesling mit entsprechend vielen Gläsern. Es trank sich schließlich immer besser mit Freunden. So war es hier guter Brauch. Jedes Jahr zum Weinfest wurde das außergewöhnliche Register gezogen. Und dann wurde gemeinsam angestoßen. Steffi war schon oft dabei gewesen, wenn die eine oder andere Flasche auf diese Art geleert wurde. Meist handelte es sich bei dem Inhalt eben um den für die Gegend typischen Riesling. Wobei Steffi, anders als ihre Freunde, andere Rebsorten bevorzugte. Die meisten Ureinwohner der Region tranken aber eben Riesling. Und im Gegensatz zu ihren Gästen mochten sie ihren Schoppen am liebsten trocken, außer Steffis Freund Thomas, der Weinbauer, der trank tatsächlich besonders gerne liebliche Weine. Beim Pastor selbst, der natürlich immer zugegen war, wenn das besondere Fach der Orgel sich öffnete, war sich Steffi nicht ganz sicher.

Heute war ihr aber nicht danach, an diesem fröhlichen Feiermoment teilzunehmen. Sie stand leise auf und verließ die Kirche, die sich inzwischen gut gefüllt hatte, ohne dass es ihr überhaupt aufgefallen war. Ihre Gebete schienen prompt erhört zu werden. Wie so oft kam ihr das Schicksal zur Hilfe. Diesmal hieß es Erwin. Und dabei fiel Steffi ein, was Evas Oma immer zu sagen pflegte: Neunzig Prozent der Dinge im Leben regeln sich für gewöhnlich von selbst.

Schon im Hausflur kam ihr Erwin entgegen, nahm ihr die Tasche ab und hängte sie fein säuberlich an den Garderobenhaken. Bevor sie etwas sagen konnte, packte der sonst so fürsorgliche Erwin seine Frau mit festem Griff an den Schultern und schob sie vor sich her ins Wohnzimmer.

»So, jetzt setzt du dich hier neben mich auf die Couch und sagst mir endlich, was in letzter Zeit mit dir los ist! Ich frag dich jetzt geradeheraus: Hast du einen anderen?«

»Erwin, was denkst du denn von mir?«

»Ja, was soll ich denn wohl denken, wenn du seit Tagen hier so bedrückt herumschleichst. Du gehst mir ja auch neuerdings immer aus dem Weg und redest gar nicht mehr mit mir! Und, das muss ich dir jetzt einfach mal so sagen, du siehst auch richtig mitgenommen aus! Wie eine wandelnde Leiche!«

Dieser Vergleich gab Steffi endgültig den Rest. Weinend brach sie in Erwins Armen zusammen.

»Ja, Leiche, das ist genau das richtige Stichwort.« Mit tränenerstickter Stimme beichtete sie ihrem Erwin alles, was in den vergangenen Tagen passiert war. Angefangen von der Toten auf dem Schrombekaulplatz über den Abtransport der Leiche in den Ratskeller und den Einbruch in Marlenes Haus bis hin zu Steffis Angst, entdeckt zu werden. Erwin war bleich geworden.

Während des ganzen Vortrages hatte er kein einziges Wort gesagt. Er hatte ja mit allem gerechnet. Aber nicht damit, dass seine Frau und ihre Freundin Eva eine Leiche im Keller hatten anstatt, wie sonst, ein gutes Tröpfchen. Er reichte Steffi ein Taschentuch und holte tief Luft. Einerseits war er erleichtert, dass es keinen Nebenbuhler gab, aber die Geschichte, die seine Frau ihm da erzählt hatte, überstieg seine Vorstellungskraft bei Weitem.

»Oh!« Das war alles, was er herausbrachte. Er stand auf und ging in die Küche.

»Erwin, du verlässt mich aber jetzt nicht, oder?«

»Ach was, ich verlass dich doch nicht, ich hole uns nur einen Schnaps. Den können wir jetzt gut gebrauchen.«

Steffi nickte und schnäuzte sich geräuschvoll. Sie war froh, dass sie sich ihrem Mann anvertraut hatte und endlich alles raus war. Eigentlich hatte sie ihren Erwin ja schonen wollen und ihm deshalb nichts erzählt, auch, um ihn nicht zum Mitwisser zu machen. Schließlich hatten Eva und sie eine Straftat begangen, als sie die Leiche beseitigten, ohne die Polizei zu rufen.

Da wollte sie Erwin nicht auch noch mit hineinzuziehen, es reichte ja schon, wenn Eva und sie darin verwickelt waren. Aber jetzt fühlte es sich doch richtig an, Erwin eingeweiht zu haben. Schlagartig war ihr viel leichter ums Herz.

Erwin ließ sich wieder neben ihr auf dem Sofa nieder und füllte die Schnapsgläser zum zweiten Mal.

»Das ist ja unglaublich! Ich weiß gar nicht, was ich sagen soll! Was habt ihr denn da bloß angestellt?«

»Ach, Erwin«, schluchzte Steffi.

»Und warum hast du mir das alles denn nicht direkt erzählt?«

»Ach, Erwin, jetzt mach mir doch keine Vorwürfe, ich wollte dich eben nicht damit belasten.«

»So'n Blödsinn! Du weißt doch, dass du dich auf mich verlassen kannst! Und bevor die Leiche womöglich gefunden wird und der Fluppes-Pitter dann in der ganzen Stadt herumerzählt, dass er euch im Ratskeller gesehen hat, muss ich euch ja helfen.«

»Aber wie?«

»Ach, lass mich mal machen, da fällt mir schon was ein.«

Vor lauter Rührung fiel Steffi Erwin um den Hals. Erwin nahm ihre Hände aber noch mal sanft von seinen Schultern, hielt seine Frau ein Stück von sich weg und sah ihr fest in die Augen. »Vorher musst du mir aber noch etwas versprechen! Schwöre, dass weder du noch Eva die Schrapnelle gekillt habt!«

Es wurde schon langsam dunkel, als Steffi und Erwin in den Moselanlagen ankamen. Von hier aus hatte man einen guten Blick auf das Brillant-Feuerwerk, das später am Abend abgeschossen werden würde. Das Feuerwerk war eines der Glanzlichter des Weinfestes und zog immer viele Zuschauer auch aus den umliegenden Ortschaften an. Natürlich hatte es sich inzwischen längst herumgesprochen, von wo aus man das Spektakel am Himmel besonders gut sehen konnte. Erwin steuerte zielstrebig einen der wenigen noch freien Plätze auf dem Grünstreifen vor dem Schiffsanleger an und klappte die mitgebrachten Campingstühle auf.

Steffi ließ sich sofort auf einem der beiden blauen Stoffstühle nieder und hielt Erwin ihr noch leeres Weinglas entgegen. Während er ihr einschenkte, wanderten seine Augen von einem der Anwesenden zum nächsten. Das Moselvorgelände war schon brechend voll, und es kamen immer noch Leute dazu, die nach geeigneten freien Plätzen für ihre Klappstühle Ausschau hielten. Die Geräuschkulisse erlaubte es Steffi und Erwin, miteinander zu sprechen, ohne dass die Nachbarn mithören konnten.

»Also, Steffi, was du mir da vorhin erzählt hast, geht mir gar nicht mehr aus dem Kopf. Ich guck hier schon jeden an und überleg', ob der es vielleicht war. Sag mal, habt ihr eigentlich schon jemand in Verdacht? Das habe ich eben ganz vergessen zu fragen.«

»Joa, dat han eijch dir ja uch noch net jesoat! Mir hon joa Briefe bei ›der‹ jefunne, dat Eva und ich!«, flüsterte Steffi Erwin ins Ohr.

Just in dem Moment trat Eva auf den Plan. »Hier seid ihr ja. In dem ganzen Getümmel hab ich euch nicht gleich entdeckt.«

Steffi rückte ihren Stuhl ein wenig zur Seite, damit sich Eva, mit der sie sich am Vormittag verabredet hatte, neben sie setzen konnte. Sie bot ihr Wein und mitgebrachte Käsewürfel an und setzte sie über die Neuigkeiten ins Bild.

»Dou kannst offen schwätze. Der Erwin weiß Bescheid.«

Eva sah Erwin fragend an. Obwohl sie genau wusste, dass er durch und durch vertrauenswürdig war, hatte sie doch ein bisschen Not, ob er sie nicht doch verraten würde.

»Du brauchst nicht so ängstlich zu gucken. Ich helfe euch«, sagte Erwin, als hätte er ihre Gedanken gelesen.

Eva war erleichtert. »Habt ihr denn schon einen Plan?«

»Immer mit der Ruhe. Ich weiß das ja erst seit ein paar Stunden. So schnell bin ich nun auch wieder nicht. Jetzt klärt mich doch lieber zuerst mal darüber auf, was es mit diesen ominösen Briefen auf sich hat.«

Steffi und Eva schauten sich vorsichtshalber um, wer sich in ihrer Nähe befand. Es war zwar unwahrscheinlich in dem Tumult, ein Gespräch belauschen zu können, doch wie sagte Evas Oma immer? Vorsicht ist die Mutter der Porzellankiste.

Dann berichteten die beiden Hobbydetektivinnen Erwin haarklein, was in den besagten Briefen stand und wen sie daraufhin verdächtigten. Das heißt, wer von den beiden wen verdächtigte. Steffi favorisierte nach wie vor Uschi. Und Eva wich keinen Zentimeter davon ab, dass es der Saukerl Kurt gewesen sein musste, der die unbequeme Geliebte loswerden wollte. Erwin hörte hochkonzentriert zu, was die beiden Frauen ihm da erzählten. Als sie fertig waren, schüttelte er den Kopf.

»Nein, da liegt ihr falsch. Uschi und Kurt? Von den beiden war es keiner!«

»Wieso?«, fragten die Freundinnen wie aus einem Mund. Sie starrten Erwin mit weit aufgerissenen Augen an.

»Ja, ganz einfach. Weil die ein Alibi haben. Wenn ihr die Tote letzte Woche gefunden habt, dann können die beiden es nicht gewesen sein. Sie waren nämlich eine ganze Woche zum Kochkurs beim Lafer auf der Stromburg.«

»Und woher weißt du das?« Eva war außer sich. Jetzt mussten sie ja mit ihren Mordermittlungen wieder von vorne anfangen.

»Ja, die Uschi und ich sind doch beide begnadete Hobbyköche und tauschen oft über WhatsApp Rezepte aus.«

»Das wusste ich ja gar nicht! Seit wann das denn?« Steffi war unangenehm überrascht. Kannte sie ihren Erwin doch nicht so gut, wie sie dachte?

Eva grätschte dazwischen. »Ist doch jetzt egal, Steffi. Das ist doch harmlos. Jetzt lass deinen Mann mal erzählen!«

»Also. Ich weiß das ganz genau, weil die Uschi immerzu detailgetreu den kompletten Tagesablauf gepostet hat. Vom Frühstück über die Nachmittagsaktivitäten bis hin zum Abendessen und dem Absacker in der Hotelbar. Und da war der Kurt immer dabei. Ich habe das so interessiert verfolgt, weil ich da auch immer schon mal hinwollte. Aber diese Kurse sind über Jahre ausgebucht. Da müssen Uschi und Kurt sich schon vor Ewigkeiten angemeldet haben. Und Kurt ist offensichtlich mitgefahren, damit Uschi keinen Verdacht schöpft. Denn die Affäre zwischen ihm und Marlene lief ja wohl bis zu Marlenes Tod.«

Eva und Steffi blieb der Mund offen stehen. Im gleichen Moment schoss die erste Rakete gen Himmel. Die darauffolgenden zwanzig Minuten waren erfüllt von einem Knistern, Knallen, Pfeifen und Zischen. Am Nachthimmel zeichnete sich ein unbeschreibliches Spektakel an funkelnden und glänzenden Formen in den verschiedensten Farben ab. Steffi und Eva waren ein wenig enttäuscht, dass das Brillant-Feuerwerk in diesem Jahr nicht wie sonst üblich von der Reichsburg aus abgeschossen wurde. Aber Erwin hatte ihnen erklärt, dass es wegen der lang anhaltenden Trockenheit und der damit verbundenen Brandgefahr vollkommen verantwortungslos gewesen wäre, von dort aus zu böllern. Er hatte kürzlich zufällig mitbekommen, wie die Stadtbürgermeisterin und der Pyrotechniker, der aus einem Dorf in der Eifel kam, darüber diskutierten. Das Gespräch, das bei offenem Fenster in Sonnenscheins Büro stattgefunden hatte, war vom Marktplatz aus mitzuhören gewesen. Er hatte wirklich nicht lauschen wollen. Aber bei der Lautstärke, die die ungewohnt energisch reagierende Bürgermeisterin an den Tag gelegt hatte, war das gar nicht zu vermeiden. Letztlich einigten sich aber beide Parteien. Das war gut so, wie Erwin meinte. Es war allen natürlich klar, dass sie die Menschen in der Stadt nicht in Gefahr bringen durften. Auch wenn es schade war, dass die schöne Reichsburg diesmal nicht als Fotomotiv für sprühende Sternenformationen vor dunklem Himmel dienen konnte. Aber wenigstens würde man sie durch bengalische Beleuchtung in Szene setzen. Nun wurde das Feuerwerk eben ausschließlich von einem auf der Mosel liegenden Boot aus abgefeuert.

Erwins Meinung nach tat das der Sache keinen Abbruch. Im Gegenteil. Den »Aaaahs« und »Oooohs« der Schaulustigen nach zu urteilen, kam das Schauspiel am Himmel genauso gut an wie all die Jahre zuvor. Das Leuchten am Himmel spiegelte sich in den Augen der Zuschauer wider. Bunte Raketen stiegen in die Höhe, wo sie Feuerbällen gleich explodierten und auseinanderstoben. Andere Böller schraubten sich wie Korkenzieher in den Himmel und mündeten in glitzernden Figuren, um anschließend wie Funkenstaub auf den Fluss zu regnen. Obwohl es laut war und es feinen Staub regnete, starrten alle Zuschauer wie gebannt nach oben. Applaudierten und johlten, wenn die Bilder, die das Feuerwerk am Himmel zeichnete, besonders beeindruckten. Gegen Ende nahm die Frequenz zu. Es wurde lauter. Die Böller gingen jetzt nicht mehr nur vom Boot aus in die Höhe, sondern gleichzeitig auch von der Skagerrak-Brücke.

Zu den besonderen Glanzlichtern der Veranstaltung gehörte in jedem Jahr der Goldwasserfall. Gold- und silberfarbene Funken sprühten jetzt von der alten Moselbrücke aus in die Luft, um dann wie ein Wasserfall langsam in den Fluss einzutauchen. Auf das große Finale, das sich in donnernden synchron abgefeuerten Feuerwerkssalven entlud, folgte anschließend minutenlanger frenetischer Applaus. Dann war es vorbei. Der Geruch von Schwarzpulver hing in der Luft. Auch noch, als die Schaulustigen schon längst das Moselvorgelände verlassen hatten und sich wieder um die Weinstände auf dem Marktplatz scharten. Nur drei Personen blieben am Moselufer zurück. Steffi, Eva und Erwin. Ihnen war die Lust vergangen, mit den anderen zu feiern. Ihre Hauptverdächtigen waren vermutlich unschuldig. Jetzt mussten sie mit ihren Ermittlungen noch mal von vorne anfangen.

25. Kapitel

»Hach, es schwitzt sich doch nirgendwo besser als hier auf dem Cochemer Marktplatz«, lachte der Chef der einheimischen Sparkasse verschmitzt. Seine blauen Augen lachten mit und die Grübchen in seinen Wangen auch. Er hatte sich längst von Sakko und Schlips befreit und erhob sein Glas, um mit der Belegschaft anzustoßen. »Also, mir gefallen die neuen Weingläser richtig gut.«

Cochem hatte sich zum Weinfest neue Corporate Identitiy Wein-, Sekt- und Schorlegläser geleistet. Auf der Vorderseite trugen sie die Silhouette der Reichsburg und darunter die Aufschrift *It's time for wine*. Ein gelebtes Motto an der Mosel. Hier war es praktisch immer Zeit für Wein. Von wegen kein Bier vor vier. Wein war eben immer fein.

Die neuen Gläser kamen zwar allgemein sehr gut an, sorgten aber dennoch für Diskussionsstoff, weil sie umläufig eine filigrane, aber doch deutlich sichtbare Linie aufwiesen, die den Flussverlauf darstellte. Die üblichen Verdächtigen, also die stadtbekannten Nörgler und Besserwisser, hatten zu bemängeln, dass man auf der Rückseite die Mosellinie ja nicht vom Eichstrich unterscheiden könne. Sie hatten wohl Angst, dass zu wenig des edlen Rebensaftes in ihrem Glas landete. Aber dieser Befürchtung wussten die freundlich einschenkenden Menschen hinter den Tresen mit der nötigen entspannten Großzügigkeit zu begegnen. Sie hatten nicht nur alle ein einheitliches Outfit, bestehend aus weißem Oberteil, schwarzer Hose oder schwarzem Rock und grüner Winzerschürze an, sondern sie schenkten auch alle einheitlich deutlich über dem Schoppenstrich ein.

»Ich finde sie auch sehr gelungen, richtig edel«, stimmte die Marketingbeauftragte der Heimatbank ihrem Chef zu. »Da hole ich uns doch gleich mal Nachschub, um sie wieder aufzufüllen.« Kaum gesagt, war sie gefühlt auch schon wieder vollbepackt zurück, was wohl an ihren schicken dunkelblauen Sportschuhen lag. Es war heiß, aber der Wein aus dem Festbrunnen kühlte die Kehlen vorzüglich. Daher herrschte auch schon zu dieser recht frühen Stunde reges Treiben auf dem Marktplatz. Der berühmt-berüchtigte Behörden- und Institutionennachmittag auf dem Cochemer Weinfest war in vollem Gange.

Der letzte Montag im August gehörte nämlich, so war es guter Brauch, bereits wesentlich länger als der Donnerstagabend davor immer den Einheimischen selbst, auch wenn Gäste natürlich weiterhin auf dem Platz herzlich willkommen waren. Und alles, was sich in Cochem dreimal wiederholt hatte, war laut einem der Vorgänger von Carla Sonnenschein Tradition. Somit war dieser besondere Nachmittag im August längst eine feste Größe, denn er bestand seit über drei Jahrzehnten und wurde immer noch gerne gepflegt. Alle Praxen, Kanzleien, Banken, Büros und eben auch Ämter gönnten sich und ihren fleißigen Mitarbeiterinnen und Mitarbeitern einen lustigen und weinseligen freien Nachmittag. Das gehörte in Cochem eben zum guten Ton. Man traf sich hier gerne und tauschte sich aus.

Zunächst standen alle Gruppen für sich und versorgten ihre jeweiligen Mitglieder mit diversen Weinen, ausreichend Wasser, Knoblauch- oder Laugenstangen, Schmalzbroten, Flammkuchen in allen Varianten, der klassischen Currywurst mit Pommes rot-weiß oder, für die ganz Traditionellen unter ihnen, auch mit der ein oder anderen Portion saurer Nierchen. Natürlich kamen auch die Vegetarier und Veganer nicht zu kurz, es gab Champignongulasch und gebackenen Blumenkohl. Munter prostete sich die fröhliche Runde zu. Auch die Chefin des heimischen Amtsgerichtes hatte es sich natürlich nicht nehmen lassen, mit den Beschäftigten der Justiz hierherzukommen. Sie war froh, dass der offizielle Zweireiher heute mal im Schrank bleiben konnte, und trug stattdessen einen sommerlich leichten schwarz-weiß gestreiften Jumpsuit, der ihr sehr gut stand.

»Ach, was haben wir es hier doch so nett«, sagte sie lachend und prostete fröhlich zurück. Was wiederum Landrat Manfred Seiler dazu veranlasste, es ihr gleichzutun. Auch er natürlich hemdsärmelig-leger. Zufrieden schaute er über den Rand seiner halbmondförmigen Brille in die Nachbarrunde und hob sein Glas. Und so reihten sich nach und nach alle ein: die Zahnarztpraxis, der Optiker, der Steuer- und Wirtschaftsprüfer, das örtliche Jobcenter, die Kreisvolkshochschule und auch die Kreis- und Verbandsgemeindeverwaltungen. Es entstand eine La-Ola-Welle des Zuprostens. Sie schwappte bis auf die Bühne direkt vor dem Rathaus. Alleinunterhalter Elmar nahm den besonderen Vibe gekonnt auf und stimmte *Ein Prosit der Gemütlichkeit* an. Der Applaus war ihm sicher. Das Publikum sang kräftig mit. Spätestens jetzt war für Elmar nichts mehr von dem an sich etwas undankbaren Job zu spüren. Bildete er doch bravourös, quasi als One-Man-Show, die Vorband der beliebten Top Four. Deren legendärer Trompeter Ignaz war der beste Beweis dafür, wie jung Rock- und Popmusik halten konnte, zählte er doch mittlerweile fast achtzig Lenze. Sein weit durch die Straßen der Stadt klingendes *Il Silenzio* um ein Uhr in der Nacht, das stets durch lautstarke Zugabe-Rufe gefordert wurde, stellte den obligatorischen Kehraus des Festes dar.

Auf der anderen Seite des Platzes nahmen die sich zu den Behörden gesellenden einheimischen Vereine nun auch den Gassenhauer auf. Wasserwacht, Schützenverein, Spielvereinigung und Karnevalsverein gaben durchaus respektable Chöre ab. Es wurde gesungen, getanzt und gelacht. Es wurde debattiert und diskutiert. Es wurden gleichzeitig die Themen der Kommunal- und der Weltpolitik über den geleerten Gläsern gelöst und die großen Fragen des Lebens und all seine Rätsel gleich mit. Mit jedem Gläschen mehr mischten sich die Runden. Alle schienen den Nachmittag sichtlich zu genießen. Besonders munter und fröhlich war die Gruppe um Carla Sonnenschein. Die Verwaltung Cochems hatte viele verschiedene Abteilungen. Und alle waren sie auf dem Platz, die Erzieherinnen aus dem Kindergarten, die

Männer vom Bauhof und die Truppe der Tourist-Information. Der Chef des Bauhofs, Uwe, war in seinem Element und tanzte, wie immer, mit Anne, die eine Pause vom Cafébetrieb einlegte.

Carla Sonnenschein stieß mit Manfred Seiler und Wolfgang Lampen, dem Verbandsgemeindebürgermeister, darauf an, dass die neue Umgehungsstraße endlich befahrbar war. Es hatte ja auch nur dreißig Jahre gedauert, sie fertigzustellen. Aber immerhin, das Ergebnis konnte sich sehen lassen. Und man konnte Gott sei Dank pünktlich zu Festbeginn die Innenstadt wieder für den Verkehr sperren. Zumindest zwischen elf und achtzehn Uhr. Und, das war mindestens genauso erfreulich, es hatte diese Woche noch niemand geschafft, die dafür eigens angeschaffte Schranken- und Polleranlage, die sich elektronisch herauf- und herunterfahren ließ, umzunieten. Also, genauer gesagt, die sich herauf- und herunterfahren ließ, wenn sie eben nicht, wie es bereits zweimal seit ihrer Anschaffung im letzten Monat der Fall gewesen war, von Fahrzeugen abrasiert wurde. So standen Stadtbürgermeisterin und Landrat genauso dankbar wie entspannt und mit einem goldig-grün leuchtenden Wein im besagten neuen Glas in der Hand da und ließen es gegen die Porzellantasse von Wolfgang Lampen gleiten, der wiederum besonders glücklich lächelte. Denn seine Frau, umsichtig wie sie immer war, hatte ihm aus der zehn Schritte entfernten Kaffeerösterei sein Lieblingsgetränk mitgebracht. Einen extrastarken Kaffee.

»Sagt mal, jetzt mal was ganz anderes, fällt mir gerade so ein, wo wir hier beisammenstehen. Die Chefin des Jobcenters hat mir gestern gesagt, dass in ihrem Haus wohl eine Kollegin vermisst wird. Die Marlene Lenz. Wisst ihr da was? Habt ihr das auch schon gehört?«

»Nein«, antwortete Manfred Seiler nachdenklich den Kopf schüttelnd, »aber da sie als Chefin natürlich wissen sollte, was in ihrer Behörde so vor sich geht, ist da möglicherweise ja etwas dran.« Es trat auf einmal ein betretenes Schweigen ein. Die Augenpaare der beiden Männer waren jetzt auf Carla Sonnenschein gerichtet. Carla war jemand, der die Menschen ebenso klar und deutlich anblickte, wie sie die Dinge aussprach. Auch unschöne. Aber hier sah sie erst betreten auf ihre neuen Ledersandalen und sich dann auf dem Platz um, als suchte sie etwas.

Sie ließ sich Zeit. Viel Zeit. Dann erst, als sie scheinbar gefunden hatte, wonach sie suchte, sah sie zurück und blickte den Fragesteller und seinen Nebenmann langsam und bedeutungsvoll an. Als sie anheben wollte zu antworten, ertönte ein unüberhörbares: »Hallo Bürgermeisterchen!«, aus Richtung des Rathauscafés. Olga, ihre drallen Formen fest in ein auffallend attraktives flaschengrünes Trachtenkleid mit ausladendem Ausschnitt gehüllt, kam schnurstracks auf Wolfgang Lampen zu. Ungeachtet der Tatsache, dass sie jetzt hier vielleicht in eine Unterhaltung hineinplatzte, legte sie gleich los. »Bürgermeisterchen, muss ich sagen, dass du bitte noch mal deine Leute daran erinnerst, Stühle anzustellen im Sitzungssaal. Sonst kann ich nicht so gut saubermachen. Kostet mich zu viel Zeit. Und Zeit ist Geld, weißt du ja, mache ich das alles für die teure Ausbildung von meinem Jungen. Klappt bei der Kreisverwaltung besser, no, muss ich sagen. Landrat hier hat alles im Griff.« Noch bevor Wolfgang Lampen etwas erwidern konnte, war das kleine blonde Energiebündel weitergezogen. »Juhu, Elmar, my darling, hab ich Wunsch für meinen Alexander und mich. Spielst du *Er gehört zu mir* bitte!«

»Wie? Nicht Helene wie sonst immer?«

»Nein, ist für Hochzeitstag von Alexander und mir. Gab es Helene noch nicht auf der Bühne, als wir geheiratet haben, weißt du. Bin ich schon alt, auch wenn man nicht sieht.« Lachend fuhr sie sich an den Hüften entlang. Elmar kam natürlich gleich ihrem Wunsch nach. Zu den Klängen von Marianne Rosenbergs bekanntem Schlager tanzten nicht nur Olga und ihr Alex, sondern bald auch der halbe Marktplatz. Seiler und Lampen, Ersterer noch immer über die kleine resolute Dame schmunzelnd, schließlich hatte er ja alles richtig gemacht mit den Stühlen, sahen sich beide nach Carla um.

»Huch, wo ist sie denn?«

Die Bürgermeisterin, deren leuchtend bunte Bluse man gut auf die Entfernung erkennen konnte, stand mittlerweile am anderen Ende des Platzes. Augenscheinlich war sie sehr vertieft in ein Gespräch mit der jungen Verkehrsamtsleiterin, Alma Ritter.

»Vielleicht hat die ihren Stuhl auch nicht richtig angeschoben«, frotzelte der Landrat.

Aber die sich angeregt unterhaltenden Frauen auf der gegenüberliegenden Seite des Markts hatten ganz andere Probleme als nicht angeschobene Stühle.

»Ja, ich sag es dir doch, Alma. Jetzt ist es endgültig Stadtgespräch. Alle reden darüber. Sogar der Verbandsgemeindebürgermeister und der Landrat.«

»Hm, sie ist halt bekannt wie ein bunter Hund«, murmelte Alma mehr zu sich selbst, »es würde mich nicht wundern, wenn sie den beiden auch Beschwerdebriefe geschrieben hat. Und wir müssen ja eigentlich auch nicht nervös werden wegen ihres Verschwindens. Alle denken, sie macht einen kleinen Luxustrip mit oder ohne Lover, je nach Deutung.«

»Hm, ja, aber es beunruhigt mich jetzt dann doch, dass …«

»Hallo Mama, hallo Alma.« Paula hatte sich mit ihren typischen, weit ausholenden Gesten den Weg durch die Menge gebahnt. Der hübschen jungen Frau mit dem wehenden blonden Haar und dem fröhlich-frechen Sommerkleid schienen alle aber auch ganz freiwillig Platz zu machen. »Na, die Party ist ja schon in vollem Gange! Aber was guckt ihr zwei denn so bedrippst?«, fuhr sie unvermittelt fort. »Ah, lasst mich raten – mal wieder Marlene!«

26. Kapitel

»Wer kam bloß auf die bescheuerte Idee, so kurz nach dem Weinfestwochenende eine Krimilesung zu veranstalten?« Steffi seufzte. Nach dem ereignisreichen Wochenende hätte sie lieber zu Hause die Füße hochgelegt und sich von Erwin bekochen lassen.

»Und wer kam dann auf die noch viel bescheuertere Idee, sich dazu anzumelden?«

»Du hast recht, Eva, aber da wussten wir doch noch nicht, in welche Misere wir geraten würden. Wir konnten doch nicht ahnen, dass wir uns jetzt selbst mitten in einem Krimi befinden. Aber weißt du was, wir gehen da jetzt einfach hin. Vielleicht können wir von so einem erfahrenen Krimiautor sogar noch etwas lernen. Wir müssen jetzt langsam auch echt mal vorankommen und endlich den wahren Täter finden. «

»Und du meinst, wie wir unseren Mörder finden, steht in dem neuen Krimi, den wir heute Abend präsentiert kriegen?«

»Kann doch sein. Schaden kann es jedenfalls nichts. Agatha Christie hat uns doch bis jetzt auch schon gute Tipps geliefert. Wenn auch unabsichtlich. Und jetzt beeil' dich. Wir müssen doch noch unser Zugticket ziehen! Und der Zug fährt schon um viertel nach.«

Steffi zog Eva mal wieder hinter sich her. Diesmal ins Foyer des Cochemer Bahnhofs. Kurz nachdem sie ihre Fahrkarten in den Händen hielten, fuhr der Zug auch schon auf Gleis zwei ein. Durch den Kaiser-Wilhelm-Tunnel dauerte die Fahrt nach Eller nur wenige Minuten. Einst war er mit seinen rund vier Kilometern der längste Eisenbahntunnel Deutschlands gewesen und kürzte die Strecke zwischen den beiden Ortschaften enorm ab, weil er direkt durch den Berg führte. Mit dem Auto hätten Steffi und Eva an der Mosel entlangfahren müssen, was deutlich weiter gewesen wäre. Deshalb hatten sie sich für die Bahn entschieden.

»Das war 'ne gute Idee von dir! So können wir jetzt auch bei Herbert ein Glas Wein trinken.«

»Damit wir nicht aus der Übung kommen, was?«, spöttelte Eva. An alkoholischen Getränken hatte es in den letzten Tagen wahrlich nicht gemangelt. »Ich mein', eigentlich könnten wir mal 'ne Trinkpause einlegen!«

»Joa, annermohl. Zuerst müssen wir unseren Fall lösen«, antwortete Steffi augenzwinkernd.

Vom Bahnhof in Eller waren es nur wenige Hundert Meter bis zu dem alten Winzerhaus von Herbert Budweg, dem Veranstalter des heutigen Abends. In seinem mediterran anmutenden Innenhof hatten schon häufiger Krimilesungen stattgefunden. Mit allerlei exotischen Gewächsen wie Feigen, Oliven, Kiwis, Zitronen und Bananen bot Budwegs Essigmanufaktur das passende Ambiente für eine Buchvorstellung an einem lauen Sommerabend. Herbert war ein ausgezeichneter Gastgeber, der seine Besucher gerne kulinarisch verwöhnte. Es gab immer ein passendes Essen zum jeweils vorgestellten Buch. Diesmal war es Wildschinken mit Blattsalaten an rotem Weinbergspfirsichessig und schwarzer Walnuss, von Herbert auch Moseltrüffel genannt. Steffi und Eva suchten sich einen schattigen Platz unter dem Vordach direkt neben dem Wasserbassin, in dem sich Koikarpfen aller Größen und Farben tummelten.

Nach und nach trudelten auch die anderen Zuhörer ein, und nahmen auf den Stühlen Platz, die im Innenhof aufgestellt waren. Die meisten Besucher waren Steffi und Eva persönlich bekannt, andere kannten sie zumindest vom Sehen. Es waren nämlich fast immer dieselben Leute, die an den kulturellen Veranstaltungen in der näheren Umgebung teilnahmen. Dazu gehörten eben auch Steffi und Eva. Eva kam aus beruflichem Interesse und Steffi, weil sie Bücher fast genauso sehr liebte wie gutes Essen oder das, was sie darunter verstand. Dass sie, was das Lesen anging, Krimis bevorzugte, wusste ohnehin jeder, der sie kannte. Lesen war nach Essen auf alle Fälle ihr zweitliebstes Hobby.

Für diesen schönen Sommerabend hatte Steffi sich extra hübsch gemacht. Sie trug ein Hemdblusenkleid aus Leinen, dessen kräftig-blaue Farbe ihr gut zu Gesicht stand. Der Schnitt schmeichelte zudem ihrer Figur. Die Zeiten, in denen sie ihr Idealgewicht hatte, lagen schon Lichtjahre zurück. Und das machte ihr auch gar nichts aus. Nach den Geburten ihrer beiden Kinder war es ihr nicht mehr gelungen, zu ihrer alten Körperform zurückzufinden. Andere Dinge waren ihr damals wichtiger gewesen als Sport, Diät und gutes Aussehen. Dazu kam natürlich der unglückliche Umstand, dass sie viel zu gerne aß. Trotz ihrer Pfunde und ihres fortgeschrittenen Alters war Steffi eine attraktive Frau, auch wenn sie mit Eva natürlich nicht konkurrieren konnte. Aber das wollte sie auch gar nicht.

Eva sah wie immer toll aus. Der rot-bunte Einteiler war neu, ebenso die dazu passende knallrote Handtasche. Auch Steffi hatte diese Tasche kürzlich in der Auslage von La Borsa, dem Lederwarengeschäft in der Cochemer Altstadt, bewundert. Offenbar gefiel das auffällige Accessoire auch Jenny Goebel, der grauen Maus vom Jobcenter, die gerade mit einigen Kolleginnen den Innenhof betrat. Die Gruppe hielt nach freien Plätzen Ausschau und schloss dann ausgerechnet genau neben Eva auf, die die Tasche von Jenny bereits argwöhnisch beäugte. Sie mochte es gar nicht, wenn andere dieselben schönen Sachen hatten wie sie.

In die Reihe vor ihnen hatte sich eine Dozentin der Kreisvolkshochschule gesetzt, die ausländischen Neubürgern Deutsch beibrachte. Sie wurde von einer bildhübschen Ukrainerin begleitet, die wohl schon gute Deutschkenntnisse hatte und testen wollte, ob sie der Lesung in der Fremdsprache bereits folgen konnte. Steffi ertappte sich dabei, dass sie die Frau interessiert musterte. Die Ukrainerin schien es ihrerseits zu interessieren, wer außer ihr sonst noch an der Lesung teilnahm. Sie schaute ganz offensichtlich in die Runde und wandte sich dann plötzlich fragend an ihre Lehrerin: »Nur Frauen hier, lesen deutsche Männer nicht?«

Steffi und Eva sahen sich vielsagend an und mussten schmunzeln. Tatsächlich war es fast immer so, dass

Männer generell bei kulturellen Veranstaltungen in der Region in der Minderheit waren. Woran das lag, hatten sie bisher nicht herausgefunden. Es gab eigentlich keine logische Erklärung für das Fernbleiben des sogenannten »starken Geschlechts«, zumal es bei den Buchvorstellungen in Budwegs EssigKultur weder an gutem Essen noch an gutem Wein mangelte. Steffis Gedanken wurden unterbrochen, als der Krimiautor mehrmals hintereinander mit dem Zeigefinger an sein Mikrofon klopfte. Ein Zeichen dafür, dass er mit der Lesung anfangen wollte.

Der Autor saß ein wenig erhöht im vorderen Teil des Hofs auf einem Barhocker an einem Stehtisch. An der Pergola über ihm rankten Feigen und Kiwis. Die Besucherstühle gruppierten sich im Halbkreis um ihn herum, sodass man von allen Plätzen aus eine gute Sicht auf den Vorleser hatte. Denn wer den Krimiautor kannte, wusste, dass man ihm nicht nur blind zuhören sollte. Die Mimik und Gestik, die er während des Vortrags an den Tag legte, waren einfach unnachahmlich unterhaltsam. Das wussten auch die Gastgeber und hatten deshalb die Stühle passend arrangiert. Steffi entdeckte unter den Gästen auch ein paar von den Landfrauen, die sich erst kürzlich in ihrer Küche getroffen hatten, und nickte ihnen freundlich zu. Sie stellte fest, dass die beiden Lästerschwestern, die sich über Kurts Affären ausgelassen hatten, auch dabei waren. Uschi war allerdings nirgends zu sehen. Kein Wunder, dachte Steffi. Nachdem sie und ihr Kurt ja offensichtlich auf Wolke sieben schwebten, hatten die beiden wohl Besseres zu tun. Bei dem Gedanken trat unweigerlich ein breites Grinsen auf Steffis Gesicht.

»Was ist los?«, wollte Eva wissen.

»Ach nix, erzähl' ich dir später«, antwortete Steffi und mahnte die Freundin, still zu sein, denn der Autor hatte bereits das Buch aufgeschlagen. Steffi war schon sehr gespannt.

Obwohl es sich um einen Kriminalroman handelte, gab es mehrere Stellen, an denen laut gelacht wurde. Der Kriminalschriftsteller war für seinen rabenschwarzen Humor bekannt. Er hatte einfach eine Gabe, die übelsten Verbrechen auf derart unterhaltsame Weise zu schildern, dass die Zuhörer an seinen Lippen hingen, gleichzeitig eine Gänsehaut bekamen und sich dennoch köstlich amüsierten.

»Ach, wenn ich doch bloß auch so schreiben könnte«, seufzte Steffi. »Und ich würde den Autor am liebsten geradeheraus fragen, ob er für unseren Fall nicht auch eine Lösung parat hat.«

Eva zuckte zusammen. »Steffi, das wirst du wohl schön bleiben lassen.«

Diese machte eine abwehrende Handbewegung, mit der sie Eva sagen wollte, dass ihr Vorschlag nicht ernst gemeint war. Im selben Moment ertönte die Titelmelodie von Miss Marple. Und zwar in einer Lautstärke, die nicht zu überhören war. Eva wusste sofort, dass es Steffis Handy war, das da klingelte, und warf der Freundin einen strafenden Blick zu. Steffi kramte bereits hektisch in ihrer Tasche und suchte nach ihrem Smartphone, während alle, aber wirklich alle Augen auf sie gerichtet waren. Sogar der Autor warf einen amüsierten Blick in ihre Richtung. Als Profi ließ er sich von dem banalen Klingelton eines Handys nicht aus dem Konzept bringen. Im Gegenteil. Er grinste verschmitzt in Steffis Richtung und sagte dann laut ins Mikrofon: »Gehen Sie ruhig dran, vielleicht hat Ihr Anrufer uns sachdienliche Hinweise zu unserem Fall mitzuteilen.«

Alle Anwesenden lachten. Steffi hingegen brachte nur ein gequältes Lächeln zustande, und Eva schämte sich fast in Grund und Boden. Steffi nahm den Anruf entgegen. Am anderen Ende der Leitung war Erwin.

»Mensch, Erwin, du weißt doch, dass wir hier bei einer Lesung sind! Was gibt's denn so Dringendes?«, zischte Steffi. Dann sagte sie nichts mehr, sondern hörte angestrengt, was Erwin mitzuteilen hatte.

Leider sprach er nicht laut genug, sodass Eva, die ja neben Steffi saß, nicht verstehen konnte, was er sagte. An Steffis Gesichtsausdruck konnte sie jedoch erkennen, dass etwas sehr Wichtiges vorgefallen zu sein schien, denn Steffis Gesichtsfarbe hatte sich vom gewohnten Schweinchenrosa in ein magerquarkähnliches Weiß verfärbt, was so ganz und gar nicht zu ihr passte. Da konnte auch das schöne Blau des Leinenkleides nichts mehr retten. Ohne noch irgendetwas in den Hörer zu sprechen, erhob Steffi sich abrupt von ihrem Platz, bedeutete Eva, ihr zu folgen, und steuerte das Ausgangstor des Innenhofs an.

Eilig schnappte Eva ihre Handtasche, die sie an die Stuhllehne gehängt hatte, und folgte Steffi nach draußen. Der Krimiautor rief den beiden noch etwas hinterher. Leider verstanden in ihrer Aufregung weder Steffi noch Eva, was er sagte. Aber es musste etwas Lustiges gewesen sein, denn die Zuschauer lachten erneut lauthals auf. Wäre Steffi nicht selbst betroffen gewesen, hätte sie diesen Moment genüsslich ausgekostet und herzlich mitgelacht. Doch jetzt gerade war ihr das Lachen gehörig vergangen. Als die beiden das Tor hinter sich geschlossen hatten und auf der Uckertstraße standen, hielt Eva es nicht länger aus.

»Wer war das? Erwin? Was hat er gesagt? Ist was passiert? Erzähl schon.« Die Sätze schossen nur so aus ihr heraus. Doch statt zu antworten, nickte Steffi nur kurz mit dem Kopf.

»Wir müssen zum Bahnhof ... Schnell ... den nächsten Zug zurück nach Cochem erwischen. Ich erzähl dir alles, sobald wir im Zug sitzen.« Sie sprach in abgehackten Sätzen und rang nach Luft, während sie bereits mit großen Schritten über das Kopfsteinpflaster die Uckertstraße hinunterstolperte. So schnell hatte in Eller wohl noch nie jemand einen anderen zum Bahnhof rennen sehen. Nicht mal dann, wenn mal wieder einer der Schüler, die die Realschule oder das Gymnasium in Cochem besuchten, den Wecker überhört hatte und dringend die nächste Bahn erreichen musste, um nicht zu spät zu kommen. Vollkommen abgehetzt kamen Steffi und Eva am Bahnsteig an, wie durch eine glückliche Fügung genau zeitgleich mit der gerade einfahrenden Regionalbahn. Sie sprangen schnell hinein.

»Steffi, das Ticket«, zischte Eva leise.

»Dafür han mia jetzt kein Zeit.«

»Und wenn der Schaffner uns kontrolliert?«

»Ja, dann hatte mia eben Pech und müssen en Strof bezahle.«

»Weißt du, was das kostet?«, empörte Eva sich.

»Datt is doch jetzt janz ejal. Eva, dou jelaws net, watt dä Erwin mir ewe om Telefon jesoot hot.«

»Ja, was denn, ich frag' dich doch andauernd schon. Dann spuck es doch jetzt mal aus.«

Immer noch außer Atem, presste Steffi die Neuigkeiten endlich hervor: »Dä Erwin hat jesoht, dat die von der Stadt hejt Owend noch oder morje freh, janz freh, in den Ratskeller wolle, um offzeräjme. Mir müssen dat Marlene lo rousschaffe. Und zwar sofort.«

Wieder mal war auch dieses Unglück nicht alleine gekommen. Vor lauter Kopflosigkeit, mit der sie sich mit letzter Kraft geradezu vornüber in den Zug geworfen hatten, hatten die beiden nicht darauf geachtet, wo sie gelandet waren. Nämlich mitten in einem regionalen Fußballverein, der unterwegs nach Koblenz war, um in den dortigen Clubs den Aufstieg in die nächsthöhere Liga zu feiern. So weit, so gut. Die angesäuselten Jungs waren ja ganz nett. Einer bat sogar seinen Kollegen, ihnen Platz zu machen.

»Ey, Alter, lass ma' die Ladys sitzen, Digga!« Normalerweise hätte es den beiden Ladys Spaß gemacht, darauf etwas zu erwidern. Aber das ging heute nicht. Und hier sowieso nicht! Diese Musik! Steffi und Eva war es schleierhaft, wie man so viele Ballermannhits in so kurzer Zeit abspielen konnte. Natürlich in voller Lautstärke.

Die Köpfe der beiden Freundinnen dröhnten. Sie konnten jedoch leider nicht in den vorderen Zugteil wechseln, weil von ihrem Waggon aus dazu keine Möglichkeit bestand. Also ergaben sie sich ausnahmsweise der Geräuschkulisse. Die aber von dem Geruchskino um sie herum noch weit übertroffen wurde. Die Mischung aus nicht mehr ganz so frischem Männerschweiß, gepaart mit schwülstigem Aftershave und dem Duft nach Wurstbrötchen und den obligatorischen Dosenbierfahnen, verband sich zu einem Odeur, das schlichtweg kaum auszuhalten war. Gerne hätten sich die beiden Frauen ein bisschen frisch gemacht und sich mit kaltem Wasser abgekühlt. Oder sich einfach bis zum Aussteigen in der Zugtoilette eingeschlossen. Doch da kam bereits der nächste Clou: Die Toiletten waren verschlossen. Aber wahrscheinlich hätten nach dem ersten Öffnen der Tür sowohl Steffi als auch Eva sofort wieder kehrtgemacht, selbst wenn sie noch so dringend gemusst hätten. Sie waren froh, dass sie nur eine Haltestelle weiter fahren mussten. Aber der Weg durch den Tunnel war ihnen noch nie so lange vorgekommen. Und das nun gleich aus doppeltem Grund.

27. Kapitel

Die beiden Freundinnen waren heilfroh, als der Zug in Cochem angekommen war. Hastig stiegen sie aus. Sie wollten keine Zeit verlieren. Draußen auf dem Bahnsteig bestand Eva darauf, ihrer Nase wenigstens für einen ganz kurzen Augenblick frische Luft zu gönnen. Sie wollte in kürzester Zeit so viel Sauerstoff in ihre Lungen pumpen, wie es nur ging, achtete dabei aber nicht auf ihren nächsten Schritt, sodass sie fast mit dem stadtbekannten »Bewohner« des Bahnhofs zusammengestoßen war. Der Mann hatte sich hier vor einiger Zeit häuslich eingerichtet, samt Wasserkocher und Schlafsack. Eva murmelte ein leises: »Oh, sorry«, und folgte dann Steffi, die an ihr und dem Mann vorbeigezogen war und schon wieder ihr neues Rekordtempo aufgenommen hatte.

»Nu, komm', Eva! Gib Gas jetzt und lass' den Mann in Ruh'!«

Zwei Stufen auf einmal nehmend, hechteten Steffi und Eva die steile Treppe von Bahnsteig eins in die Eingangshalle des Cochemer Bahnhofs. Das ehemals herrschaftliche Jugendstilgebäude wirkte ziemlich heruntergekommen. Ein privater Investor hatte den Bau erworben und mit großen Plänen sanieren wollen. Leider war das nichts geworden. Und man konnte jetzt dem Verfall förmlich zuschauen. Ohne davon Notiz zu nehmen, schossen die beiden Freundinnen durch die schwere Schwingtür am Ausgang in die Ravenéstraße.

»Warum rennen wir eigentlich so?«

»Han eijch dir doch jesoht. Wir haben keine Zeit zu verlieren. Der Erwin wartet schon auf uns!«

»Wo wartet der?«

»Ei, uf em Marktplatz! Jetzt frag nit so viel! Beeil dich lieber!«

Widerwillig tat Eva wie befohlen. Und lief Steffi hinterher. Sie wunderte sich, wie schnell ihre Freundin auf einmal unterwegs sein konnte, wenn sie eine Mission hatte.

»Wenn ich das gewusst hätte, hätte ich mir flache Schuhe angezogen!«Eva taten schon die Füße weh. High Heels und das Cochemer Straßenpflaster passten einfach nicht zueinander. Vor dem Schaufenster vom Modehaus Endlich blieb Eva stehen, um sich des lästigen Schuhwerks zu entledigen. Diese Gelegenheit nutzte sie gern, um einen Blick in die Auslage zu werfen. Der hellgelbe Hosenanzug mit einer weiten Siebenachtelhose und der lässigen Jacke hatte es ihr sofort angetan. In Kombination mit ihrer neuen roten Tasche könnte sie sich das gut an sich selbst vorstellen. Fehlten nur noch farblich passende Schuhe. Bequeme, flache.

»Eva, ich glaube es nicht! Erwin will uns helfen, uns den Arsch zu retten, und du guckst nach Klamotten. Typisch!«

»Jaaa! Ist ja schon gut! Ich komm schon!«

Schweigend setzten sie ihren Weg fort. Der Glanz vergangener Zeiten war in der einstigen Prachtstraße ihrer Heimatstadt immer noch spürbar. Bis heute befand sich in den gut erhaltenen Jugendstilvillen auch entsprechendes Klientel. Hier waren Arztpraxen, Anwalts- und Steuerkanzleien, diverse Geschäfte und auch das Amtsgericht und andere Verwaltungen angesiedelt. Private Wohnungen gab es kaum, weshalb in diesem Teil von Cochem abends nur sehr selten Leute unterwegs waren. Steffi und Eva gelangten somit unbehelligt zum Endertplatz. Auf dem Busbahnhof war so spät auch nichts mehr los, nur ein paar Jugendliche saßen im Wartehäuschen und feierten mit lauter Musik aus den Bluetooth-Boxen und alkoholischen Mixgetränken. Die Freundinnen sahen zu, dass sie schnell an der grölenden Gruppe vorbeikamen.

Schon von Weitem sah Steffi ihren Erwin. Aber sie musste zweimal hinschauen. Erwin war nämlich nicht allein.

»Wofür hast du denn einen Rollstuhl dabei?«, fragte Eva, als sie in Hörweite waren.

»Ja, das wüsste ich auch gerne!« Steffi schaute verdutzt. Sie wusste nicht, was das jetzt sollte.

Aber Erwin klärte die beiden Freundinnen schnell auf. »Ei, da setzen wir jetzt eure Leiche rein!«

Eva hielt sich die Hand vor den Mund und unterdrückte damit einen Ausruf des Entsetzens.

»Das ist aber nicht der Flitzer von unserer Tante Inge?«, wollte Steffi wissen.

»Ei, natürlich! Wo sollte ich denn sonst so schnell einen passenden fahrbaren Untersatz herbekommen außer im Seniorenheim neben uns?«

»Aber die arme Inge, jetzt kommt die doch nirgends mehr hin!«

»Ach, Steffi, die Tante schläft um die Zeit sowieso. Und wir bringen ihn ja auch wieder zurück!« Während Steffi noch »gut, gut« murmelte, schob Erwin schon los, den großen Reiserucksack ihres Sohnes Florian auf dem Rücken. Die beiden Frauen folgten Erwin bis zur Tür des Ratskellers. Diesmal war sie jedoch verschlossen.

»Wie kommen wir denn jetzt da rein?« Steffi und Eva schauten Erwin ganz verzweifelt an.

»Ihr beiden bleibt mit dem Ding genau hier stehen und wartet, bis ich euch die Tür von innen aufmache. Ich kenne den geheimen Zugang«, sprach Erwin, drückte Steffi die Griffe des Rollis in die Hand und verschwand im Dunkeln.

Bei dem Gedanken an das, was ihnen gleich bevorstand, wurde Steffi nervös, sie tippelte unruhig von einem Bein aufs andere. Eva hingegen war einfach nur froh, dass der Rolli ihr eine Sitzgelegenheit bot. Sie ließ sich nieder und rieb ihre durchs lange Barfußlaufen strapazierten Füße. Wie aus dem Nichts tauchte er plötzlich wieder vor ihnen auf: der Fluppes-Pitter.

»Wat macht ihr zwei Hübschen denn schon wieder hier?«, lallte er. In seiner rechten Hand hielt er eine Literflasche Wein, die schon über die Hälfte geleert war. In Steffi und Eva zog sich alles zusammen. Der hatte ihnen gerade noch gefehlt! Dass der Kerl aber auch immer in den ungünstigsten Momenten auftauchen musste! Sie mussten ihn dringend loswerden. Und zwar bevor Erwin die Tür aufmachte. Aber das war gar nicht so einfach, denn natürlich wollte der Pitter wissen, weshalb Eva im Rollstuhl saß.

»Bat is dir dann passiert? Dou orm Dear, dou kimmst ja esu joar net in deijn Wohnung? Oder is die schunn barrierefrei?«

»Nä, nä, ich hab mir nur den Fuß verknackst, Steffi nimmt mich mit zu sich nach Hause. Kannst beruhigt weitergehen.«

»Eij, joa, dann bist dou joa gut versorgt! Dann gut' Nacht!«

Steffi und Eva sahen ihm nach, wie er in Richtung Mosel abzog, und waren erleichtert, dass sie ihn so erstaunlich schnell losgeworden waren. Rund um den Marktplatz war es mucksmäuschenstill. Nicht mal das Plätschern des Brunnens war zu hören, weil der ja noch abgedeckt im Weinfestmodus schlummerte.

Das Quietschen der Tür zum Ratskeller ließ Steffi und Eva zusammenzucken Sie drehten sich beide gleichzeitig um. Erwin streckte seinen Kopf heraus und winkte sie zu sich.

»Kommt her und bringt den Rollstuhl mit!«

Steffi blieb wie angewurzelt stehen und rührte sich nicht vom Fleck. Energisch schüttelte sie den Kopf. »Nä, ich geh da nicht runter! Auf gar keinen Fall! Nur über meine Leiche!«

»Doch, jetzt kommt rein! Alle beide! Bevor uns einer sieht!«

»Ich bleib hier stehen!«

»Steffi, hier drinnen auf das oberste Treppenpodest können wir zwei uns doch stellen, da sehen wir die tote Marlene gar nicht. Den Rest muss halt der Erwin machen.«

Gegen ihre aufkommende Übelkeit ankämpfend, schaffte Steffi es gerade so in den Ratskeller hinein. Aber nur so weit, dass Eva die Tür hinter ihnen zuziehen konnte. Steffi fröstelte. In diesem alten Weinkeller war es richtig kalt, was ihnen in Bezug auf den Zustand der Toten ja zupass kam.

»Haltet das Ding fest, ich geh' sie jetzt holen«, bestimmte Erwin und schritt zur Tat. Er streifte sich Handschuhe über, stampfte die Treppe herunter und machte sich hinter dem Weinregal, wo Steffi und Eva Marlene abgelegt hatten, zu schaffen. Eine Zeit lang war nichts zu hören außer ein Stöhnen und Schnaufen. Dann tauchte Erwin wieder auf. Die tote Marlene hatte er sich über die Schulter geworfen. Ihre Arme baumelten schlaff herab und schlugen bei jedem Schritt gegen seinen Rücken. Steffi hatte sich abgewandt, während Eva Erwin half, die Leiche in den Rollstuhl zu setzen.

»Sitzt se?«, fragte Steffi, ohne hinzuschauen.

»Ja, sie sitzt. Aber damit das auch so bleibt, müssen wir sie festbinden. Gut gekühlt war sie ja hier in dem eisigen Keller.« Erwin holte aus Florians Reiserucksack, den er zuvor auf dem Treppenabsatz abgestellt hatte, ein Kletterseil, das ebenfalls seinem Sohn gehörte, und band Marlene damit am Rollstuhl fest.

»Oh, Erwin, an was du alles gedacht hast!« Eva war beeindruckt.

»Warte, es kommt noch besser!« Aus dem Rucksack holte er nun eine Fleecedecke, mit der er Marlene von den Füßen bis zum Kinn zudeckte. Dann zauberte er einen großen Strohhut hervor.

»Ist das etwa mein neuer Sonnenhut? Och, Mensch, Erwin! Den kann ich doch jetzt nie mehr anziehen!« Steffi hatte es vor Neugier nicht mehr ausgehalten und sich doch umgedreht.

»Du hast Probleme! Wenn du willst, kaufe ich dir einen neuen. Es ist ja wohl wichtiger, dass niemand sieht, wen wir hier durch die Gegend fahren.« Steffis Strohhut war tatsächlich so groß, dass er Marlenes Gesicht komplett verdeckte. Zur Sicherheit fixierte Erwin den Hut mit Marlenes rotem Chiffonschal. »Und jetzt nix wie raus hier!«

28. Kapitel

Die skurril anmutende kleine Reisegruppe samt Rollstuhl steuerte geradewegs auf die Bernstraße zu.

»Halt! Da unten kommt jemand die Straße hoch! Die Frau Barz mit ihrem Hund«, raunte Steffi.

»Oh, die sollte uns besser nicht sehen. Und der Hund uns nicht riechen.« Reaktionsschnell machte Erwin einen Schwenk nach rechts an der Kirche vorbei. Und schon standen sie vor dem nächsten Problem. Beziehungsweise das nächste Problem stand vor ihnen. Ein älteres Touristenpaar sprach sie an.

»Servus! Oh, wie schön, machen Sie noch einen Spaziergang mit der Oma? Es ist ja auch noch so angenehm heute Abend! Da freut sich die alte Dame sicher!« Den drei Leichenwagenfahrern stockte der Atem. Sie brachten kein Wort hervor, sondern nickten nur eifrig mit dem Kopf und pressten ein einsilbiges »Genau!« heraus. Doch anstatt einfach weiterzugehen, rührten die Fremden sich nicht von der Stelle. Sie hatten noch eine Frage: »Sind Sie von hier? Können Sie uns vielleicht sagen, wo wir um diese Zeit noch etwas zu trinken kriegen?«

»Hm, ja, versuchen Sie es doch mal im Murphy's, in der Endertstraße, die könnten gerade noch geöffnet haben. Aber Sie müssten sich beeilen. Da geht es lang.« Eva beschrieb dem Paar mit großen Gesten den Weg durch die Bernstraße, den sie zuvor wegen Frau Barz und deren Hund nicht genommen hatten. Hauptsache, die Gäste entfernten sich möglichst schnell möglichst weit weg von ihnen. Sobald die beiden Urlauber aus dem Blickfeld verschwunden waren, fragte Eva: »Meint ihr, die haben was gemerkt?«

»Ach, wat, sonst hätten die doch ganz anders reagiert!« Erwin blieb gelassen. Aber um sicherzugehen, schlich Eva noch mal ein Stück zurück und schaute in die Bernstraße. Sie sah das Paar gerade noch in Richtung Pub nach links abbiegen und war beruhigt. Die Leute waren wirklich nur daran interessiert, wo sie noch den Abend ausklingen lassen konnten. Erleichtert lief sie zu den anderen zurück.

»Sie sind weg. Alles okay. Aber wo wollen wir denn jetzt eigentlich mit ihr hin?« Sie deutete mit dem Kinn auf den großen Strohhut mit dem roten Chiffonschal.

»Jetzt erst mal zu mir ins Auto«, sagte Erwin.

»Und dann?« Steffi schüttelte es schon. Es war ja schließlich auch ihr Auto.

Erwin erläuterte ihnen seinen Plan. »Ei, passt uff, wir fahren die Marlene auf den Sehler Friedhof. Ich habe gesehen, dass da heute ein frisches Grab ausgehoben ist, da legen wir Marlene rein.«

»Dann kommt sie aber in den Kofferraum, sonst steige ich erst gar nicht in euer Auto ein.«

»Ja, beruhig dich, Eva, die kommt in den Kofferraum«, beschwichtigte Erwin. Darüber war auch Steffi sehr erleichtert. Der Weg, auf dem sie am wahrscheinlichsten unerkannt zu dem Parkplatz unter der Brücke, auf dem ihr Auto stand, gelangten, führte zuerst quer über die B49 und dann eine steile Stichstraße zu den Anlegestellen hinunter. Von da aus war es nicht mehr weit bis zum Auto.

»Ihr zwei bleibt jetzt hier stehen, und ich hole schnell das Auto«, bestimmte Erwin.

»Ich glaub', du hast sie nicht mehr alle«, sagten Steffi und Eva wie aus einem Mund. »Auf keinen Fall bleibe ich alleine mit der Leiche hier stehen«, empörte sich Steffi, und Eva nickte bestätigend. Erwin gab klein bei.

»Schon gut. Dann machen wir es eben andersherum. Ich bleibe hier mit ihr stehen, und ihr holt das Auto.« Damit waren Steffi und Eva einverstanden und zogen los. Erwin blieb mit der Toten zurück.

»Das ging ja ganz gut mit uns zwei, wo du doch sonst immer so widerspenstig warst. Dafür hast du dich ja heut ganz gut geschickt.« Erwin tätschelte Marlene die Schulter. Er war erleichtert und freute sich, dass sein Plan aufgegangen war. Zumindest bis jetzt. Er musste nur noch warten, bis die beiden Frauen mit dem Auto zurückkamen. Der Rest dürfte dann ja auch noch recht einfach zu erledigen sein. Zumal der Friedhof in Sehl so abgelegen war, dass man ihn von den Wohnhäusern aus nicht sehen konnte.

Erwin schaute sich um. Am Anleger lag ein großes Passagierschiff, die *Riverbeauty*. Es war alles dunkel. An Bord war niemand zu sehen. Auf den beiden Parkplätzen an der Kaimauer stand auch kein Auto. Erwin und Marlene schienen hier ganz alleine zu sein. Die Anspannung fiel von ihm ab, und er merkte plötzlich eins: Er musste dringend mal aufs Klo!

»So, Marlene, einen Moment werde ich dich doch hier allein lassen können. Ich geh' grad mal ums Eck, Pipi machen.« Marlenes Schweigen deutete er als Zustimmung. Normalerweise gehörte Erwin nicht zu den Wildpinklern. Aber im Augenblick blieb ihm keine andere Wahl. Er konnte ja schlecht in die Stadt zurückgehen und Marlene hier alleine stehen lassen, zumal die öffentlichen Toiletten um diese Uhrzeit ohnehin geschlossen waren. Er musste diesmal leider hier vor Ort die Hosen herunterlassen.

Er drehte sich um und ging ein paar Schritte nach rechts. Hier gab es eine Stelle, an der man über eine Art Rampe direkt bis ans Wasser gelangen konnte. Genau da blieb Erwin stehen, um sich zu erleichtern. Vorher zog er natürlich aber noch die Handschuhe aus und holte aus seinem Rucksack das Desinfektionsspray. Schließlich hatte er eine Leiche angefasst. So wollte er doch nicht … Es plätscherte. Und zwar viel länger, als er es erwartet hatte. Da hatte sich doch einiges angestaut.

Erwin ließ das Geschehen der letzten Stunden Revue passieren. Da hatte seine Steffi ihn ja in eine prekäre Lage gebracht! Niemals hätte er gedacht, dass er zu so einer verrückten Aktion imstande wäre. Aber er würde doch seine Frau nicht im Stich lassen. Auch wenn es manchmal zwischen ihnen beiden Zoff gab, sie nicht immer einer Meinung waren. Das war doch völlig normal. Aber wenn es hart auf hart kam, würde er doch immer für Steffi in die Bresche springen. Jetzt, wo er seine Blase entleert hatte, fühlte er sich besser. Fast beschwingt drehte er sich wieder um und ging zu Marlene zurück. Aber: Marlene war nicht mehr da.

29. Kapitel

Erwin verstand die Welt nicht mehr. Er rieb sich ungläubig die Augen. Träumte er? Er kniff die Augen zu und öffnete sie dann rasch wieder. Nichts. Nada. Niente. Marlene blieb verschwunden.

Aber wie konnte das sein? Gerade eben war sie doch noch da gewesen! Wo war sie denn jetzt hin? Erwin schaute sich aufgeregt um. In der Dunkelheit konnte er nichts ausmachen. Und schon gar nicht Tante Inges Rollstuhl mit der toten Marlene. Er machte ein paar Schritte nach vorne und schaute in die Mosel. Möglicherweise hatte sich ja die Bremse des Rollis versehentlich gelöst. Aber auch im Uferbereich gab es keine Spur von Marlene. Er wandte sich zur Seite und suchte mit den Augen die Böschung ab. Im selben Moment erhellte das Licht der Scheinwerfer den Weg. Steffi und Eva waren mit dem Auto zurückgekommen. Doch auch im Lichtschein des Passats von Familie Schmitz war von Marlene nichts zu sehen, lediglich ein paar Nilgänse schreckten hoch und flogen unter lautem Geschnatter davon. Steffi und Eva stiegen aus.

Sofort drängte Steffi ihren Mann: »Erwin, dann hol' sie jetzt! Los!« Steffi war verwundert, dass Erwin keine Anstalten machte, sich in Bewegung zu setzen. »Wo hast du Marlene denn versteckt? Ich sehe sie ja gar nicht!«

»Das kannst du auch nicht! Marlene ist nämlich nicht mehr da!«

»Wie? Nicht mehr da?«

»Joa, sie is fott! Ich war nur mal ganz kurz …«

»Erwin! Sag, dass das nicht wahr ist! Kann man dich nicht fünf Minuten mit einer Leiche alleine lassen? Dass ihr Männer aber auch immer im falschen Moment müssen müsst! Es ist nicht zu fassen! Jetzt such!«

Erwin schaute bedröppelt drein. Peinlich berührt gestand er: »Hab ich doch schon. Ich hab sie aber nicht gefunden!«

»Moment mal«, mischte Eva sich ein. »Das kann doch gar nicht sein. Selbst weggelaufen sein kann sie ja nicht. Und wer sollte denn eine Leiche klauen?« Die drei standen ratlos vor der Kaimauer und schauten in den dunklen Nachthimmel. So, als wäre von dort eine Antwort zu erwarten.

Am Firmament funkelte nur das Sternbild des Großen Wagens. Auf einmal leuchtete es auch unten. War etwa ein Stern vom Himmel gefallen? Und sie hatten jetzt einen Wunsch frei? Als hätten sie sich abgesprochen, richteten Steffi, Eva und Erwin ihren Blick in die Richtung, aus der das Licht kam. Sie sahen einen Matrosen mit einer Stirnlampe, der sich an Deck des vor Anker liegenden Schiffes bewegte. Jetzt war auch ein Rumpeln zu hören. Der Seemann hatte ein dickes Tau auf die metallene Laufbrücke geworfen. Ein Anzeichen dafür, dass das Schiff bald ablegen würde.

Fasziniert beobachteten die drei vom Land aus, was auf dem Wasser vor sich ging. Eva sah sie als Erste. Sie streckte ihren Arm aus und zeigte mit ihrem Finger direkt auf den Bug des Schiffes. Der Mund stand ihr offen. Steffi und Erwin folgten ihrem Fingerzeig. Dann sahen sie sie auch. Wie eine echte Gallionsfigur thronte Marlene in Tante Inges Rollstuhl an der vordersten Spitze des Dampfers.

»Majusebetter nä!«, entfuhr Steffi mal wieder der typisch moselfränkische Ausdruck des Staunens. »Wie kommt die denn jetzt dahin?«

»Ei, der Matrose wird gedacht haben, die Oma gehört sicher zu der Reisegruppe an Bord und ist eingeschlafen, bevor sie zurück auf dem Schiff war. Und dann hat er sie halt mitgenommen.« Erwin dachte wie immer logisch.

»Und wie kriegen wir die da jetzt wieder runter?,« fragte Steffi aufgeregt.

»Überhaupt nicht! Ihr wolltet Marlene loswerden. Jetzt sind wir sie los!« Erwin brachte die Situation in seiner unnachahmlich pragmatischen Art auf den Punkt und toppte sie noch. »Und überhaupt, die Überbevölkerung ist doch das größte Problem auf der Welt. Jetzt hat die Menschheit eins weniger!«

»Erwin!«, rügte Steffi ihren Mann.

»Ja, stimmt doch! Oder willst du etwa zum Kapitän gehen und sagen, du hättest gerne deine Leiche wieder?«, wandte er sich an seine Frau.

Steffi schüttelte den Kopf. »Auf gar keinen Fall! Aber den Rollstuhl von unserer Tante Inge! Ich hab es doch gleich gewusst, dass der verloren ist!«

»Hilft ja jetzt auch nichts«, sagte Eva, »lasst uns lieber schnell hier abhauen, bevor uns noch jemand sieht!«

Sie stiegen ein und fuhren los. Nach wenigen Metern überkam Eva ein unbehagliches Gefühl. »Eigentlich möchte ich jetzt nicht alleine nach Hause.«

»Musst du auch nicht. Ich habe eine Idee. Zur Feier des Tages holen wir uns eine Flasche Wein aus dem neuen Automaten beim Germania und trinken die bei uns daheim.«

Sie waren alle erleichtert, dass sie Marlene auf so einfache Art und Weise losgeworden waren. Erwin hielt in der Ladezone auf dem Parkplatz beim Bockbrunnen an und ließ Eva und Steffi aussteigen. Durch das sogenannte Fuchsloch waren es nur wenige Schritte bis zum ersehnten Getränkeautomaten. Der niedrige, schmale Durchgang war Teil der historischen Stadtmauer und diente im Mittelalter dazu, auch nach Toresschluss noch zu einem Schäferstündchen an die Mosel zu gelangen. Unwillkürlich zogen Steffi und Eva beim Hindurchgehen die Köpfe ein, obwohl das bei ihrer Körpergröße von unter einem Meter siebzig gar nicht nötig gewesen wäre.

Direkt hinter dem Fuchsloch befand sich neuerdings ein moderner Weinautomat, der es Einheimischen und Gästen ermöglichte, zu jeder Tages- und Nachtzeit an das beliebte Getränk zu kommen. Während man anderswo Kaugummi und Schokoriegel ziehen konnte, gab es an der Mosel eben Wein. Natürlich musste man bestätigen, dass man erwachsen war. Steffi hielt ihren Personalausweis schon in der Hand.

»Was möchtest du denn haben, Eva? Riesling oder Rivaner?«

»Wenn es nach mir ging', dann Riesling, aber der ist dir doch immer zu nervös.«

Steffi lachte: »Dann eben beides!«

Eva wollte sich finanziell am Einkauf beteiligen und öffnete ihre neue rote Handtasche, um ihr Portemonnaie herauszuholen.

»Huch! Wo ist denn mein Geldbeutel? Der ist da gar nicht drin!«

»Ach, guck doch mal genau hin. Hier unter der Straßenlampe ist es heller. Ich gebe uns in der Zwischenzeit schon mal einen aus!«, sagte Steffi und kramte in ihrer Tasche nach dem passenden Geld. Sie fütterte den Automaten damit, zog den Rivaner heraus und drehte sich wieder zu ihrer Freundin um.

Eva starrte kreidebleich in ihre Tasche.

»Was guckst denn so? Man könnte ja grad meinen, da wäre schon die nächste Leiche drin!«

»N–n–n–nein, eine Leiche nicht«, stotterte Eva, »aber ein Mörder!«

30. Kapitel

Auf dem Lesepult des Krimiautors hatte sich ein Spatz niedergelassen. Fröhlich pfeifend kommentierte der kleine Vogel die Krimilesung. Statt den Sperling zu vertreiben, der ja eigentlich den spannenden Vortrag störte – schließlich sollte gerade der Mörder dingfest gemacht werden –, band der versierte Autor das possierliche Tierchen in das Geschehen mit ein.

»Was meinst du denn, kleiner Spatz? Wie ist denn deine Sicht auf das Verbrechen? Du hast doch aus der Vogelperspektive einen anderen Blickwinkel. Ist dir etwas aufgefallen?« Dabei legte er den Kopf schräg und schaute dem Vogel direkt in die Augen. Der kleine Kerl hielt seinem fragenden Blick stand und antwortete sogar mit einem deutlichen »Piep!« Die Zuschauer lachten. Die angeregte Unterhaltung zwischen Mensch und Tier wurde noch eine Weile fortgesetzt. Bis beide offenbar mit der Lösung des Falles einverstanden waren. Dann breitete der muntere kleine Spatz seine Flügel aus und flog zwitschernd davon.

Der Schriftsteller blickte gen Himmel, dem Vogel hinterher. »Jetzt fliegt er zu seinen Freunden und erzählt ihnen das Geheimnis. Dann will ich es Ihnen jetzt auch verraten.« Er ließ die Katze aus dem Sack und klärte das Verbrechen, um das es in seinem Roman ging, auf. »Der Mörder ist also nicht immer der Gärtner. Diesmal war es eben der Essigmacher.«

Der Krimiautor lächelte verschmitzt und zwinkerte dem Gastgeber Herbert Budweg verschwörerisch zu.

»Ja, aus den Kräutern und Früchten, die bei uns vor der Haustür wild wachsen, kann man nicht nur Essig herstellen. Man könnte damit auch den ein oder anderen unliebsamen Bekannten um die Ecke bringen.« Über seine Bemerkung lachte Herbert Budweg selbst so herzhaft, dass alle Anwesenden mit einstimmten.

»Ja, dann bleiben wir doch ein bisschen. Vielleicht hat unser Kräuterexperte noch ein paar Tipps für uns auf Lager.« Der Autor klappte das Buch zu und griff nach einem Glas Moselsecco mit einem Schuss Holunderblütenessig und einem frischen Minzblatt. »Vielen Dank fürs Zuhören und auf einen schönen Abend noch!«

Er hielt das Glas in die Höhe, woraufhin die Zuschauerinnen ihm begeistert applaudierten. Alle außer dreien. Denn abgesehen von den beiden Stühlen, auf denen Steffi und Eva gesessen hatten, war jetzt noch ein weiterer Platz leer.

31. Kapitel

Erwin saß im Auto und schaltete das Radio ein. Es lief Peter Maffay. Erwin sang inbrünstig mit. *Über sieben Brücken musst du gehen* war in seiner Jugend sein Lieblingslied gewesen, er war immer noch total textsicher. Verträumt lehnte er seinen Kopf gegen die Nackenstütze und schloss die Augen. Ganz entspannt lauschte er der Musik. Er war froh, dass ihnen der Zufall zu Hilfe gekommen war und sie Marlene so unkompliziert losgeworden waren. Er hatte seine Mission damit erfüllt. Für ihn war der Fall abgeschlossen. Aber wie er seine Frau Steffi und deren Freundin Eva kannte, würden die beiden keine Ruhe geben, bis der Fall ganz aufgeklärt war und der Mörder dingfest gemacht wurde.

Also machte er sich vorsorglich auf weitere Anstrengungen gefasst und stärkte sich schon mal prophylaktisch. Er zog eine BiFi aus dem Handschuhfach und biss herzhaft hinein. Obwohl er Fertigprodukte eigentlich ablehnte, hatte er für besondere Fälle immer eine kleine Ration Nervenfutter als Reserve dabei. Genüsslich kaute er seine Salami und war froh, dass er endlich mal für ein paar Minuten seine Ruhe hatte und niemand etwas von ihm wollte. Es würde nicht lange dauern, bis die beiden Frauen vom Weinkauf zurück waren. Und dann ginge der Stress von vorne los. Da war Erwin sich ganz sicher. Die beiden hatten ja nur noch ein Thema: Marlene.

»Wie? In deiner kleinen Tasche soll ein Mörder sein? Bist du jetzt ganz durchgedreht?« Steffi schaute die Freundin mitleidig an. An Evas Gesichtsausdruck erkannte sie aber sofort, dass ihrer Freundin grad gar nicht zum Scherzen zumute war.

Eva warf ihr einen bösen Blick zu. »Das ist überhaupt nicht meine kleine Tasche!«

Steffi ging näher zu ihr hin. »Hä? Wie, das ist nicht deine?«

Eva hielt ihr die geöffnete Tasche unter die Nase. »Hier, riech doch mal! Dann verstehst du, was ich meine!«

Steffi schlug ein starker Geruch nach Bittermandel entgegen. Inzwischen war ihr das spezielle Aroma zwar leider wohlbekannt, dennoch hatte es sich nicht geändert: Diesen Geruch würde sie ihr Leben lang mit Ekel verbinden. Bevor der Brechreiz wieder von ihr Besitz ergreifen konnte, wich sie einen großen Schritt zurück.

»Eva, igitt, mach die Tasch' wieder zu!«

»Nee, hier ist noch was drin, was dich auch interessieren wird. Komm, lass uns mal hier zu dem Stehtisch vor dem Weinladen gehen und den Inhalt genau untersuchen.« Vorsichtig leerte Eva die fremde Tasche aus. Zum Vorschein kamen ein Schlüsselbund mit einem Teddy-Anhänger, ein Päckchen Tempo, ein rosafarbener Lipgloss, ein Kosmetikspiegel, ein Handy in einer rosa Einhorn-Hülle und ein farblich dazu passendes Portemonnaie. Spätestens jetzt war Steffi klar, dass dieser Krempel keinesfalls ihrer Freundin Eva gehören konnte.

Aber Eva war noch nicht fertig mit Auspacken. Jetzt kam das Wichtigste zum Vorschein: ein Gefrierbeutel mit Zippverschluss, in dem sich ein kleines Glasfläschchen befand. Steffi und Eva machten einen Schritt rückwärts und schauten sich bedeutungsvoll an. Jetzt waren sie sich beide sicher, dass sie soeben die Tatwaffe gefunden hatten. Die nach Bittermandel riechende Blausäure, die Marlene den Garaus gemacht hatte.

»Meinst du auch die, die ich meine? Du hast doch auch gesehen, wer dieselbe Tasche hatte wie ich!«

»Denkst du wirklich, die wär' zu so was in der Lage?«

»Weiß ich auch nicht. Kann ich mir fast nicht vorstellen! Lass uns vorsichtshalber mal im Geldbeutel nachschauen, ob wir da einen Personalausweis finden, nicht dass wir uns irren! Es haben ja sicher noch mehr Leute dieses Modell gekauft.«

Mit spitzen Fingern wollten sie gerade nach dem Ausweis suchen, als sie Schritte hörten. Aus Richtung Endertplatz näherte sich eine Person, die im fahlen Licht der Straßenlampe nicht zu erkennen war. Schnell stopften sie die Sachen vom Tisch in die Tasche zurück. Die Person kam eindeutig direkt auf sie zu. Sie wurde immer schneller. Ihr Gang wurde forscher, abgehackt, fast aggressiv. Die ledernen Absätze ihrer Schuhe knallten wie Schüsse auf das Straßenpflaster und durchbrachen die nächtliche Stille der Stadt. Steffi und Eva standen da wie die Ölgötzen. Sie waren nicht in der Lage, auch nur irgendwie zu reagieren. Jetzt erkannten sie, wer da auf sie zueilte. Mit weit aufgerissenen Augen und offen stehenden Mündern sahen sie der sich nähernden Gefahr ins Auge und glotzten ungläubig auf das, was sie über der Schulter trug. Evas rote Tasche.

Wie ein Pfeil schoss Jenny Goebel auf sie zu. An Steffis und Evas entsetzten Blicken musste sie erkannt haben, dass sie entlarvt war. Hier half kein Versteckspielen mehr. Ausflüchte waren zwecklos. Von dem Moment an, als Jenny bemerkt hatte, dass Eva Engel bei der Krimilesung versehentlich ihre Handtasche mitgenommen hatte, war ihr klar, dass sie aufflog, sobald Eva einen Blick in die Tasche werfen würde. Deshalb musste sie auf dem schnellsten Weg zu ihr. Dass sie Eva und ihre Freundin samt der von ihr begehrten Handtasche aber schon prompt am Weinautomaten antreffen würde anstatt bei Eva zu Hause, damit hatte sie nicht gerechnet. Die Tasche lag auf einem Stehtisch. Das bot ihr die ersehnte Möglichkeit, das Giftfläschchen und damit das Beweisstück für ihre Schuld zurückzubekommen. Jenny preschte nach vorne. Doch Eva reagierte sofort und warf sich wie eine Löwin, die ihre Jungen verteidigt, mit vollem Körpereinsatz auf das Corpus Delicti und gab undefinierbare Kampflaute von sich. Steffi war verwirrt. So außer sich hatte sie ihre Freundin noch nicht erlebt. Jenny gab sich jedoch nicht geschlagen. In ihren Augen flackerte Kampfgeist. Sie musste ihre eigene Tasche unbedingt zurückhaben, koste es, was es wolle. Sie schrie wütend auf. In ihrer Rage packte sie den Trageriemen von Evas Tasche, die ja momentan um ihre eigenen Schultern hing, und schleuderte diese wie einen Wurfhammer auf Eva.

Eva riss die Arme in die Höhe, um sich zu schützen, und griff dabei das Geschoss. Sie war froh, dass sie jetzt wieder ihre eigene Tasche in den Händen hielt, und versuchte damit, Jenny, die den Riemen noch fest in der Hand hielt, zu sich zu ziehen. Während die beiden Kontrahentinnen um die vertauschten Handtaschen kämpften, stand Steffi, entgegen ihrem Naturell, immer noch handlungsunfähig am Rande des Geschehens. Fassungslos schaute sie dem Kampf zu und beobachtete, wie Jenny sich Evas Angriff entzog, indem sie die Tasche plötzlich losließ. Eva verlor das Gleichgewicht und fiel rückwärts auf das Straßenpflaster.

»Verdammt!«, fluchte sie.

Jenny nutzte die Gunst der Sekunde, um an ihre eigene Handtasche zu kommen, die immer noch auf dem Tisch lag.

»Steffi! Schnell! Halt sie auf!«

Steffi erwachte endlich aus ihrer Trance und machte einen Schritt auf den Stehtisch zu. Und bevor Jenny sich das Corpus Delicti schnappen konnte, hatte Steffi schon ihre Hand drauf.

Die Erkennungsmelodie der Radionachrichten weckte Erwin auf. Er war wohl im Auto eingenickt. Er rieb sich die Augen und schaute sich um. Von Eva und Steffi war weit und breit nichts zu sehen, dabei war es inzwischen schon Mitternacht. Wo blieben die zwei denn nur? Wieso brauchten die so lange? Der Automat war doch gleich um die Ecke! Ob er mal nachsehen sollte?

Er stieg aus dem Wagen und lauschte in die dunkle Nacht. Aus Richtung Fuchsloch hörte er seltsame Laute. Waren das etwa Schreie? Er machte sich Sorgen. Instinktiv ging er dem Geräusch nach. Als er sich dem Fuchsloch näherte, erkannte er eindeutig Steffis und Evas Stimmen. Schnell passierte er den historischen Zugang zur Stadt. Dann sah er seine Frau und deren Freundin in wildem Gerangel mit Jenny Goebel.

»Jetzt ist aber Schluss, Fräulein!«, sagte seine Frau gerade streng und hielt die junge Jobcentermitarbeiterin am Arm fest. Jenny wollte sich befreien, indem sie Steffi gegen das Schienbein trat.

»Hey, was ist denn hier los?«, mischte Erwin sich ein, »lass sofort meine Frau in Ruhe!«

Erschrocken drehte Jenny sich zu Erwin um. Bevor Jenny noch weiteren Schaden anrichten konnte, schritt Steffi beherzt zur Tat. Sie griff nach dem Rivaner, den sie auf dem Stehtisch abgestellt hatte, holte aus und ließ die Flasche auf Jennys Schulter niedergehen.

Jenny schrie vor Schmerz laut auf und ließ sich fallen. Sie krümmte sich wie ein Embryo auf dem Straßenpflaster und begann zu wimmern.

»Steffi, was machst du? Willst du sie umbringen?« Eva war fix und fertig.

Und Erwin verstand die Welt nicht mehr. Er konnte sich wirklich überhaupt nicht erklären, warum seine Frau hier mitten in der Nacht mit Weinflaschen um sich schlug.

»Nä, Eva, ich hab der doch nur auf die Schulter gehauen. Wenn ich sie hätte umbringen wollen, dann hätte ich ihr auf den Kopf geschlagen. Ich bin ja schließlich keine Mörderin. Im Gegensatz zu ihr! Ich hab noch nicht mal den guten Rivaner gekillt. Guck, die Flasche ist noch heil!«

»Moment mal, verstehe ich das richtig? Habt ihr jetzt in den paar Minuten, wo ich im Auto eingenickt war, den Fall aufgeklärt?« Erwin war baff und schaute verwundert auf Jenny. »Und die kleine Maus hier soll wirklich einen Mord begangen haben? Eine Mörderin habe ich mir immer ganz anders vorgestellt.«

»Ich bin ja auch keine kaltblütige Mörderin«, schniefte Jenny entschuldigend und setzte sich auf. Sie verspürte plötzlich das dringende Bedürfnis, sich vor Eva, Steffi und Erwin zu rechtfertigen. »Marlene war immer so gemein zu mir! Sie hat mich ständig nur fertiggemacht, drangsaliert und schikaniert! Ihr wisst doch auch, wie sie war! Gebt es doch zu, ihr habt sie doch auch gehasst!« Um Jennys Geständnis nicht zu unterbrechen, standen Eva, Steffi und Erwin einfach nur da. Sie hörten aufmerksam zu. »Dass sie mich vor der Chefin und den anderen Kollegen immer so kleingemacht und als naives Dummchen hingestellt hat, habe ich ja lange stillschweigend ertragen. Aber dass sie auch gegenüber unseren Kunden so selbstgerecht und überheblich war, das fand ich so gemein. Es hat mir in der Seele wehgetan, wie sie den Leuten Schaden zugefügt hat. Und immer ist sie mit diesen Gemeinheiten durchgekommen! Keiner hat ihr Paroli geboten! Allein dafür habe ich sie gehasst. Und als ich dann noch herausgefunden habe, dass sie mit dem Mann, in den ich schon seit Jahren verliebt bin, ein Verhältnis hatte, hat das das Fass zum Überlaufen gebracht. Mich hat er nicht bemerkt, aber Marlene natürlich schon. Sie hat mal wieder bekommen, was sie wollte. Solche schrecklichen Menschen kriegen doch immer, was sie wollen. Das ist doch ungerecht!«

Steffi und Eva fiel die Kinnlade herunter. Das hatten sie zuallerletzt erwartet, dass sich so ein junges Ding wie Jenny auch in Kurt, den alternden Sunnyboy, verguckt hatte und dafür sogar einen Mord beging.

»Und was hast du dann gemacht?«, fragten Steffi und Eva gleichzeitig.

»Dann habe ich mir Blausäure im Internet besorgt. Marlene wollte doch schließlich, dass ich für sie immer das Dienstmädchen spiele. Also habe ich einen Kuchen gebacken, den mit den roten Weinbergspfirsichen. Allerdings habe ich ein Stück davon vergiftet. Und genau das habe ich eingepackt und ihr mit nach Hause gegeben. Das muss sie auch dort gegessen haben, ich habe die Kuchenreste bei ihr in der Küche gesehen. Aber wo Marlenes Leiche ist, das weiß ich nicht! Wirklich nicht! Dabei habe ich überall nach ihr gesucht!«

Steffi und Eva kannten die Antwort. Sie schauten sich vielsagend an. So war es also gewesen. Marlene hatte den präparierten Kuchen gegessen. Dann war ihr vermutlich schlecht geworden, und sie wollte an die frische Luft. Sie kam aber nur bis zum Schmandelekker. Der Rest war Geschichte.

»Bitte verratet mich nicht«, flehte Jenny die beiden Freundinnen an. »Ich bin doch schon gestraft genug mit meinen Schuldgefühlen. Ich gehe auch weg von hier. Ich halte es hier eh nicht mehr aus!«

Eva und Steffi bekamen beinahe so etwas wie Mitleid mit der jungen Frau. Sie hatte es geschafft, ihre Herzen zu erweichen. Sie waren unschlüssig, ob sie Jenny ans Messer liefern sollten.

Eva flüsterte: »Sollen wir sie laufen lassen?«

Steffi zuckte verunsichert mit den Schultern. Eigentlich konnte man einen Mord ja nicht einfach unter den Teppich kehren. Auch nicht, wenn man der Welt oder wie in diesem Fall ganz Cochem damit einen Gefallen getan hatte. Man konnte schließlich nicht jeden umbringen, der einem das Leben schwermachte.

»Ich hatte praktisch keine andere Wahl!«, heulte Jenny, die zusammengekauert an der Wand saß und sich die Schulter hielt.

»Man hat immer eine Wahl, hat meine Oma mir beigebracht«, philosophierte Eva.

Trotzdem waren sich beide Frauen unsicher, wie es jetzt mit Jenny weitergehen sollte. Ratlos schauten sie sich an.

So vergingen einige Sekunden. Jetzt schaltete sich Erwin ein.

»Nix da! Ich hab die Faxen dicke! Ich rufe jetzt die Polizei.« Energisch wie nie zog er sein Handy aus der Tasche und wählte die 110. Die Frauen ließ er dabei keine Sekunde aus den Augen. Als der diensthabende Beamte abhob, betete Erwin eine Litanei herunter, so wie es die Zeugen in den Fernsehkrimis immer taten.

»Herr Wachtmeister, ich habe einen Mord zu melden. Kommen Sie schnell! Zum Fuchsloch! Hier ist die Mörderin!«

»Ihr Name?«, wollte der Beamte am anderen Ende der Leitung wissen.

»Jenny, Jenny Goebel. Mit oe!«

»Nein, Ihren Namen möchte ich wissen«, sagte der diensthabende Beamte.

»Ach so, 'tschuldigung. Mein Name ist Schmitz. Erwin Schmitz.«

»Bleiben Sie, wo Sie sind! Und fassen Sie nichts an, bis die Kollegen bei Ihnen sind! Ich schicke einen Streifenwagen raus!«

Vor dem Weinautomaten herrschte die berühmte absolute Stille. Keiner der Beteiligten rührte sich von der Stelle.

Auch Jenny nicht. Sie hatte resigniert, wusste, dass jeder Widerstand zwecklos gewesen wäre. Gegen die drei hatte sie keine Chance. In dem Moment fuhr auch schon ein Auto vor. Aber anstatt der Polizei stieg jemand ganz anderes aus.

Dario Zander, Chefredakteur des lokalen Anzeigenblatts. In der ganzen Region als Rasender Reporter bekannt, der immer schon zur Stelle war, sobald eine Sensation passierte. Man konnte fast den Eindruck gewinnen: manchmal sogar schon vorher. Eilig näherte er sich der kleinen Gruppe. Er schien zu wissen, um was es ging, deshalb sprach er, ohne wertvolle Zeit verstreichen zu lassen, in die Videokamera seines Handys.

»In der Cochemer Innenstadt wurde soeben ein Mord gestanden. Über die weiteren Ermittlungen werden wir Sie live informieren. Bleiben Sie dran, wenn es wieder heißt: Dario Zander für Sie im Einsatz.« So schnell, wie er gekommen war, war er auch wieder weg.

»Jetzt kommen wir auch noch ins Internet! Und das alles nur wegen Marlene«, kommentierte Erwin ihre Situation.

»Ja, aber wo ist denn die Marlene bloß? Wenn die Polizei kommt, brauchen wir doch die Leiche!« Jenny sinnierte schniefend vor sich hin.

Steffi, Eva und Erwin taten völlig unbeteiligt und guckten in die Luft. Sie waren alle drei erleichtert, als endlich das Polizeiauto um die Ecke bog. Die Uniformierten notierten die Personalien aller Anwesenden, nahmen Jennys Geständnis auf und luden Steffi, Eva und Erwin zur

Zeugenaussage für den nächsten Tag in die Dienstelle. Während die Polizisten Jenny in den Streifenwagen verfrachteten, griff Steffi nach der heil gebliebenen Flasche Wein und folgte Erwin und Eva zu ihrem Auto.

»Komm, Eva, jetzt fährst du aber doch noch mit zu uns nach Hause, und wir trinken gemeinsam einen zum Abschluss dieses aufregenden Abenteuers!« Eva widersprach nicht und stieg ein.

»Puh, ich krieg gar keine Luft mehr, macht doch bitte mal die Fenster auf!«, stöhnte Eva.

Erwin und Steffi gehorchten brav, ihnen war es nämlich auch ganz schön heiß geworden. Und zwar in zweierlei Hinsicht. Die Situation mit Jenny und Marlene war nun einmal ganz schön brenzlig gewesen. Und zudem braute sich gerade ein Gewitter zusammen. Die schwülwarme Luft deutete stark darauf hin. Das erste Donnergrollen war bereits zu hören. Ein taghellter Blitz entlud sich über der Mosel. Fasziniert beobachteten Steffi, Eva und Erwin das Naturschauspiel. Dann blieben ihre Blicke in der Fahrrinne des Flusses hängen. Die *Riverbeauty* hatte abgelegt und kam auf ihrer Reise moselabwärts in Richtung Koblenz jetzt genau in Sichtweite. Drei Augenpaare aus dem grauen VW Passat der Familie Schmitz aus Cochem-Sehl verfolgten gebannt das Schiff. Und vor allem den blinden Passagier an Deck.

In Tante Inges Rollstuhl glitt sie wie Undine über die Wellen: Cochems Ex-Querulantin Nummer eins. Ihr roter Chiffonschal wehte majestätisch im Wind. Dann war auch Musik von Deck zu hören. Es war ein bekannter Titel von Marianne Rosenberg: »*Marleen. Eine von uns beiden muss nun gehen. Marleen. Drum bitt' ich dich, geh' du. Marleen.*«

Epilog

Wir mussten über Marlene reden. Marlene musste weg. Das ist sie ja nun auch. Weit weg. Marlene ist auf großer Fahrt, quasi. Und wir haben das untrügerische Gefühl, dass demnächst noch weiteren Querulanten oder Querulantinnen ein ähnliches Schicksal widerfahren könnte. Es ist nur so ein dumpfes Gefühl. Aber es ist da. Also sollten sich die Falschparker, die Korinthenkacker, die Allesbesserwisser und ganz besonders die Fieslinge in der Region Mosel-Eifel-Hunsrück schon einmal warm anziehen. Wissen Sie, wir haben ja jetzt genug kriminalistischen Spürsinn entwickelt, um das voraussagen zu können. Da kommt etwas auf die zu. Ganz sicher. Da passiert etwas. Hundertprozentig. Und wenn wir beide, rein zufällig versteht sich, wieder mitten im Geschehen stehen sollten, dann werden wir Sie es wissen lassen, keine Angst. Bis dahin sehen wir uns sicher bei einer unserer Touren oder dem ein oder anderen Fest. Wir freuen uns schon darauf.

Nachwort

Aus einem launigen Gespräch unter Freundinnen ist dieses Buch entstanden. Es ist unser erstes gemeinsames Projekt, das wir unter dem Pseudonym Jette Stern verfasst haben. Den Vornamen verdanken wir Ulis erster Puppe Jette, den Nachnamen Caros Mama, Carola Stern-Gilbaya.

Auf die Frage, wie man denn zusammen ein Buch schreibt, gibt es wohl keine allgemeingültige Antwort. Bei uns hat es sich auf wundersame Weise so gefügt, dass zwei unterschiedliche Köpfe nicht nur immer dieselben Ideen hatten, sondern diese auch gleichzeitig ausgesprochen haben. Und so konnte der Mord an Marlene Lenz flüssig zu Papier gebracht werden.

Es gibt übrigens noch ein paar Besonderheiten, die erklärt werden sollten. Unsere Protagonistin Steffi spricht beispielsweise moselfränkisch, wenn sie sehr aufgeregt ist. Moselfränkisch oder einfacher gesagt Platt ist die Muttersprache vieler meist älterer Menschen in der Region und wird in jedem Ort ein bisschen anders gesprochen. Verstehen tut man sich trotz unterschiedlicher Lautsprache dennoch in der ganzen Region.

Eine weitere Besonderheit in unserem Buch ist, dass die Hauptrollen ausschließlich weiblich besetzt sind. Und zwar mit Absicht. Das mag daran liegen, dass Uli und Caro bekennende Soroptimistinnen sind und dem Club Soroptimist International Cochem/Mosel angehören. Der Club setzt sich für Gleichberechtigung sowie bessere Bildungschancen und Lebensbedingungen für Frauen und Mädchen auf der ganzen Welt ein. Dass wir dennoch eine Frau umgebracht haben, ist, um es mit den Worten Michael Endes zu sagen: »*... eine andere Geschichte und soll ein andermal erzählt werden.*«

Wir hoffen, Sie hatten genauso viel Freude beim Lesen des Buchs wie wir beim Schreiben. Alle geschilderten Handlungen und Personen, die in unserem Roman *Mosellas Rache* vorkommen, sind natürlich frei erfunden. Ähnlichkeiten mit lebenden oder verstorbenen Personen oder realen Begebenheiten sind rein zufällig und nicht beabsichtigt. Einige unserer Freunde haben allerdings manchen Figuren in unserem Buch dankenswerterweise ihre Namen geliehen. Viele Örtlichkeiten könnten Ihnen bekannt vorkommen.

Zum Schluss noch ein Dank:
Wir bedanken uns bei unseren Familien und Freunden für die liebevolle und geistreiche Unterstützung und bei unserer Lektorin Nicola Härms für die wert-

vollen Tipps und Anregungen. Unser besonderer Dank gilt unserem Verleger, Ralf Kramp, der an uns glaubt und dem unsere Protagonistinnen Eva Engel und Steffi Schmitz von Anfang an Vergnügen bereitet haben.

Cochem, im August 2023

Dr. Carolin Gilbaya und Ulrike Platten-Wirtz

Ralf Kramp (Hg.)
MÖRDERISCHES MOSELTAL

Taschenbuch, 296 Seiten
ISBN 978-3-95441-199-3
9,90 EURO

**Wasser, Wein und Blut – die Mosel und
ihre finsteren Geheimnisse**

Die Mosel ist ein wahrhaft europäischer Fluss, der sich durch Frankreich, Luxemburg und Deutschland wälzt. Sie entspringt in den Vogesen und findet im Schatten steiler Weinberge ihr Ende. Auf ihrem Weg begegnet sie Landschaften, Städten und Menschen, und wenn auch das Sonnenlicht wunderhübsch glitzernd auf ihren Wellen tanzt, verbirgt sie doch tief unter der Oberfläche wahre Abgründe.
Zwanzig Krimiautoren haben die Mosel auf ihrem Weg begleitet und sich abscheuliche Morde im Weinberg, haarsträubende Meucheleien auf dem Ausflugsschiff und gruselige Gräueltaten in den Moselstädtchen ausgedacht. In dieser Krimisammlung fließt reichlich frisches Blut durchs Moseltal.

Arno Strobel, Moni und Simon Reinsch, Ralf Kramp, Mischa Martini, Ansgar Sittmann, Carsten Sebastian Henn, Hughes Schlueter, Carola Clasen, Peter Friesenhahn, Carsten Neß, Stephan Brakensiek, Paul Walz und andere.

Ein Buch für Moselfans und Weintrinker, für Grenzgänger und Liebhaber erfrischender und spannender Kriminalgeschichten!

Herbert Pelzer

ROSENTAL

Taschenbuch, 256 Seiten
ISBN 978-3-95441-661-5
14,00 EURO

1973 – Ein Sommer der bunten Farben und der finsteren Schatten

Es ist heiß und trocken. Im beschaulichen Dorf Nörvenich wird eine männliche Leiche gefunden. Erschossen aus nächster Nähe, hingerichtet vor der eigenen Haustür. Das Entsetzen über die grausame Tat ist groß, denn keiner der Dorfbewohner kann sich an einen ähnlich kaltblütigen Mordfall erinnern.

Während der Rest der Welt lebensfroh in den grellbunten Farben der Zeit erstrahlt, nimmt Kriminalhauptkommissar Emil Glasmacher von der Kripo Düren die Ermittlungen auf. Die wenigen erfolgversprechenden Spuren führen an die Mosel sowie in die nahe Kreisstadt Euskirchen.

Schließlich gerät ein Elendsquartier am Euskirchener Stadtrand in den Fokus der Ermittlungen: das Rosental. Verbirgt sich hier, im Schatten der Zuckerfabrik, zwischen den Baracken und Schrottautos, ein Motiv für den Mord? Befindet sich unter den letzten Bewohnern dieser nach und nach verlassenen Siedlung der Täter? Und kann es gelingen, einen weiteren Mord noch rechtzeitig zu verhindern?

»Der vielschichtige und feine Beobachter versteht sich bestens auf das Verweben von außergewöhnlichen Lebenswegen mit dem Sichtbarmachen psychologischer Entwicklungen seiner Protagonisten, historischen Hintergründen und einer Portion Lokalkolorit.« (Eifel Pur)

KBV KRIMINALROMAN

Andrea Revers

**LASS DIE VERGANGEN-
HEIT RUHEN**

Taschenbuch, 304 Seiten
ISBN 978-3-95441-662-2
14,00 EURO

**Die Eifeler Miss Marple
und ein jahrzehntealter Fall**

Ein alter Kollege klopft eines Nachts an die Haustür der pensionierten Kriminalkommissarin Frederike Suttner, um sie zu warnen: Der Prostituiertenmörder, den sie vor dreißig Jahren ins Gefängnis gebracht hat, ist wieder auf freiem Fuß. Er hat Rache geschworen, und er weiß, wo sie wohnt. Der Fall ruft bei Frederike bittere Erinnerungen wach, denn bei Thomas Wilhahns Verhaftung hatte sie dafür gesorgt, dass er übel zusammengeschlagen wurde. Das hat zwar ihre Karriere beschädigt, doch sie hatte damals ihre Gründe.

Tatsächlich taucht Wilhahn schon bald in der Eifel auf, und plötzlich ist Frederikes Nichte Angela spurlos verschwunden. Selbstverständlich hat Frederike sofort ihren alten Widersacher im Verdacht, doch so einfach ist die Sache nicht. Wilhahn versteht es perfekt, Menschen zu manipulieren und zu instrumentalisieren. Es dauert eine Weile, bis Frederike erkennt: Er nimmt Rache, doch er wird sich nicht die Finger schmutzig machen.

KRIMINALROMAN

Ralf Lano

EIN ECHO AUS STÄHLERNER ZEIT

Taschenbuch, 392 Seiten
ISBN 978-3-95441-663-9
15,00 EURO

KRIMINALROMAN

Der erste Fall für den Eifeler Dorfschmied

1946 – Die Kriegsheimkehrer finden in der rauen Abgeschiedenheit der Eifelhügel traumatisierte Menschen und beschädigte Dörfer vor. Einer von ihnen ist Karl Bermes, der Schmied des Örtchens Disselbach in der Nähe von Bitburg.

Er ist noch nicht lange aus der Gefangenschaft zurückgekehrt, als sein bester Freund Werner bei der Detonation einer Mine am Rande des Dorfes getötet wird. Karl ist sehr schnell klar, dass es sich nicht um einen Unfall handelt, sondern um einen gezielten Anschlag.

Unweit der Unglücksstelle wurde mitten im Wald ein ehemaliges Lager des Arbeitsdienstes von der französischen Besatzung zum Flüchtlingslager umfunktioniert, das eine Menge undurchsichtiger Fremder ins Dorf bringt. Karl beginnt nachzuforschen. Eine der Neuankömmlinge ist Pauline, die Tochter des Lagervorstehers, die für Karl in jeder Hinsicht wichtiger wird, als er sich das hätte vorstellen können.

Nach und nach offenbart sich ein schreckliches Geheimnis, und Karl gerät in einen Strudel gefährlicher Ereignisse.

*Eine hochspannende Nachkriegsgeschichte –
der fulminante Auftakt zu einer neuen Romanreihe*

Ralf Kramp

**TÖDLICH WÄHRT
AM LÄNGSTEN**

Taschenbuch, ca. 250 Seiten
ISBN 978-3-95441-667-7
14,00 EURO

Verbrechen lohnt sich, nicht?

Nichts ist für die Ewigkeit, alles hat ein Ende – manche Dinge
sollen ja sogar zwei davon haben. Nur der Tod, den wird man
so schnell nicht mehr los, wenn er einen erst mal in der Kiste
hat. Diese leidvolle Erfahrung müssen die Opfer in Ralf Kramps
mörderischen Geschichten und Gedichten auch machen. Kein
Neuanfang, keine Chance auf Wiederkehr. Tot ist nun mal tot.

Die Täter in diesen mordsmäßig heiteren Episoden sind allerdings
meistens auch nicht besser dran. Sie sind sogar die eigentlichen
Verlierer. Sie haben sich verkalkuliert, ihr Plan ist nicht aufgegangen. Ob die Mordwaffe nicht rechtzeitig vom Paketdienst geliefert
wird, ob die falschen Entführungsopfer ausgewählt werden, oder
ob der 1. April einem die Tour vermasselt – bei Ralf Kramp lohnt
sich das Verbrechen definitiv nicht. Hinterher bleibt immer einer
tot. Und oft ist es nicht der, von dem man es erwartet hätte.

Ralf Kramp, der notorische Wiederholungstäter aus der Eifel,
zieht wieder einmal alle Register seines Könnens und bereitet
seinen Leserinnen und Lesern in diesen zwanzig Erzählungen ein
herrlich garstiges Vergnügen.

*»Der Mann liest nicht nur vor, er verwandelt mit seiner Rezitation
den schlichten Vorlesesessel zum bunten Tatort.« (Peiner Allgemeine)*

*»Der Art, wie Ralf Kramp seine Geschichten vorträgt, kann sich kaum
jemand entziehen.« (Aachener Nachrichten)*

KRIMINALGESCHICHTEN

KBV

Ralf Kramp

**99 ½ ORTE
IN DER EIFEL**

Taschenbuch, ca. 210 Seiten
ISBN 978-3-95441-633-2
16,00 EURO

Immer nur schön ist auch nicht schön

Kennen Sie den kleinsten Berg der Eifel, den Backenpickel? Waren Sie schon mal auf der Burg Gallenstein, die bereits im Jahre 1421 komplett aus Rigips-Platten errichtet wurde? Haben Sie jemals an der Wahl zur Miss Damenbart teilgenommen? Wussten Sie, dass der Nullte Diagonalgrad mitten durch das Vulkaneifel-Dorf Krätzerath verläuft? Kennen Sie den »Abort Karls des Großen« im Bad Beulenbrucher Wald?

Ralf Kramp liebt die Eifel aus tiefstem Herzen, und in diesem Buch nimmt er Sie mit an Orte, an denen Sie hundertprozentig noch nicht waren, an denen Sie aber auch garantiert niemals sein wollen. Er stellt Ihnen die letzte freilebende Steppenhamster-Herde vor, lädt Sie ein zum Geschmacksabenteuer in der Blutwurstbonbon-Fabrik, zeigt Ihnen das Tropfstein-Badezimmer der Familie Schorf, den Dorfladen der abgelaufenen Lebensmittel, nimmt sie mit zum Waldbaden im militärischen Schutzgebiet und berichtet über zu Recht in Vergessenheit geratene alte Eifeler Bräuche wie das Grützhovener Wohnzimmermöbel-Feuer in der Mittsommernacht oder das Ostereier-Werfen in Unterkübelbach genau 70 Tage nach Ostern.

99 ½ ganz besondere Orte, die Sie unter Garantie nachhaltig verstören werden.

*»Die Eifel ist einfach wunderschön,
das weiß wirklich jeder.
Aber Ralf Kramp kennt auch die
fürchterlichen Plätze. Er führt Sie
dorthin, wo es richtig wehtut.«*
(Fernsehmoderatorin Tamina Kallert)

Foto: © Annika Fußwinkel